花事

赵献涛 著

天津出版传媒集团
百花文艺出版社

图书在版编目（CIP）数据

花事 / 赵献涛著 . -- 天津 : 百花文艺出版社 , 2025. 5. -- ISBN 978-7-5306-9143-4

Ⅰ . I247

中国国家版本馆 CIP 数据核字第 2025W3E531 号

花事

HUA SHI

赵献涛　著

出版人：薛印胜

责任编辑：郑　爽

装帧设计：百悦兰棠 [BAIYUE LANTANG]

出版发行：百花文艺出版社

地址：天津市和平区西康路 35 号　**邮编：**300051

电话传真：+86-22-23332651（发行部）

+86-22-23332656（总编室）

+86-22-23332478（邮购部）

网址：http://www.baihuawenyi.com

印刷：北京一鑫印务有限责任公司

开本：787 毫米 ×1092 毫米　1/16

字数：210 千字

印张：14.5

版次：2025 年 5 月第 1 版

印次：2025 年 5 月第 1 次印刷

定价：68.00 元

如有印装质量问题，请与北京一鑫印务有限责任公司联系调换

地址：北京市顺义区北务镇政府西 200 米

电话：（010）61424266　邮编：101399

版权所有　侵权必究

序

赵献涛的小说有一个非常显豁的特点，那就是接地气。不仅故事题材大多属于现实主义，可感可见，可触摸，可回味，语言也十分鲜活，弥漫着生动而真实的生活气息。我想，这是除了和他的文学选择、文学理念相关而外，也是一种对生活的选择。

我认为，以一种怎样的叙述方式来表达自己的文学观念，除了自我建设的文学理念外，还有就是生活给予作者的刺激和感受。从赵献涛个人简历来看，他一直在基层工作，接触最多的可能就是老百姓，他熟悉他们，熟悉基层工作，懂得老百姓的喜怒哀乐，懂得基层工作的复杂多变。正因如此，他的文学作品有一种珍贵的真实感——这确实是非常珍贵的。从我这个视角看——我这些年一直做编辑工作，接触了太多虚构文学作品，慢慢看出问题来，我们很多作者的文字，有一种无妄的虚空之感。虽然这也是一种风格，但因为生活的根基过于浅薄，小说的情节和细节都显得苍白，很容易让读者产生严重的厌倦感而无法阅读。他们的作品常常让人觉得语言、表现形式和内容无法匹配，或者换句话说，他们的作品语言泛滥了，而人物和故事却无法被承载。

我们知道，小说有无限的可能性，正是基于这个特质，赵献涛的文学给我眼前一亮的感觉。赵献涛用文字搭建的文学世界，给读者呈现了一个丰富的小说艺术的图景，实在值得人们仔细研磨。

首先我们来看看他的短篇小说《稻子》。

小说《稻子》讲述了一个叫宏伟的大学生回乡创业的故事。小说以西涝洼子盐碱地为背景，这是一块不毛之地，宏伟承包之后，利用自己农业大学毕业的专业背景和坚忍不拔的精神，战胜一个个人为或天成的困境与矛盾，最后获得了成功。宏伟本人也在这场人生历练当中成熟起来，成为新农村的中流砥柱。小说情节起伏多变，无论主要人物还是配角，都个性鲜明而生动。小说通过几个人物活动展现了新形势下新农村繁复的当下和美好的未来。

还有一篇农村题材的短篇小说《大苇塘》，写扶贫干部为开发大苇塘所作出的种种努力，其中各色人物之鲜明生动，以及对扶贫工作转化为文学题材的挖掘，真可以说它具有非虚构的真实感和浓厚的文学色彩——塑造出了性格丰富多样，有着矛盾对立关系的两个主要人物。依我看，人物塑造非常出彩，被固化的乡村干部和农民形象，在作者笔下，得到了一定程度的文学突破。

这两篇农村题材小说，关涉新农村建设，也关涉扶贫工作，尤其令人称道的是，它并没有像时下很多这方面的题材那样直奔主题，恰恰相反，它所反映的矛盾和冲突十分复杂，情节常常突然变化，并且不断迂回，呈现出新农村复杂的问题和矛盾。正因为复杂，矛盾丛生，扶贫推进成功这个结局才在可信的基础上令人备受鼓舞。作者正是用自己细致的生活观察和独特的文学表达，为读者提供了颇多优秀的篇什。

说到非虚构作品，赵献涛同样有不俗的表现。这依然可以归因于他独特的视角，《蹬三轮，蹬出一条生活路》，描写了一个身处困境的快递员的故事。最令人感动的是，这个中年女快递员，在家庭变故，职场欺压，顾客刁难的过程中，一直拥有一颗坚忍善良的心，同时也一直有社会公道、普通人的善意在支持她。作者为读者提供了一个人生样板，那就是尽管我们身处困境，依然要相信这个社会有正义在，依然相信明天太阳照样升起。

赵献涛是一个文学多面手，他也写小小说。他的小小说依然是走写实的路子，看得出来其素材都来自对生活的观察和积累。因为题材丰富多样，语言通透简洁，所以，他写的小小说真可以说是摇曳多姿，灵活机智。比如《调转》《枣红马》《恩人》，在方寸之间，闪转腾挪、潇洒自如，却并没有情节简陋或者简单粗暴的痕迹，而是依然复杂、丰富、多变，和他的短篇小说相映成趣，同样有着很强的可读性。这里以他的小小说《调转》为例。小说《调转》的结尾，“建国倒是知道咋回事，心里升起一股感激之情”。其实，建国该感激的不是刚退下来的郝局长，而是自己那颗无论怎样都善良柔软的心，和哪怕坎坷也要走正路的信念。作品构思巧妙，没有死死围绕给郝局长送礼、求郝局长办事这件事去写，而是插入好友郑强孩子得白血病，找建国借钱的插曲，以及退下来的郝局长让建国帮着垫饭钱的余波。前者，是将妻子前程的铺路石换成了友人孩子的救命钱；后者，在常人眼里是卖人情的“无效投资”。然而在建国眼里，这些利害不必计较，重要的是做人做事的准则。结局，建国妻子顺利调转，友人孩子转危为安，郝局长颐养天年……一个人的善念，换来的是许多人的美满。

我和赵献涛是这几年认识的，有时候我跟他开玩笑说：“如果他写作早启动二十年，那么现在他的文学成就会真的很大。”实际上，我内心里确实有这样的感觉，献涛有文学天赋，尤其是他有足够的生活积累。但是，他本人并不以为意，因为他是一个真正的文学爱好者，并不在意出道，也不在意发表，他只是愿意以一颗赤诚的心，去感受世界，表达自己内心的想法，倾诉自己心中的故事。而他又是一个好人，一个诚恳的人，一个睿智的人，一个澄澈的人。我知道，只要他肯坚持下去，我们就有理由相信他能用自己的文学作品呈现更丰富的世界，获得更多读者的欣赏。

愿赵献涛的文学之路越走越宽阔。

袁炳发

（袁炳发：中国作家协会会员，黑龙江省作家协会主席团委员，第十届小小说金麻雀奖终评评委。至今已在《中国作家》《十月》《北京文学》《大家》《作家》等国内外刊物发表小说数百篇，其中有多篇被《小说选刊》《小说月报》《中华文学选刊》等转载。《黄河文学》《广西文学》《青春》《四川文学》《山东文学》《福建文学》曾同期推出其个人作品小辑。曾获第三届曹雪芹华语文学大奖·微小说奖、黑龙江省文艺奖、中国小小说金麻雀奖、冰心散文奖。出版作品集《弯弯的月亮》《隐蔽在河流深处》《成人礼》《寻找红苹果》《爱情与一个城市有关》等。有小小说作品被选入美国、日本、俄罗斯等大学教材及杂志。小小说集《成人礼》被泰国红山出版社译成泰文在泰国出版，另有小小说被译成西班牙语。小小说《无痕》入选中国小说学会 2022 年度好小说排行榜。）

目录

短篇小说

微小说

短篇小说

稻子

会是下半晌开始的，掌灯时分，意见还没有统一起来。为开发西涝洼子的事，村干部老米这火上的，嘴起了几个大泡，头发一梳，一绺一绺地掉。他抽出烟盒里的最后一根烟点上，嘬弄着嘴唇狠狠地吸了一口，然后不紧不慢地说："我看大伙儿也别呛呛了，这事，还是开个村民代表会，大家研究研究看咋定好。"

大伙儿往外走，张老猫堵在门口大声地嚷嚷："哎，我说老米，你们吵吵嚷嚷地研究了小半天，西涝洼子的事，咋定的？"

老米一扒拉张老猫说："咋定的，村两委还得跟你汇报啊？"张老猫眨巴眨巴眼睛，斜歪着脖子说："问问咋了？"老米不吭声，闷头往前走，张老猫跟着，嗓子破锣似地喊："跟你说，把事给我往明白里整，我张老猫是啥人，你们都知道，别整翻脸了，谁都下不来台！"

前几年，张老猫在西涝洼子养鹅，几千只鹅崽儿水灵灵地长，长到鞋底子那么大了，一场大雹子，把鹅崽儿一个个拍成了肉饼。第二年，他又弄回来一千多只鸭崽儿，国庆节刚过，鸭子快能出手了，摊上灾了，没几天，鸭子全瘟死了。他叉着腰，往西涝洼子的洼沿上一站，龇牙咧嘴地说："别看我干赔了，但这地方，谁也别想占。"

做买卖的宏伟，农大毕业后常在脑子里蹦出来一个想法：老在外面这么跑不是长久之计，农民的根是土地，漂在外头，总像没根似的。他跑着买卖，手里头捧着农业科技的书。这几年宏伟没少看有关种稻的书，坐在车上看，晚上亮起灯来，端着那书，像个赶考的学子。在宏伟的心里，稻子成了他心爱的“姑娘”。

大柳树村，西涝洼子这片地，这么多年始终撂荒着，宏伟盯着西涝洼子，心里翻腾着。这片地，春天起碱白花花一片，一刮风，呼呼地冒着白烟。雨大的年头，水存一米多深，像大酱汤一样。但是，儿不嫌母丑，宏伟一看到它，心里就涌起莫名的亲切感。从城里一回来，他就惦记起西涝洼子，想把这块闲置多年的土地开发出来。

晚上睡不着，他跑到西涝洼子，一个人坐在洼沿上，默默地看着。天上没几颗星星，月亮清白白的亮。他想起了小时候，跟小伙伴们围着洼地跑，露水珠打湿了脚面，还喊着，跑着。看着看着，他的眼睛有些湿了，碎了一地的月光下，那浅浅的凹型地，慢慢变得饱满起来，一粒粒稻种仿佛扑哧扑哧地裂变，顷刻间，水面上钻出了一棵棵绿油油的秧苗。水面被绿色映得耀眼，生动的样子一点点掀起高潮。稻子结穗了，动画一样在枝头上越来越饱满，黄灿灿的。微风吹来，稻浪翻滚……

宏伟爹是不同意宏伟承包西涝洼子的，开发种稻，可不是上嘴唇下嘴唇一挨的事，以前那是各家各户扫碱、熬碱的洼子，稻秧一下了地，怕是就被碱给烧死了。投那么多钱，万一干赔了，想缓过来可就难了。宏伟抓起酒壶来，把酒给老爹斟上，过了半晌才一字一句地说：“爹，我看西涝洼子是个大粮仓。种稻子，能行。”老爹的脸阴得像要下雨，他瞪圆了眼说：“刚攒几个钱，可别碰那西涝洼子，还是干你老本行稳当。”老爹的烟袋锅子狠狠地往炕沿上敲，嘴里嘟囔个不停。

大伙儿都夸宏伟脑袋瓜儿灵，还肯吃苦，在大学就入了党，还当过学生会干部。这几年，看市场上缺啥，他就瞄准了干一把。这东干西干的，靠着脑筋灵活，干啥都没亏着。老爹早就跟他说过：“儿啊，别这山望着那山高了，赶快在县城买个房，让我跟你妈好享享福。”宏伟笑呵呵地答着：“爹啊，等着啊，等我挣到大钱，咱去省城买个大点的房。”

说不动老爹，宏伟跑去找村干部老米，说他想把西涝洼子包下来，种稻子。老米一听，眼睛使劲地眨巴两下，仔仔细细地看着宏伟。

老米抿了一下刮得黢青的胡楂子说：“西涝洼子那碱巴拉地，连草都不长，种稻子，能行吗？”宏伟拍下胸脯，掰着手指头，把在农大学到的种稻技术一项项说给他听，什么配方施肥、以水淋盐洗碱、选耐盐碱品种等。这些新颖的词，把老米的眼睛都说弯了。他笑眯眯地说：“量你没有这弯弯肚子，也不敢吃这个镰刀头。”

听说宏伟要包西涝洼子，张老猫跑来找宏伟。他踮着脚尖，手指点着宏伟说：“从屯亲论，你得管我叫声三舅吧？你黄嘴丫子还没褪净，跑我这儿来争食？”张老猫以为宏伟会跟他急眼，可宏伟笑嘻嘻地说：“三舅，您不能这么说，那块地，始终不是在那儿荒着，没包出去吗？”张老猫哼着鼻子，对宏伟说：“谁包，他得先过我这道关，我看谁敢包！”说着，张老猫把门使劲地一摔，气哼哼地走了。

大柳树村会议室里坐满了村民代表，他们抽着大烟卷子，瞪着大大小小的眼睛，相互嘀咕：“这破地，干啥啥赔。人家都说‘盐碱地，涝洼塘，干投钱，不打粮’。”有人小声说：“听说头一年，承包费一分不收。”也有人说：“人家宏伟敢来包，说不定，心里早就打好了谱。”

张老猫抻着脖子，蜷缩着身子，小眼睛四下里瞅，不停地冲着这个点点头，又对着那个挤弄一下眼。老米看着大伙儿，清了清嗓子喊道：“静一静，开始画票了。”桌子上，投票箱稳稳地立着，红纸糊成的面，被斜射进来的阳光照得通红，晃着人的眼睛。大家低着头，一只手挡着票，一只手拿笔在票上画着。

投票箱哗啦啦地打开，数完了票，老米乐了，他响亮着嗓门儿说：“村民代表表决通过，西涝洼子可以上发包平台，户口是大柳树村的，都可以报名。”

对承包西涝洼子，大柳树村早就弥漫着火药味。平台上，只有两个人报了名，虽然谁也看不着谁，但大家都心知肚明：一个是宏伟，另一个，跑不了他张老猫。拍卖环节，张老猫先给了底价，宏伟涨了一百元。张老猫涨了五百元，宏伟跟着涨五百元……拍了几轮，张老猫点上烟，挠了挠腮帮子，心想：这小王八蛋，铁了心要跟我杠。

张老猫抄起手机就给宏伟拨了过去，气哼哼地说："行啊大外甥，咱们一个屯住着，你真是往死里抬价啊！"宏伟低沉着嗓音说："三舅，这是公平竞争。"张老猫一听，话就软下来了，他哭唧唧地说："大外甥，这西涝洼子，三舅都经管好几年了，你说你，咋就拉下脸来撬三舅的行？"宏伟把电话拿得离嘴远一些说："三舅，这几年您没少往里投钱，不都赔了吗？你大外甥要是开发挣了钱，保证三舅有零花钱，大外甥给您养老。我这次从城里回来，就是要把西涝洼子变成米粮川，变成聚宝盆！"说着，宏伟撂下电话，眼睛又盯上了发包平台。

张老猫拇指和食指掐着一根烟，狠狠地抽了一口，把剩下的半截烟头甩到地上，像是使了很大的劲，把卡上仅剩的七百块钱全都拍上了。

老米宣布："经发包平台竞标，西涝洼子的十年承包权是宏伟的了。"宏伟捧着合同书，乐呵呵地往家跑，往爹面前一举说："爹，你看看，西涝洼子，咱的了！"宏伟爹没有笑，他说："怕是个无底洞啊！把你小子赔个精光，你就消停了。"

张老猫来找宏伟爹，进了屋就气势汹汹地拍打着炕沿说："告诉宏伟，西涝洼子，让他赶紧撒手，不然，我让他投多少赔多少！"宏伟爹喘着粗气，冲张老猫喊："滚！少跑这儿来吓唬人，你该哪儿发财哪儿发财去！"

西涝洼子边上建着一个小庙，有一人多高，砖砌的，神不神的不知道，反正没人敢招惹它。宏伟包下西涝洼子后，第一件事，就是琢磨把小庙拆了。因为，有这小庙挡着，他没法开渠引水。宏伟雇来推土机，轰隆隆地往前拱，拱到近前，司机猛踩住刹车。宏伟一看，原来，张老猫盘腿大坐地赖在小庙前，后边，两个满脸褶子的老太太，都把双手插在袖管里，耷拉着脸在那儿坐着。宏伟去拉张老猫，张老猫歪着身子不起来。宏伟气得脸煞白，他叉着腰，胸脯一鼓一鼓的。张老猫看着宏伟，露出一脸怪笑，说："土地爷的地盘，你小子也敢动？”宏伟抄起电话，不一会儿，老米来了。老米拍拍张老猫的后背说：“咋的，就因为包个地，还没顺过气来？咋还把两位活祖宗给请来了？”张老猫说：“站着说话不腰疼，撬你的地试试？”老米说：“人得讲理，你要是价给到位，这地不就还是你的？”张老猫摸了下胸脯说：“我就是咽不下这口气！”宏伟过来，给张老猫深深地鞠了一躬，握住张老猫的手说：“三舅，我是看西涝洼子一直荒废着，怪可惜的！”张老猫嘴撇到耳朵根，歪脖蛮横地说：“可惜个屁！有能耐你到别处去使。”宏伟不吱声了，无奈地掏出一根烟点上，自顾自地抽。老米提着嗓子，指着张老猫说：“人家宏伟，头也低了，小话儿也递了。你要是再不走，我可报警了。”张老猫一听跳起来说：“别拿警察吓唬人，谁怕呀？”

不一会儿，警车闪着警灯来了。老米迎上去，说了报警经过。看了宏伟的承包合同，警察口头传唤张老猫。张老猫想：要是上了警车，不得拉去蹲笆篱子啊。张老猫就往后躲，他老娘和老姨冲上来和警察交涉，堵住了警车门。听到警察的口头警告，张老猫吓得直敲牙梆鼓，哆哆嗦嗦地拽着老娘和老姨往家跑。张老猫跑出十多米远，没好气儿地喊：“宏伟你个小犊子，敢跟神干。地，你种吧，种啥啥死！”

推土机一加油门，直冒黑烟，像发疯的公牛一般冲向那小庙，小庙被推倒了。

宏伟在家的园子里扣棚育稻苗，园子土有劲，向阳还暖和，稻苗蹿高似的长。太阳刚一冒红，宏伟看着绿油油的稻苗，心里喜滋滋的。稻苗棵棵头上顶着小水珠，一缕阳光流淌进来，苗床上仿佛嵌满了晶莹的珍珠。

刚过“五一”，大风刮得漫天黄沙飞扬。走路得一步一步往前挪，沙子打得眼睛生疼，路边七零八落地躺着刮折的树枝。西涝洼子，宏伟开着水耙轮平着地，造得像个泥人。这几天，他抢着季节，白天黑夜连轴转，人瘦了一圈儿，原本的刀条脸，棱角更加分明了。天擦黑，风刹了，他回到家，掀开锅盖，从锅里抓起一个馒头，边嚼着边往育苗棚那里走。到了棚前，他看见棚膜刮开了几道口子。进了棚一看，小苗灰呛呛的，像喂牲口的干羊草，蔫耷着。

再看另外两处育苗棚，都是这个样子，小苗蔫着，像晒好的干菜。宏伟脸上的汗唰地冒出来，他用手擦着，脸模糊成一幅画。他心里一揪，眼泪就在眼圈里打转。

宏伟爹心疼儿子，别不过的事，只好妥协。他守着宏伟的育苗棚，自己叨咕："贱啊！"话说回来，谁不为儿子好？可儿子又有几个能听爹的？

宏伟哽咽了，带着哭腔说："爹，你看，这稻苗子咋了？"他爹叹了口气，说："谁知道咋了，这苗，早上还都精神着呢。"宏伟把小半块馒头一口吞到嘴里，小跑着回到屋里翻箱倒柜一通找。书找到了，但看小苗的症状，又跟书上说的青枯病不一样。宏伟搓着手，脑袋一阵迷糊，一时没了办法。宏伟爹心里直画魂：难道这死苗真和拆庙有关系？

张老猫听说宏伟的秧苗都死了，领着他妈和他姨来了。他扒开育苗棚的门，阴阳怪气地说："咋样？我没说错吧！"他妈挤咕着眼睛跟他姨说："老天这玩意儿，专治犟种。"他姨说："老猫啊，还看啥呀？快点儿，回家抓鹅崽，西涝洼子种不成稻子，可有地方放鹅了。"

宏伟爹抡起铁锹去揍张老猫，张老猫一躲，宏伟忙一把手拦住，说："爹，谁爱嚼舌头谁就嚼，舌头长在人家嘴里。"

听到信儿，老米来了，他咂吧着嘴说："这咋整的？眼看要栽苗了，再育稻苗来得及吗？"宏伟皱着眉说："过几天就插秧了，怕是来不及。"老米走进育苗棚，蹲下来仔细地瞧，眼睛死盯着小苗的根。他伸手去薅，苗薅出来了，苗根上一点土也没有。他去捏土，苗床全是干土面。他立时明白了，问："咋的，这苗没浇水？"宏伟看他爹，他爹说："昨天浇的，始终是三天浇一次水。"老米走出来，转到棚子后边，一看，压棚膜的绳子全都被刀割断了，棚膜在棚架子上晃荡着。

宏伟压好棚膜打开微喷，给苗床浇了个透。一夜间，小苗全缓了过来，绿油油地挺起了胸膛。

插完秧，大晴天像下了火。过午，地里的玉米苗打绺，蔫巴了。稻田里的水烫得下不去脚。宏伟想：无论旱成啥样，只要有水，我的稻子就能有收成。

插完秧一个月了，滴雨没下。早晨，玉米苗上旱得没有了露水珠。稻苗突然不长了，黄巴巴的，像一群病秧子。宏伟心想，看来是肥上少了，于是他又给稻田扬了一遍肥。不想扬完了肥，水稻开始脱叶子。宏伟蹲进田里，咋看都整不清这稻子得了啥病。他换着样一遍遍地打药，但是发黄的稻苗还是老样子，佝偻着身子站不起来。宏伟找来邻村的水稻技术员，他们也摇晃着脑袋说没见过这毛病。约好了水稻专家来地里看，专家到了，苗已死了个精光。

张老猫在宏伟家门前转悠，骂骂咧咧地嚷嚷："都说宁拆十间房，不拆一座庙，真有吃生米的，遭报应了吧！"宏伟爹气得不行，他冲着张老猫喊："我家有钱！晾荒岗，我们愿意！"

张老猫去找老米："我们还得把庙建起来，保咱村太平。宏伟不交承包费就违约了，合同得废了它！"

看老米摇了摇头，张老猫开骂了："米老鼠，你啥都怕，脑袋小，肚子大！宏伟的合同不作废，我就上县里去告你。不把你村书记告掉，我都不姓张！"

看着死气沉沉的西涝洼子，老米的心揪作一团。他替宏伟着急，他搞不明白，宏伟的种稻路，咋就一步一个坎？

天阴得黑沉沉的，像墨汁瓶掉进了鱼缸里。咔嚓一声，天上炸开一道闪电，豆大的雨点劈头盖脸地砸下来，车玻璃上瞬间成了水帘。老米钻进车，喊着："宏伟，快上来！"宏伟却像没听见，任凭雨水浇着。他已经三天没咋吃饭了。他的魂好像被掏空了，想睡觉，睡不着。他看着天，天灰蒙蒙的；看着他的西涝洼子，涝洼上泛着白亮亮的光。

老米劝宏伟，让他往开里想，这干事业就像啃骨头，哪儿有那么顺溜的。别看今年赔了，盐碱地开发，是有潜力的。他握住宏伟的手说："你小子要是真有能耐，那就在哪儿摔倒了，就在哪儿爬起来！"宏伟说："我倒是还想干，但钱呢？钱全投进去了。"老米拍着胸脯说："没钱，我帮你贷款。"宏伟使劲地点头。

宏伟想：人家老米跟我不沾亲不带故的，还要替我承担贷款的风险，这么真心帮我，再不干可说不过去了。

宏伟挖来西涝洼子的土，拿到省城化验。一周后，结果出来了，死苗的原因找到了，是一种旱田除草剂，把稻苗都给药死了。

宏伟纳了闷儿：这西涝洼子没用过旱田除草剂，这药是哪儿来的？

老米把驻村书记、县自然资源局的老范介绍给宏伟。过后的一段时间，老范领着宏伟跑了省里很多地方，又在县里注册了公司，立起了一个更大的目标。

老米邀宏伟参加村民代表会，宏伟走上台，深深地给大家鞠了一躬，微微一笑说："如果稻子种成了，新增耕地再获得批准，西涝洼子在平台上要是卖出去了，咱大柳树村可就赚大了。"没等宏伟说完，张老猫就站起来吵嚷："你别瞎忽悠了！去年，你的稻子不都死绝根了？西涝洼子根本就不长稻子。"有人随声附和，喊着说："村委会上哪儿能收入那么多钱？天上还能掉馅饼？瞎扯淡！"宏伟气得牙咬得嘎吱嘎吱响，他紧紧地攥着拳头说："就再给我一次机会吧。"

老范发现这个会开得要跑偏，站起来使劲地拍了下手，大家静下来后他才笑呵呵地说："我在县自然资源局工作，我给大家科普一下，我们西涝洼子原来不是耕地，我们开发的一千多亩，种稻成功后，如果申报了新增耕地，验收以后就变成了耕地。"大家都点头，表示听明白了。

老范接着说："人家是在平台上买我们新增西涝洼子的耕地指标，买方那儿的耕地就可以置换出这一千多亩，他们可以在置换出的耕地上建楼房、盖工厂，算总账耕地占补是平衡的。"

老范的解释，代表们基本听明白了，反对的意见终归没有占上风。废弃地变成耕地的立项算是通过了，挂到平台上去拍卖，村民代表也都同意了。

这次开发，宏伟租来的都是大马力机械，地翻得深，旋得碎，旋耕后的稻田软乎乎的，脚踩上去，像踩在海绵垫子上。激光平地仪走过去后，稻池子平得像镜子面一样。宏伟说："还是现代化大机械好，我那小四轮旋得像弹脑瓜崩似的，就整一层皮。"

插秧机过后，绿油油的稻苗均匀地站在稻池子里，宏伟皱着的眉头也舒展开了。

水稻刚插完秧，连续下了两天雨。天晴了，西涝洼子白花花的一片，连池埂子都被淹没，没了影。宏伟纳着闷儿：没下多大雨，咋把稻田淹成了这样？

宏伟皱着眉头察看，他想：这蓄水池的坝不是挺高的吗？去年三伏天下大暴雨，稻田都没咋的。他继续往前走，不禁打了一个寒战，啊！稻田的南侧蓄水池大坝咋冲开了一道大口子？

张老猫走过来，见着宏伟，笑呛了，躬着腰，捂着肚子咳嗽。他故意吞咽着唾沫说："咋样？老天爷睁眼了吧？"宏伟没理他。

宏伟嘴唇上起了一圈泡，老米看见白晃晃的水，叹息着说："淹就淹了吧，趁钱还没全投进去，赶快刹车。"宏伟瞪着眼睛问："啥？刹车，那不可能。"老米一脸疑惑地问："稻苗都淹没影了，咋救？"宏伟说："我要把坝口子堵上，把水抽出去！"

挖掘机开过来，挖起一斗土刚要往口子上放，张老猫给拦住了。他说这是他家的地，别说挖土，从这里过车也不行。双方正拉扯着，宏伟却在蓄水池缺口的周围，发现有豁牙子铁锹印和大号的靴子印，宏伟气得脸都涨红了，这哪是什么天灾，这是人祸啊！宏伟立刻向派出所报了警。

警察来了，量了坝上的靴子印。那么大的脚印，全屯子的人都知道是谁的，和张老猫脚上穿的靴子一模一样，连右脚靴底掉了一块橡胶都对得严丝合缝。在张老猫家，警方找到了那把带豁牙子的铁锹。张老猫这回老实了，像个病猫似的缩着脖子，耷拉个脑袋在仓房的墙角杵着。

一连三天连轴转，宏伟就蹲守在西涝洼子那儿排水边，到第四天早晨，稻苗终于露出脑袋尖。一直绷紧的神经一放松，宏伟走路都打晃，脸黑黄黑黄的，不管怎么看，都是土生土长的大柳树村人了。水抽出去了，一行行稻苗在水中列队，稻叶子虽然软了，但稻苗依然挺着脖子，像学校操场上的学生，齐刷刷地迎着春风。

这场大水不但没有把稻苗淹死，还起到了清洗盐碱的作用，稻苗长得更欢实了。宏伟嘴里叨咕着："水来盐碱融，水去盐碱空。"稻田里，一排排的秧苗，吸收着充足的水和肥，宏伟蹲在池埂上，盯着稻子，仿佛听见了唰唰的生长声。他抚摸着稻苗，心想，再难的事，只要咬住了不放，就一定能成功。

宏伟又开始琢磨在稻田里养小龙虾，小龙虾的排泄物可以肥田，田里的水草是小龙虾的美食，两不耽搁。农大老师领他到基地的试验田里，看着5号电池大小的虾苗，宏伟更有信心了。回到家后，在老师的指导下，宏伟给水稻打完最后一遍药，开始往稻田里投放虾苗。稻田里，小龙虾有吃有喝，还能出来晒太阳，一个月后，小龙虾就长得有模有样了，舞动着头上的触角，尾巴像把扇子。小龙虾弓着的腰一伸直，尾巴上的“扇子”一扇，嗖地往前一蹿。宏伟蹲在池埂上，望着碧绿的稻田和水里跳着“芭蕾舞”的小龙虾，脸上绽放着喜悦的笑容。

宏伟注册了个短视频账号，每天都记录着这片土地的一点一滴。盐碱地的水稻出穗了，稻田养的小龙虾活蹦乱跳的。不知不觉间，账号有了两万多个粉丝，其中有养殖大户，有乡村干部，还有农业局的领导呢。没想到这些人比宏伟还上心，一天看不到他更新就私信他，天天惦记，每周都有外地人来考察取经。

水稻刚出穗，邻县来了一群考察学习的人。看见宏伟这片稻田是红色的，客人说：“你们太厉害了，稻田养殖小龙虾，水稻都是红色的。”

宏伟蹲在池埂上，盯着稻叶，挠着脑袋，嘴里不停地啧啧着，长长地叹了一口气。他心想：这叶子咋就红了呢？这红了叶子的苗，还能打出粮食来吗？

宏伟找了几个空矿泉水瓶，灌上稻池子里的水，拿去化验。结果出来了，是含盐量太高了。宏伟马上把稻池子里的水换掉，喷药，红叶子控制住了。宏伟心里不踏实，怕电话里说不清楚，拎着两撮水稻去农大找老师帮忙诊断。

老师说，这是水稻早死秧的症状，如果不及时换水、喷药，秋后全是瘪稻子、大空壳，让宏伟密切关注稻株的颜色，千万别大意。

回来的路上，宏伟脸色灰白，额头的冷汗一层层的。他暗自庆幸，幸好每天都去稻田瞅瞅，要是耽误两三天，就不定啥样了。盐碱地种稻真难啊！一刻都不能放松。

中秋来了，粉丝们发动亲朋好友买宏伟的小龙虾。一筐筐的小龙虾，从稻田里抬出来往车上装。宏伟他爹扬着一个核桃脸，看着儿子嘿嘿地乐。

太阳躲在云朵里，一束光芒从缝隙里照下来，稻田披上了金灿灿的外衣，稻穗沉甸甸的，发出沙沙的声音。丰收在即，宏伟站在地里，双手握着铁锹把，拄在胸口，感受着风吹稻浪的惬意。

收割机嗡嗡地响，一排排稻秧子卷上来，哗哗哗地变成了金黄金黄的稻粒。

水稻丰收了，但磨出的大米个个都戴着一顶“小白帽”，市场上没销路。有人要做米粉，给了个白菜价。一年忙到头，还闹了个赔钱。宏伟拎着两包大米样品直奔省城，非要看看这“小白帽”到底是咋戴上的。

太阳刚下山，宏伟就回来了，见到了老米，嘴一瘪，把谷物检测中心的化验单啪地往桌上一拍：“你瞅瞅，这碱地的大米，碱性高出人家普通大米一大截子。我说大米这‘白帽子’咋回事呢，整了半天还是碱惹的祸，这盐碱地，能愁死人！”

宏伟回到家，把自己闷在屋里，盯着化验单，眼泪不争气地流了下来。他对自己来气，四年的大学是白念了，“食品科学”这四个字是啪啪打脸啊。

宏伟走出家门，抬头望了望天，雾气蒙蒙的。瞅着眼前像小山似的稻子堆，他狠狠地踢了一脚，稻子像雪崩一样从堆顶往下淌。

老爹催促宏伟：“这水稻贱点也卖给米粉厂吧。院里一大堆水稻，这天一会儿下雨，一会儿又下雪的，稻子要是捂出白毛，那可全白瞎了。再说了，还有小龙虾呢，算总账咱也赔不了啥钱。”

老米跟宏伟念叨：“我家你婶有胃反酸的毛病，往粥里扔把碱面，那粥就黏糊了，胃也不反酸了。”宏伟正在炕上头朝里躺着，一听这话，一骨碌爬起来就奔书架去了。他翻着书，心想，碱地大米，碱性食品，中老年人，胃反酸的人，容易上火的人……忽然眼前一亮，这哪儿是缺点，这是别人想整都整不出来的优势啊！宏伟乐得拽着老米喊：“找到卖点了，找着了！”

宏伟又跑了两趟省城化验大米，和农大老师们研究大米中的碱性对人肠胃的功效。“这是具有保健功能的大米呀”，听到这个结论，他心里悬着的一块石头终于落地了。他马不停蹄地往家赶，没等到家，半路上把车停到服务区，就把专家的结论在自己的短视频账号里和粉丝们分享了。

到家之后他整理了弱碱生态米的功效，把大米化验单放到了首页，拿着手机就睡着了。

天还没亮，宏伟就被连续不断的提示音吵醒了。没想到，大米一晚上就预订出了一万多斤。

市电视台记者采访宏伟，镜头里记者用弱碱生态米焖饭，打开电饭锅，隔着屏幕仿佛都能闻到满屋的香气，盛到碗里，粒粒晶莹剔透。尝上一口，劲道十足。

记者问，碱地大米和普通大米有什么区别？

宏伟讲，普通大米是酸性的，碱地种植的大米呈中性或弱碱性。吃弱碱生态米可以软化血管，胃不反酸，口感好。弱碱生态米价格翻了几番，又赶上个“双十一”，水稻边加工装箱边发货。这一百多万斤大米，把整个村的人都发动起来了，老少爷们儿在老米的组织下，集结成了流水线。

这段时间，村民在宏伟那儿打工，没少赚，看宏伟挣大钱了，都嚷嚷着要跟着一起干。宏伟说：“好，明年咱们一起，把西碱甸子和蓄水池，都开发出来种稻。”

这一年春节前，大柳树村换届工作正红红火火地进行着。面对大柳树村父老乡亲几百张喜气洋洋的脸膛，老米高声宣布：“经村民代表和集体经济组织成员代表推选，宏伟同志全票当选大柳树村股份合作社理事长！”

窗外飘起了大雪，纷纷扬扬的，像鹅绒被一样盖住了大地。西涝洼子睡了，睡得很沉，在酝酿着一个更加明媚的春天。老米拉着宏伟的手走出了村委会的大门，他们看着雪，脸上是被陈年老酒熏醉般的模样。这时，宏伟的电话响了，电话那头儿清清楚楚地说：“你们的西涝洼子，在耕地指标置换平台上，拍出了每亩五万元的祖宗价！”

宏伟把拳头狠狠地一挥，像个小孩子一样蹦跳起来。这个时候，大柳树村的大街上响起了一个洪亮的声音：“走，买炮仗去啊！”

发表于《北方文学》2024 年第 2 期

蹬三轮车，蹬出一条生活的路

一

张雪楼是个快递员，靠一台三轮车养活着一家老小。

二〇一九年七月，她送的第一单快递，联系人是用的外地手机，豹子号，这人很着急，催了她两遍让抓紧把货送过去。

她骑着电动三轮车急忙往送件的小区赶，在一个十字路口，跟闯红灯过来的一辆奔驰车撞上了，给人家擦破了一小块车漆。正当她吓得不知所措的时候，从奔驰车上下来个青年男子，他戴块大金表，叼着中华烟，歪个脖子瞪着眼睛质问她："你长没长眼睛啊！眼看着我都过去了，你还往我车上撞！"

她以为是自己的三轮车把人家的车尾给剐蹭坏了，就跟奔驰男商量："不好意思啊大兄弟，我还着急给人家送件呢，姐给你点儿钱自己去喷喷漆吧。"

谁知奔驰男急赤白脸地说："我这可是奔驰啊，喷一块漆至少万八千的，你拿钱吧。"边说边做出要钱的手势，她哪儿有这么多钱啊！

这时，货主来电话了，还没等她吱声，对方就急眼了，说再不把货送去，就要投诉她了。

交警过来处理交通事故，拍完照，当场认定了交通事故责任，说她是正常行驶，奔驰男负全责。

事后，她边走边寻思，当时我的车速要是再慢一点儿就撞不上了，人家喷漆还得花不少钱，我这驾车技术真得练练啊。

货主发的货是六箱水，得送上六楼。她把矿泉水在三轮车上摞好了，先背三箱水往楼上爬，刚过二楼汗就下来了，往三楼爬时眼前的台阶直摇晃，腿软得抬不起来。她心里不停地念叨着“不能停，再累也不能停，眼是懒蛋，腿是好汉”，她一步一步地挪到了六楼。

按门铃没反应，于是她给联系人打电话，对方说他父亲在家，马上就给她开门，她转身下楼去背那剩余的三箱水。第二趟上楼，头上的汗淌到眼角，眼珠子像伤口上撒盐似的疼。终于把水全都背上来了，可是门还没开，当她再次拨打对方的手机时却关机了。

她强忍心里的委屈，心想：这是啥人呀？刚才嫌我送货慢要投诉我，现在他却关机。她敲了几下门，结果门像被焊住了似的，纹丝不动。

她犯愁了，现在真是进退两难，要是走了，人家还没收到货，不就更麻烦了吗？可也不能一直蹲在门口等着啊，车上的件都着急送。

这时候，其他取件人都等着急了，电话一个接着一个地打进来，催问她货怎么还没送到，她不能再等下去了，于是急忙跑下楼，先去送着急的件。

她跑了几条街，快送到一半时，豹子号又给她打电话了，原来他出差在飞机上手机关机了。他爸年纪大耳朵背，看电视时小声敲门根本听不见，这次让她大点儿声敲门。

她蹬蹬蹬地又爬上了六楼，这回她不怕扰民了，使劲咚咚地敲门，震得门框嗡嗡响。不一会儿，里面传出来一个苍老的声音：“谁呀？”

“我是送快递的，你家的货到了，大爷，开门吧。”

“我得问问我儿子。”

她有些烦躁了：“接个货这么啰唆，还以为我一天只为你一家服务呢。”她小声地叨咕着。

过了一会儿，老人打开门镜往外看，确认后让她把水举起来靠近门镜细看看。她不情愿地举起了箱子，然后重重地放下。

门终于开了，老人跟她说：“孩子，你别生气，我这年龄大了反应也迟钝，我儿子让我不要给陌生人开门，防止上当受骗。”

她把水搬进屋，这单业务总算完成了。她没想到送的第一单就这么难，忙了半天才挣三块钱。

她想起在家躺着患脑血栓的老公，为了给他治病，家里已经欠下了五万多元的债务。六七十岁的婆婆也有病，平常去垃圾箱翻矿泉水瓶子卖钱贴补家用。想到这，她鼻子一酸，憋了很久的眼泪淌了出来。

张雪楼今年四十五岁，她个子不高，瘦得只剩肩胛骨支棱着，头发稍盖在肩膀上，清瘦中透着俊俏，脸和胳膊都晒得黢黑，肥大的上衣后面印着快递公司几个字。

以前，张雪楼在东山社区卫生服务站上班，每月能挣一千多块钱的工资，那时老公也能挣钱，日子过得平淡而又温馨。可是自从老公得了病，天像塌下来了一样，她一个人擎着，挣钱养活一家老小。

二

当初，张雪楼听说快递公司招一名快递员，冲着公司大、实力强、工资高就报了名。报名的三个人中只有她是女的，而快递公司不愿意招女工，并且有一个竞争对手竟然是所属仓储物流园库房主管王萌的表弟。

应聘面试那天，王萌首先领着表弟进了董事长张君的办公室，经过一番考察，张君点头表示满意。第二个男的进屋不到一分钟就出来了，王萌跟张君说：“董事长，还有个又小又瘦的妇女，一看就干不了快递，您就别见了。”

张君说：“既然主动来应聘，说明人家对咱们公司信任，咱们得讲诚信啊。”

张雪楼头一回经历面试，一迈进董事长办公室心就发慌，心里直突突，也不敢正眼看人，本来就清瘦，这回连精神头儿也没了。张君抬眼打量了一番，简单问了几句，然后便跟她说：“你回家等消息吧。”

本来在家打好的草稿，连谈的机会都没给就让走人了，看来是没戏了。她边走边说："别看我张雪楼个子小身体瘦，干活儿一点也不比男人差，在社区卫生站时，我能把一百六十多斤的大妈背上楼。"

正一脚门里一脚门外的她被张君叫住了，问她："你叫啥名？"

"张雪楼！"

"以前在哪儿上班？"

"东山社区卫生服务站。"

当晚，她便接到了王萌的电话，通知她第二天去快递公司上班。

原来，张君的父亲张贵才就住在东山社区卫生服务站附近，他有个头疼脑热的总去输液。

有一次，张贵才刚输完液，正拿棉球按针眼时，接了个电话，他就着急忙慌地往楼下跑去。张雪楼打扫卫生，发现一个病床枕头下有个黑塑料袋，打开时发现里面有五万现金。

她拎着塑料袋，心脏扑通扑通地跳。她想，这五万块钱正好够还老公治病借亲属家的钱，还完钱就没压力了。可她转念又一想，谁家老人丢了钱不得着急上火，要是我婆婆弄丢了这么多钱，都得去自寻短见。不行，我得尽快找到丢钱的人，把钱还给人家。

她到楼下调监控，发现只有张贵才老人下楼时没把上楼拎的塑料袋带走，她给老人打电话无法接通。跑遍了周边几个住宅小区，打听到张贵才家后，她爬上楼看见张贵才家的门开着，老两口正在擦地上的水。原来张贵才接到老伴儿电话说自来水管爆了，他急忙跑回家找人来修理，一着急才忘记了钱的事。

张贵才从她手中接过装钱的塑料袋，激动得声音颤抖："要不是你这闺女主动给送上门来，我都忙乎忘了这钱的事了。岁数大了，一天到晚稀里糊涂的，谢谢你！好心的闺女！"

此后，每逢张君回来，张贵才必跟他说："你们到啥时候也不能忘了张雪楼这个好人啊！"

王萌给张雪楼安排最脏最累的活儿，选最偏远、路况最不好的片区让她去送件。不但每天送不了多少件，王萌还对她不是批评就是挖苦，从来没有给过她好脸色，把她弄得焦头烂额，有苦无处说。

万事开头难，一难接一难。她所负责的片区在县城最南边，多数是平房区，有些还是土路，遇上雨天路上全是稀泥，她就冒着雨，蹚着水送件。有一次下大暴雨被困，在没膝深的水中，推着三轮车的她喊天天不应，呼地地无门，愁得她只能无助地站在水里抹眼泪。

取件的库房在最北边，她每天起来就得穿过整个县城，领完件再送，在所有快递员当中她是起得最早、回家最晚的一个。

送快递免不了有联系不上的，还有不在附近的，这些件当天送不出去，都应该做问题件在公司后台上说明。她刚送快递时不知道，王萌也不告诉她这些事怎么处理，每个问题件要扣她五块钱，送达越晚扣的钱越多。起早贪黑地忙了一个月，她才挣了九百多块钱。

张雪楼攥着手里的钱，彻底失望了：快递服都磨毛边了，还挣不出来自己在社区时的工资，生活的出路在哪啊？她动摇了，不想继续干快递了。

这时，老总张君了解到她家的处境，给她调整了送件的片区，并组织员工们为她家捐衣捐物。公司还拿出一部分钱帮助她，并教她怎样才能熟练地多送件，这期间，张君还派先送完件的同事帮她送快递。

王萌跟同事说："这张雪楼是越肥越添膘啊，公司对她都不薄了，我听说东山社区居委会的人上门给她家办了低保，还安排她家住进了县里的廉租楼房。"

同事说："张雪楼家太困难了，我都没见过比她家还困难的。"

每天早晨，她六点半准时从家里出发去单位所属仓储物流园库房。她负责三家快递，春夏季每天接三车件，秋冬季每天接四五车件。

她每天上午十点多从大库出发开始送件。秋冬季节日密集，送的件特别多，为了多送件多挣钱，她在每天中午人们在家时送件。全年都吃不上中午饭，走街串巷去送件。

最让她担心的就是丢件，有的收件人不在家，快件就得放到附近的快递点。有时她正忙着送件，顾客或者客服来电话，说某个件找不到了，她马上得去核实。单号在自己手机上核查后，初步知道是什么件，几点几分放在了哪里，再调附近的监控查找。

有的地方没有监控或监控坏了，实在找不到相关证据，商家和快递公司会建议快递员赔付。如果快递员不同意赔付，快递公司会责令快递员赔付，每件要从工资中扣五十到两百元不等。

有一段时间，她负责的房产五号楼快递点连续丢件，这个快递点没有监控，她猜想是遇到了小偷。她当即报了警，警察到现场调查完，督促快递点马上安装监控。从那以后再也不丢件了。以前丢失的快递，她赔付了七百多块钱。

三

在送件过程中，遇到老年人想退货，不会上传单号，她就在手机上帮老人完成操作，虽说浪费点送快递的时间，但她是从困难堆里爬出来的人，被人需要比多送几个件更让她心里高兴。

过年办年货期间是送件高峰期，所送的件都是米、面、油和菜。这么重的货送到楼上，对于一个女人来说真是件难事，她虽然身体瘦弱，却有着男子汉的性格。有时候她往楼上背面粉和大米，上下楼的人都好奇地看她，有两个中年妇女看她头发湿漉漉的，那个年轻妇女说："你看，快递姐为了挣钱，往这么高的楼背米面，真不容易啊。"

年龄大的说："听说这个快递姐，每天送两三百个件，干五年快递都送了四五十万件了。她一个月能挣四五千块钱，养活卧床的老公，孩子已经考上了大学。碰上谁家有个为难遭灾的事，快递姐都出手相助，真是人善心好啊！"

冬去春来，转眼就到了端午节，送海鲜的快递件陡增。那天是先给独居的老人汪霞送海鲜，她在去的路上还和老人通了话，说好让老人在楼上等着。可是上楼后怎么敲也没人开门，给老人打电话，在楼道能听见屋里的手机铃声响了一阵又一阵。张雪楼的直觉告诉她，肯定是老人出现啥意外了，因为她自己家里有老人，比年轻人要更敏感。

她顾不上喘口气，赶紧跑下楼去找门卫，联系物业找到开锁的人来把房门打开，只见老人半躺在沙发上，满身大汗像水洗了似的，脸涨成了猪肝的红褐色，已经昏迷了。救护车没几分钟就到了，急救人员拎着担架上了楼，医生说："患者家属跟我们一起上车去医院。"张雪楼见物业的人没有上车的意思，她便让门卫帮忙照看快递车，拽着车门旁边把手就登上了救护车。

交住院押金时，她把卡里给儿子攒的学费都划空了，结果还差医院三百块钱，她连忙联系送快递的同事给转钱才终于凑够。

当汪霞老人被推进手术室抢救时，她才想起来还有几个生鲜快件还没给人家送呢，一看手机都快让收件人给打爆了，她急忙从医院打车回去。

当她给收件人打电话时，刚一接通对方就像爆豆似的说："你这送快递的是怎么回事，打电话不接，海鲜不给送过来，要是海鲜死了你就得赔！"

张雪楼一边道歉一边蹬蹬蹬地跑上楼。收件男人当面打开保温箱，发现海鲜一动不动了，男人气呼呼地说："我定好的晚上请客吃海鲜，你没给送到，我只好去市场买，多花了一倍的钱，这回海鲜都死了，你看咋办吧？"

张雪楼看着泡沫箱子里的两条死去的大龙虾，心里咯噔一下：这得赔多少钱啊！别说活的，死的她都没吃过。她硬着头皮解释："确实因为我给送晚了造成海鲜死了，我有责任。我来晚了是因为——"

男人当即让她打住，生气地说："你就说怎么赔我吧，我不听你那些没用的理由！"

男人媳妇说："你能不能好好说话，海鲜也不能复活了，我看快递姐也挺不容易的，让她说说是咋回事呗。"

这时男人不吱声了，张雪楼的火上大了，嗓子都快要冒烟了，她正讲事情的经过时，汪霞老人的儿子打来电话，她用免提接听的。

老人的儿子说："大姐，我不在老妈身边，感谢您救了我妈，大夫说要是再晚来一会儿，我妈就抢救不过来了。我正在往回赶，已经加了您的微信，赶快通过一下，把您垫付的医药费给您转过去。您是最美的快递姐！我为您点赞！"

接完电话，她又看到手机里有一个张君的未接电话，马上拨了过去，张君告诉她一个好消息："警察通知公司你丢件的案子破了，是王萌指使她表弟干的。公司已经开董事会决定了，辞退王萌，她的工作由你来干。"

男人媳妇竖起大拇指说："大姐为了救人才送件晚了，海鲜死的活的我们都不追究了，我们也为您点赞！"

这时，男人满脸通红低下了头。

张雪楼，一个平凡的女人，靠蹬三轮车蹬出一条生活的路，尽管这条路充满了泥泞坎坷，但她内心是欢悦的、幸福的，因为上大学的儿子各科成绩都优异，她那生病丈夫的面色也越来越红润。

发表于《延河》2024 年第 11 期（上）

大苇塘

一

刚开春，地里的青草芽子冒出黄绿色的小尖尖。塘南村的村书记在外地治病，驻村第一书记王鹏给党员和村民代表开会，会上大伙儿好一顿掰扯。

有村民说："还是别整了，那大苇塘种啥还不得让苇子给欺死，再说了，一下雨，周边的水全淌进苇塘，不得淹个头影不露？"有党员说："整！家家都没几亩地，不赶上下涝套雨那地就能得，得点儿是点儿，也比荒着强。"

大苇塘呈纺锤形，地势北高南低，有一万多亩。塘南和塘北村的人都在大苇塘里放牧、割烧柴。

村民议论，有人说："张能是个屯大爷好赌钱，钱比他祖宗还重要。仗着家族大，爱告状，资源可是没少整。"

塘南村有人说："新来的驻村书记王鹏，节假日都不回家，一直蹲在村里，还没官架子，像个干事人。"

王鹏跟村干部商量，让老会计找测绘公司来大苇塘划界。王鹏说："为防止测量完塘北村再找事，我们前边测量，后面安排两台挖掘机跟着，直接在咱村界内修条路，当两村的永久边界。"

塘南村开发大苇塘的消息当晚就刮进了张能的耳朵里。张能的老伴儿一边做饭一边“敲打”张能：“听说塘南村要给大苇塘划界了，你心里可得有点儿数啊。”张能心里明白自己包了多少苇塘，他翻来覆去地折腾，一宿没合眼。

王鹏跟村干部们商量：“大苇塘划界咱们宁可吃点亏，邻里邻居的，‘让他三尺’又如何！”

老会计觉得在大苇塘的三分之一处差不多就是边界了，塘北村的村干部张军还没到，他就让测绘人员在苇塘里立起测绘的设备，指挥着让挖掘机从拖板车上开了下来。

这时，张能领着几个人急急忙忙地赶了过来。张能挺着皮球肚子甩开大步，径直冲到挖掘机前，脚蹬着挖土铲，手指着挖掘机司机骂道：“我看谁敢动我们村一铲土，除非从我身上压过去！”

听到这话，挖掘机师傅刚撂地上的挖土铲不敢动了。这时，王鹏一挥手说：“撤！”这些人呼啦一下子全都撤走了。

张能看他们的车往塘南村驶去了，歪着脖子说：“小样儿，你见着我来咋跑了呢？”

张能边走边骂，喷出的唾沫星子，像喝完白花花的牛奶在嘴角上挂了层白沫。

张能这次是旗开得胜，他笑得脸和脑门儿上都布满了褶子，像沟壑纵横的黄土高坡。他一挥手说：“走，都上我家喝酒去。”

这时，张能老伴儿打来电话说：“你快点儿回来吧！塘南村在咱家牛圈南边挖上沟了。”他们着急忙慌地从苇塘里出来，小轿车抄近道，结果在大洼子连环车辙的土道上左拐右扭地於住了。

张能找人来把车拽出去，他到现场时，塘南村的两台挖沟机都开出一里多地了，直接把边界修成了田间路。

张能冲上去就把车给叫停了，指着王鹏的鼻子骂：“你硬把我们祖祖辈辈留下来的苇塘划给你包的塘南村啊！要是在县里告不倒你，我就上省、市纪委去告你！”

王鹏给张能看塘南村的土地使用证和测绘点，可他就是油盐不进，一直骂。

王鹏只好报警，二十分钟后，乡派出所的警车闪着警灯、响着警笛就到了。

民警了解完情况后，派出所所长口头警告张能：“张能，请你马上带他们离开，妨碍执行公务是要接受处罚的。”张能脑袋晃得像得了帕金森病似的，他说：“打我记事起大苇塘始终是塘北村的，边界也不是他王鹏说哪儿就是哪儿吧，我看王鹏都赶上土匪了！”

派出所所长看张能还胡搅蛮缠，跟民警说：“你们两个把张能请到所里去取份材料。”所长看塘北村的村干部张军也劝不动张能，就跟张能说：“你不想去所里也可以，那就去县局把你赌博的材料都取了。”张能这才不情愿地上了警车。

等张能从派出所回来，看到两村中间的边界已经修成了一条路。老伴儿说：“等你回来，黄花菜都凉了。”

张能找到村干部张军，说他要去省里告状，张军说：“委托你代表村委会，上法院起诉塘南村侵占资源，让法院来判决。”张能点了点头。

张能想，“君子报仇，十年不晚”，有我张能在，肯定有塘南村哭的时候。

原来，当初测绘人员把设备支在苇塘里一看，离两村边界点还差老远。于是他们上车回村，绕过大洼子往塘北村方向去找两村边界。

其实，开发大苇塘种地，是去年乡村振兴调研组来调研时提出的，王鹏正琢磨咋能让村集体和村民都富起来呢，有了这个提议，才下定决心开发大苇塘。

二

塘南村出了几台拖拉机，用大犁把苇根子翻了上来。黝黑黝黑的土里掺混着白花花刺眼的苇根子，像一幅黑白相间的山水画。

王鹏在党员和村民代表大会上说：“刚才我们村两委商量，这八千亩地村里预留出几百亩机动地，剩余土地分完，党支部可以领办合作社，大家可以自愿带地入社，由合作社统一经营管理。”

有村民说：“这地给咱自己种，能不能有收成还不好说，还不如入合作社省心，让党支部领着干咱还放心。”

合作社考虑苇塘地有碱，就种上了耐碱的葵花。当时赶上春旱，大苇塘水分充足，地有劲儿，没几天胖墩墩的葵花苗就从土里拱了出来，胖乎乎的子叶宛如娃娃的小手般可爱。

王鹏看大苇塘里长出了葵花，跟老会计说：“我们把大苇塘这八千亩地立个补充耕地项目，如果开发成功了，验收合格后要是能在网上卖出去，村里每亩能收入十万块钱。”

老会计掐指一算，惊喜地说：“啊？村里能收入八千万？”王鹏笑着说：“是八个亿！”“都是天文数字，种着地，额外还能得八个亿，说死我都不信。”老会计按着计算器说。

看葵花出苗了，塘北村的几个村民又起了幺蛾子：张能煽动村民，要雇旋耕机去把地里的葵花苗给灭了，把资源抢回来。这时，法院让张能找来一家测绘公司到两村边界去测量，结果是塘南村还给他们让了三十米宽呢，判塘北村败诉，村民这才陆续消停了。

葵花一天天地长高了，两侧均匀地长出又厚又长的大叶子，像芭蕉扇一样遮住了火辣辣的阳光。中间的花盘从铜钱大一天天地长到碗口大小，羞涩地展开翠绿色的花盘，露出金黄色的花瓣，宛如刚刚升起的太阳。里面像蜂巢一样均匀地排列着花蕊，辛勤的蜜蜂飞来飞去地忙着传粉酿蜜。

王鹏看在眼里，脸上露出了笑容。他想，大苇塘开发这就算成功了。

张能的皮球肚子跟充满了气似的，像只被抓上岸的蛤蟆，肚子气得滚圆滚圆的。他跟老伴儿咬牙切齿地说：“别看现在整的挺热闹，我让他们忙乎一春零八夏，都归零。”

转眼快入伏了，遇上了连雨天。老会计说：“下雨天没有蜜蜂来采蜜传粉，秋后葵花都得成了瘪瓜子。”王鹏联系养蜂人把蜂箱搬到葵花地头，雨一停，蜜蜂就能出来传粉。

看着蜜蜂频繁进出蜂箱，像飞机场跑道上的飞机起起落落，王鹏悬着的心终于落了地。

第二天中午，养蜂人打来电话，说话声都变了，他说：“不知道是咋回事，蜜蜂都死了。听说大苇塘里苇根子烂了产生毒气，把蜜蜂给毒死了，怪不得闻着葵花地里有股农药味儿呢，让我来葵花地放蜂，没采着蜜，还全军覆没了。”

王鹏站在葵花地边不停地挠着头，他看着一堆堆死去的蜜蜂，还有没死的两条腿朝天不停地蹬扯着，扇动着翅膀在地上转圈儿，发出吱吱的声音。他嗅了嗅，真有股杀虫剂的气味儿，哪儿来的药味儿呢？他心里泛起了疑惑。

第二天，暴雨来了，天像被捅开了个窟窿，下了一天一宿的大暴雨。大苇塘原来就是个碱洼子，四周的雨水都往这里聚，水又没处可排。一场雨过后，向日葵地里满满的水，垄台都被淹没影了。

几天后，天晴了，王鹏看见葵花地里的水渗下去十几厘米，垄台隐隐约约地露了出来。他跟村干部说：“苇塘渗水是真快啊，照这个速度，几天地里的水就能干了。”

凌晨三点，突然轰隆隆响起打雷声，隔了一阵子就下起了小雨。天刚亮雨就停了，村干部给王鹏打电话说：“王书记，不好了，大苇塘里两村分界线的路被雨水给冲开了，塘北村苇塘里的水都淌到了咱村的葵花地里了。”

王鹏想：没下多大雨啊，塘北村那头水离路面得有一尺多高，不可能把四米多宽的路给冲开啊。

王鹏赶到葵花地北头路上，看到分界线的路被冲开了一个不太大的口子。路北地势高，大苇塘里的水基本都淌干了，路南葵花地里的水却没过了垄台。他想组织村干部把口子堵上再把水抽回去，张能却领着一伙人拦着不让往回抽水。

王鹏只能眼睁睁地看着葵花被淹死。没几天，葵花的脑袋耷拉了，叶子也蔫巴了。站在水里的葵花像旱死了似的，整株都干巴了。

张能笑嘻嘻地跟老伴儿说：“别看葵花都死了，我去县里举报塘南村苇塘开地破坏生态环境，得让他们恢复苇塘，给他们火上再浇点油。”

“合作社投入的一百多万元都是赊的，颗粒无收，拿啥还人家？村党支部领办的合作社是全县唯一的典型，弄了个半途而废。”王鹏整天愁眉苦脸地待在村里，耳边不断地响起村民的风凉话。

塘南村的村民把矛头指向了王鹏，有人说："你一个驻村书记是来帮忙的，过两年就走人了，还把大伙给搭进去了。反正葵花地赔的钱，爱谁出谁出，我们是一分钱不拿。"

张能来了精神，他煽风点火地说："王鹏开发大苇塘，想弄虚作假搞政绩，这回竹篮打水——一场空了，天意啊。"

新规划的国道正好从大苇塘里两村中间的分界线上走。刚入秋就动工垫土修路基，三十多米宽的路基都在塘南村地界里。张能眼瞅着翻斗车一粒土都不往他承包的苇塘里卸，他想讹点钱都不给机会。

张能正生气时候，自然资源局给他送来了答复：这块地属废弃资源审批后开发，不存在破坏生态环境的问题。张能把笔一扔，没在送达书上签字。

三

刚入冬，王鹏组织驻村工作队跟村两委成员发动党员一起联保，在银行贷款，这才还上了当年欠下的各种费用开支。

大伙儿知道玉米耐涝，他们去农科院食品所引回了角质玉米。

老会计说："大苇塘种地得能排涝，不然种啥都颗粒无收。"村里开完代表会，王鹏去乡里申报建排水泵站，没想到很快就批下来了，开春就动工兴建。

张能看大苇塘里真长庄稼，他找张军商量，想把自己承包的一千多亩苇塘也开发种地。

乡里开会时，塘北村的张军跟王鹏说："张能想改变合同用途，开发种地，我没同意。"王鹏笑着说："他开发苇塘是好事啊，我帮你把塘北村的一千多亩地立个补充耕地项目，到时候你们村里能收入一个多亿呢。"

张能签完苇塘开发的补充协议，偷偷地去塘南村找他的远房亲属，打听今年要种啥。亲属跟他说："你也跟我们种一样的玉米品种呗，到秋天合作社比市场价每斤高出五分钱收购，你种啥能赶上这个挣钱啊！”

张能掰着手指头算来算去，觉得还是种角质玉米划算，也不少打粮食，万一合作社不回收，就卖给粮贩子。

入伏后，雨一场接着一场地下，塘南村有排水渠和泵站，合闸水就排进小塘坝里。塘北村的水被国道给隔住了，眼看着玉米地被水淹没了垄台，水没处可排，看着玉米底部叶子一天天地变黄，张能急得在屋里直转圈儿，还没着招儿。

刚吃完早饭，老伴儿正收拾桌子时，张能手机响了，显示的是一个陌生号码，他接起来刚听到对方说是王鹏，就把电话按了。他跟老伴儿说：“王鹏这个时候打来电话，肯定是幸灾乐祸往我伤口上撒盐的，咱耳不听心不烦。”

快晌午了，塘南村的那个亲属来了，进屋就问他：“大哥，人家王鹏书记给你打电话咋不接呢？”张能说：“我跟他没话。”“王书记找我，说路政那儿都帮你审批完了，可以在国道下面打穿越下涵管，把你玉米地的水排到路南渠里，你的玉米有救了！”

张能说：“去年我把他们祸害得够呛，今年还主动来救我的玉米，他是下的什么套儿让我往里钻吧？”亲属急眼了，生气地说：“我怎么摊上你这个大哥呢，你不信就等着玉米都淹死吧！”

亲属摔门而去，张能赶紧联系打穿越的车，下完涵管，两天地里的水就排干了，玉米苗缓了过来。

其实，王鹏帮张能排水的同时，还成全了塘北村的补充耕地项目。

看着获救的玉米苗嗖嗖地往高里长，张能想：有了这条救命的涵管，以后下多大雨也淹不着我的地了。他愧疚地叹了口气，眼前浮现出用无人机在蜂箱和葵花地上空喷杀虫剂，半夜冒雨挖开路往塘南村葵花地里放水的景象……

四

秋天，一垄垄玉米秆上，齐刷刷地长满了金黄色的玉米棒子，在微风下宛如一排排运动健将高举金杯，在不停地招手致意。

王鹏跟村干部说："都说'农业不加工，等于一场空'，看来种玉米卖原粮只能挣个辛苦钱。合作社得上玉米加工生产线，把种的玉米加工成产品再卖，这样才能挣大钱。"

王鹏领着合作社会计去县服务大厅，给合作社注册了商标，办理了玉米面条和玉米饺子粉的生产许可证；接着在平台上采购回玉米饺子粉和玉米面条的生产线，公开招标把老村委会改造成了标准的厂房，院里又新建了一栋库房。

玉米快成熟了，王鹏按老会计说的方法，安排人扒光玉米棒，晾晒降低玉米水分，"十一"期间脱粒加工，抢占新玉米面上市的销售商机。可是，新摘玉米虽然可以脱粒，但玉米粒水分高，进到机器里就糊了，从机器里出来的都像豆饼似的一片片的，磨不出来玉米饺子粉。

有村民开始议论："我看这个王鹏就是想一出是一出，花这么多钱改造厂房、买机器设备，今年又是个马歇尔计划。"也有人说："啥事不得慢慢来，你刚生下来就会跑啊？"

王鹏急得团团转，他想，玉米粒靠晾晒得很长一段时间才能干透，就抢不上新粮上市的商机了。他回县里时路过玉米烘干塔，突然有了烘干玉米的想法。他联系烘干塔开炉烘干了一批玉米，终于加工出了第一批玉米面饺子粉。

玉米面饺子粉黄里透着白，像淡黄色的小麦面粉。闻着有浓浓的玉米味道，像稻花香大米似的，散发出天然的玉米香。

老会计捧着黄灿灿的新玉米面，捏一下爽爽的、滑滑的，有淀粉般的感觉。他兴奋地说："我都活到六十岁了，还没吃过玉米面饺子呢。"

有人说："用玉米面包饺子，不是裂开口，就是包不成形，下到锅里煮成了一锅玉米面片糊糊粥。"

王鹏自己在家也尝试过几次，但也没做成玉米面饺子。玉米面条煮熟后又渣又硬，吃一口就没了食欲。

始终信心满满的村两委成员，这下对玉米面产品像放了气的皮球一样——瘪了。老会计跟王鹏说："我看这玉米产品怎么整也是不行，还是卖玉米原粮省事，照样挣钱。”

王鹏请教设备厂家和食品所的技术员，调整玉米面粉的细度，这回用双层玉米面皮包饺子，煮着吃特别有味道。老会计说：“没吃过不知道，这玉米面饺子就是比白面饺子爽口、筋道，比当年吃的带馅玉米窝头那可强百倍。”

看着玉米面条从机器的嘴里源源不断地抽出来，像金丝带似的在生产线上飘动着，王鹏高兴得要跳起来。他想，现在是酒香也怕巷子深啊，产品宣传出去才能占领市场。

王鹏组织合作社里的年轻人，在短视频网站上直播卖玉米产品。人们都看手机，觉得玉米面还能包饺子、煮面条挺新鲜。还有的老年人想尝尝新玉米面，就买几袋。王鹏的团队抓住了人们的好奇心，玉米产品销售渐渐升温了。

王鹏注册了账号“驻村书记鹏哥”，玉米面条卖得特别火，订单一下子就来了。县电视台来村里采访，他拿着一把玉米面条说：“我们村党支部领办合作社，村民带地入股，玉米加工成饺子粉和面条，比卖原粮利润翻了几倍。”

市日报头版头条报道了这件事，题为《塘南村E网赶潮，面条飘香富农家》。

设备不停地生产，半个月光景，线上也卖不动了，所有库房都装满了玉米面条。

王鹏没想到市场变化太快了，这玉米面面条昨天还抢着下单，今天就没几个人要了。

王鹏纳闷儿了，他想，快过年了，玉米面面条应该畅销，怎么还不如前段时间卖得快了呢？

他向县电商办主任咨询，主任笑着说：“因为你这个村干部粉丝太少了，所以产品销售没有后劲。”

“主任，咋整粉丝才能多呢？”

“粉丝是逐渐培养起来的，可以借助大网红的粉丝，现在网红直播带货，销售特别火爆。”

刚过正月初八，合作社和网红公司签订了玉米面面条销售合同。正月十五前网红拍视频线上宣传，然后开始带货。

王鹏以为一天也就是几十单，没想到订单像雪片一样纷纷飞来，接到手发软，生意火爆得昼夜生产连轴转，于是又新增了一条玉米面面条生产线。面条厂工人都是本村的村民，很多村里出去打工的劳动力都回流返乡了。

返乡的农民工说："早知村里建加工厂，何必舍近求远去外地打工呢？"负责包装和发货的一名留守妇女说："还是合作社的玉米面条厂好啊，这回可把我家的老爷们儿给拴住了，省得我天天跟守活寡似的。以前只有过年两口子才能见上一面，都赶上牛郎织女了。"

五

刚开春，王鹏就犯愁了：去年种的玉米快加工完了。他让张能的亲属通知他，把家里的玉米先给合作社送来，过段时间跟社员一起结算。

张能疑心重重地跟老伴儿说："这么多玉米赊给了合作社挺冒险啊，听说有些合作社是空壳，一旦不给兑现那可糟了。"老伴儿没好气儿地说："人家塘南村的一万来亩玉米都加工成面条卖出去了，每天都发几车货，还差你那几个钱？别疑神疑鬼的，赶紧把玉米给合作社送去！"

没过多久，王鹏通知网红停播了，面条厂停产了，因为没有角质玉米原料了。

王鹏给食品所的老师打电话说："我们把去年种的玉米都加工成面条卖出去了，今年还得多种两万亩，保全年生产。"

老师说："实事求是讲，你们那里土壤属于盐碱土质，生产的玉米品质不如其他地区，你可以买优质的角质玉米回来生产。"

王鹏恍然大悟，他一拍脑袋，自言自语地说："对啊，不一定非用自己生产的原料去加工产品，必须跳出这种农耕思维来琢磨农业加工啊。"

他们从外地购买回品质优于塘南村的角质玉米，运到村里每吨增加了一百多块钱运费。有优质原材料可以全年生产了，玉米面面条更畅销了，合作社的品牌越做越大。

上午，张能盘腿坐在炕上算计；一斤玉米多卖五分钱，我能多卖五万块钱。嘀的一声，手机显示银行卡上打进了五十万元，他自言自语地又查了一遍：“个、十、百、千、万、十万，位数确实多了个零。”

张能放下手机，下炕穿鞋要去退钱，揣上银行卡开车就往塘南村跑，老伴儿跑出门摇晃着手机喊：“手机！你的手机……”

张能把车停在塘南村村委会院里，他在村委会办公室旁的锅炉房里找到了一位正在烧锅炉，打更兼合作社保安的七十多岁的老人。

张能等其他人来上班，他没带手机也不知道几点了，一个人在空荡荡的村委会院里转悠。他看见敞着门的库房里装满了成箱的玉米面面条。他发现个管理漏洞：这食品加工重地敞门过日子，打更人年龄大耳朵还背，要是有人使坏，合作社立马就得完蛋。

张能推开门看见两名工人在加班。工人按比例把玉米面粉和水填入旋转搅拌的设备里，不一会儿就从腾腾冒着热气的小圆嘴里吐出和好的玉米面，源源不断地进入方形机器里，再从一个圆形大嘴里喷出金色的玉米面条。一根根面条像从淋浴喷头里喷出的水柱，如琴弦般跳跃着。包装完的玉米面面条一盘一盘的，弯弯曲曲的跟方便面似的。工人跟张能说：“这回加入合作社的可都对了，种的玉米比水稻还值钱。听王鹏书记说，大苇塘补充耕地在网上卖了八个亿，社员还有二次分红呢。”

张能走出加工车间，看见好几间库房都装满了成捆的包装箱和包装袋，摞得像小山似的。他想，合作社的产业做得可真不小，可不是在作秀摆花架子。

看着发货的输送带像长枪短炮似的，参差不齐地摆放在发货的仓库旁，张能对王鹏的看法来了个一百八十度大转弯：王鹏每天能卖出这么多玉米面条真是不简单，以前我是对他有偏见，总放大人家的缺点。我们村要是有个像他这样的驻村干部，村民该有多幸福啊！

张能回家后，老伴儿问他：“钱退了吗？”他说：“没让退，这回咱们正式加入合作社，我还给王鹏提了存在安全生产隐患的意见呢。”

第二年夏天，邻县发生特大洪水漫堤决口，一些乡村和农田被淹，塘南村动员合作社成员为灾区捐款。张能开车过来，拎着银行的布袋，拿出一包没拆封的百元大钞，没法儿往捐款箱里放。回来捐款的王鹏笑着说：“老张，社员都捐几百元，你捐十万太多了。”张能笑呵呵地说：“没有合作社，我上哪挣这么多钱去，一方有难八方支援，我老伴儿这还嫌捐少了呢。”

大苇塘里，正在拔节的玉米发出咔咔的声响，仿佛村民踩着高跷欢快地走来了……

发表于《北方文学》2025 年第 9 期

花事

九龙岗乡的合作社里贼热闹，新来的科技副乡长王梓力，穿着一身正装，笔挺地站在台上，他手拿话筒，正专心致志地讲着玫瑰种植技术。人群中，最显眼的两个人是常友丽和刘二狗，他俩肩并肩地坐在头一排的中间，头也不抬地在那儿唠着……冷不丁，常友丽的手机发出响声："来电话了，来电话了！"大伙儿都不由自主地往她这儿瞅，她吐了下舌头，赶紧接起电话，和对方嘻嘻哈哈的一顿神聊。王梓力顿时头都大了，他强忍内心的火气。继续讲课。正讲到节骨眼儿上，要互动时，刘二狗倏地从凳子上弹起来说："王大乡长，你说让我们种玫瑰，冬天要是冻死了咋整，你赔我们啊？"一句话，整得满屋子人哄堂大笑。好好的一个培训，让他俩整个稀碎。刚到九龙岗乡的王梓力，心里如同燃烧的火炭被浇上了一盆冷水，滋啦一下，顿时凉透了！

王梓力是农科院花卉研究所培养的技术骨干。临上车前，新婚妻子冬梅整了整他的衣领说："你去乡里，是好事，我也不拦着，但是你要记得常回家……"王梓力强忍内心的不舍，拎起行李，一步三回头地上了车。

九龙岗乡花谷村张书记向新来的王梓力介绍，刚才瞎吵吵那女的叫常友丽，是种菜大户。她这人贼豪横，家里灯灭了，都得怨她家老爷们儿喘气声大了，大家都叫她"常有理"。跟她说话的那个男的叫刘二狗，这家伙是个屯高草，小气，心眼儿比那芝麻都小。

张书记接着说，马双馨是乡里果菜合作社的理事长，她这人刚强，是十里八乡有名的“女汉子”。

没事的时候，王梓力满园区到处溜达，看见菜农就和他们唠家常，一来二去就混熟了。他总唠种玫瑰的嗑，可菜农们的头却摇得像拨浪鼓，都说种嘎啦果柿子挺好的，稳稳当当的，没等下秧就有人收。

王梓力心想：我得找个领头的栽玫瑰，大家看着成功了，眼馋了，这事自然就成了。拿定主意，他把目标瞄准了马双馨，天天去她家唠种玫瑰赚钱的事。在王梓力的软磨硬泡下，马双馨终于点头答应了。为了稳妥起见，她打算先栽一小片玫瑰，试试看再说。王梓力激动地拍着胸脯向马双馨保证：“玫瑰保证比嘎啦果柿子挣钱多，要是有缺头儿我给你补。”

没几天工夫，玫瑰苗就来了，马双馨叉着手不知道咋栽。王梓力亲自动手，脱下了黝黑锃亮的皮鞋，换上农田鞋，撸起袖子，和马双馨一起干起了活儿。大棚里热，不一会儿，他头上的汗珠子随着锄头的挥动，撒在了地上。他用袖子抹了一下脸上的汗，对马双馨说：“你就等着瞧好吧，玫瑰花五月节肯定能上市。”

此时“常有理”跟菜农们正在地头嗑着瓜子，瓜子皮儿像机关枪退出的子弹壳，不断从嘴里喷出来。“常有理”说：“别看他现在整得挺来劲，能不能挺过冬，那得看看到底是真老虎还是假老猫。”刘二狗眼睛一翻说：“哎哎哎，你说他的时候，可别捎了着我嗷。”

话是这么说，可“常有理”比谁都关心玫瑰咋样了。于是，她趁着没人，假装散步路过马双馨的大棚，斜着眼往大棚里瞅。刘二狗见她那贼眉鼠眼的样子，笑话她说：“你那嘴比死鸭子还硬。”

王梓力也不歇脚，天天去大棚里看。玫瑰花栽完半个月有余，苗就缓过来了，每棵枝上都长出了小嫩叶。小有成就的他就像买彩票中了大奖似的，激动得绕园区跑了两圈儿。他心想：这回看你们还有啥说的，南方红壤上栽的玫瑰花，到我们寒地黑土来，也没有水土不服啊！

“五一”小长假，王梓力回家探望妻子。此时的玫瑰花已经打骨朵了，可是马双馨家的玫瑰棚，不知道谁晚上钻了进去，拿镰刀给搂倒一大片，花枝子满地都是，花骨朵躺在地上，叶子都蔫巴了。眼看自己辛勤劳动的成果一夜之间都化成了泡影，她的心在滴血。大约一个礼拜，没被割的玫瑰，红的、白的、粉的花骨朵，笑得都裂开了嘴。九龙岗的人，哪儿见过地上开出来的玫瑰花啊。这回“常有理”也不藏着掖着了，整天围着马双馨屁股后转悠，那眼睛直勾勾地往玫瑰花上瞅，都不错眼珠子。

大棚里玫瑰花开得正艳，绿叶间藏着五颜六色的花朵。马双馨闻了一下玫瑰花说：“主要是闻着花香解乏，再多烦心事，看一眼花都云消雾散了。这回才知道城里人为啥花大价钱买这不当吃不当喝的玩意儿了。”

王梓力正在花棚里教马双馨玫瑰花怎么采收。马双馨拿起一枝玫瑰，拔掉花网，看着玫瑰花硬邦邦的花头，捏了捏。看没有开花的意思，她立马眉头拧成个疙瘩，眉宇间似出现个问号。王梓力神秘地一笑，他伸手把花头拿过来，吹了几口气，奇迹出现了，玫瑰一下子开花了。马双馨惊讶地看着一层一层的玫瑰花瓣，像装满红酒的高脚杯，紧锁的眉头愉快地舒展开了，脸上有了笑模样。前来看花的人们，学着他向花头吹气，一时间，每个人手上的花骨朵都变成了盛开的玫瑰花。马双馨把花送给菜农们，让他们带回家，找个空瓶子加水养上。

王梓力看完被搂折的玫瑰，笑着对马双馨说：“你整得挺好啊。”马双馨说：“王乡长，你看这让人给祸害的，咋还给我雪上加霜呢？”王梓力说：“人家是帮你平茬呢，正好这茬花不值钱，好让玫瑰错开花期上市，能卖上好价钱。”

转眼“七夕”到了，正赶上被割的那茬玫瑰花开了，马双馨剪着花，数着钱，汗珠子滴答到花叶上，心里乐开了花。一枝花能卖三块钱，这哪儿是剪花啊，是在捡钱！节后马双馨一拢账，一亩地挣了八千多块，比种嘎啦果柿子要强好几倍。

刚入冬，土地便封冻了，王梓力让马双馨把玫瑰平了茬，封好大棚，准备越冬。一天早上，王梓力在宿舍中起来，睁开蒙眬的睡眼向窗外一瞅，啊，不好，下冒烟雪了。他担心大棚被雪压塌，顶着大风往玫瑰大棚走去。果然不出所料，棚中间的大棚膜坏了，塑料布被风刮得在棚架子上呼嗒着。王梓力给马双馨打电话，让她赶紧找人拿棚膜把刮坏的地方扣上。好歹是给补救上了，马双馨纳闷儿，嘴里叨咕着："今年秋天新买的一整块大棚膜，怎么能从当间儿给刮开了呢？"来帮忙的"常有理"说："我来的时候，看见雪地上有脚印子，不会是被人故意给划开的吧？"

大年初五那天中午，王梓力开车来了。他迫不及待地打开玫瑰大棚，刚一进棚，眼镜片儿就上了雾，他想这是有热气，好兆头。谁知他擦干了眼镜一看，只见光秃秃的玫瑰枝子上一片绿叶也没有。他心想，这下坏了，可能是下雪那次棚膜坏了，玫瑰八成都给冻死了。这火腾地就蹿到头顶，他当时眼睛就花了，瞅啥都影影绰绰的，身子往后一仰，差点儿晕过去。他缓了一会儿神，踉踉跄跄地向棚中间走去……

他从大棚出来，就去找花谷村张书记，打算再建两百栋大棚。张书记说，建大棚是大事，得把合作社的马双馨和"常有理"找来，一起商量再做决定。

马双馨和"常有理"如约来到副乡长办公室，听完王梓力说的想法后，"常有理"直截了当地说："建不了。"王梓力的眉头瞬间拧起两个大疙瘩，他从椅子上站起来悻悻地问："为啥建不了啊？""常有理"捋了捋半遮着脸的头发，不紧不慢地说："这地价一年比一年高，价低了没人卖，价高了种啥都赔钱。再说了，这些玉米地，用的除草剂有效期长，第二年只能种玉米，别的种啥啥死。"

破头楔子砸得张书记不停地挠着脑袋，仿佛头上生了虱子。王梓力喝了口茶水，清了清嗓子说："我看大青岗子在那儿撂荒着，在那儿建就不用流转耕地了。"马双馨瞅了一眼张书记说："那大青岗子，春天刮风时，沙子大，人都睁不开眼睛，连根草都不长，那里可建不了大棚。"张书记挠了挠头，咳嗽一声说："王乡长，那大青岗子是个风口，都是瞪眼沙子。"王梓力很自信地微微一笑说："咱们把大青岗子周边都栽上防风林，中间扣上大棚，棚内集中改土，再多上些农家肥，能成。""常有理"抬头看了一眼王梓力说："王乡长，那建大棚可不是小钱，上哪儿张罗去啊？”马双馨在本子上划拉了半天说：“这块地，能建二百四十亩的大棚，咱们得拿出来将近三百六十万，合作社是一分钱没有啊！”

一筹莫展的王梓力突然脑子里灵光一闪，冒出一个想法，他看着马双馨和张书记说：“荒地，它也是地啊，我们用大青岗子这块荒地，再加上新建的大棚，在银行评估抵押贷款，就能解决几百万。打井、架电线、修路的钱，在招标公告中，让建设方先垫资。我们每年收大棚承包费，这些钱几年就都能还清。”

筹款的难题解决了，他们说干就干，兵分两路，一边跑手续招标建大棚。另一边，王梓力带着马双馨和几个棚室种植大户，出去考察大棚玫瑰，学习种植经验。

考察回来，王梓力扒拉着鼠标，在投影仪上播放课件。菜农们睁大了眼睛，看得眼珠子都快掉出来了。王梓力见这帮五六十岁的种植户，学得可认真了。

王梓力说：“我有个建议，把咱们乡果菜合作社更名为‘寒地花都花卉合作社’，注册‘寒地花都’商标，增加观光采摘、休闲旅游、土特产开发等项目。”第二天，马双馨就给合作社成员开会，大伙儿没啥意见，都举手通过了。

大青岗子要建大棚的那片地中间，正好是刘二狗家的羊圈，他养了几十只羊，死说活说就是不配合拆迁。张书记在村头给他新盖个羊圈，他说：“你们不给我一栋大棚，羊圈我就不拆。”王梓力得知刘二狗的老爹是名老党员，想从他那儿找到解决问题的办法。一进门，老人便颤颤巍巍地说：“俺老刘家，就老猫这一根独苗，这小子从小让我给惯坏了，但对我还挺孝顺的。”王梓力便把刘二狗不搬羊圈的事，一股脑儿地跟老人说了。老刘头儿一听，立马就急眼了：“这个小兔崽子，看我咋收拾他。”二话没说，他下炕穿上鞋，坐上王梓力他们的车来到大青岗子，找来铲车就要推羊圈。只听扑通一声，羊圈在一股烟中瞬间倒下。

王梓力来时的一身正装，被迷彩服和农田鞋取代了。一年时间，把大棚园区周边的荒地、道路两侧和大棚头，都栽上了绿化用的刺玫。大棚建好，改完土后，本地村民却没有几户报名种玫瑰的。倒是有几家要承包种嘎啦果柿子，王梓力没同意，他坚持园区里都得种花卉。一些空着的大棚没人承包，成了撂荒棚，王梓力心口堵得慌。他整天往返于市农业厅和市政府之间，不断地向上级申请。功夫不负有心人，他终于争取到了花卉种植补贴。种花还能得到补贴，花农的积极性一下子提高了，有些种柿子的菜农动了心，想要试一试种花。

刘二狗因为羊圈的事憋了一肚子火。听说种花还有补贴，丧丧着脸来找王梓力。他在门口就运气，开始咣咣敲门，愤愤地进了屋。刘二狗指着王梓力鼻子问："为啥种花就给补钱，不种花就不给补，那国家补贴蔬菜的钱，你说改就改补给种花的了，是谁给你的权力？"

王梓力拿出花卉补贴的批文给他看，可无论怎么解释，他就是不听。王梓力把马双馨找来帮忙说和，费了老大劲才做通刘二狗的工作。刘二狗心里想，有补贴我就种花。可他却指着王梓力说："这可是你让我带头种的，可不是我上赶着种玫瑰。"王梓力拍着他的肩膀说："别怄气了，赶紧和双馨去取花苗，晚了连花叶都没了。"

张书记弟弟家的玫瑰花苗长到有一尺多高时，突然叶子黄了，还一天比一天严重，没几天叶子都耷拉了。他找来王梓力，以为是起了红蜘蛛，可拿放大镜一看却并不是。正发愁不知是啥病的时候，他看见脚下的草都死了。王梓力皱着眉头问他："这草咋全死了呢？"他捡起地上的药瓶说："我去年种柿子剩的除草剂，喷上它，草就死了。"王梓力看了看除草剂药瓶，让他赶紧把玫瑰都毁了，栽上柿子。他舍不得毁，王梓力说："除草剂残效长，你就是再种玫瑰，也都得死。"

王梓力来到乡里的第二个冬天，嘎嘎冷，一出屋，冷风就把棉袄棉裤全打透了。临近年底，还下了几场东北风裹着的冒烟雪。大年三十的早上，王梓力听天气预报说，最低温度将低于零下三十摄氏度，碰上了一个几十年没遇上过的冷冬。他开车直奔寒地花都。王梓力替大伙儿着急啊，他让大伙儿在每座玫瑰大棚里放几盆炭，点着了让棚内温度升上来，这样冻害就能防过去。花农都很重视，马双馨一刻都不敢耽误，拿起手机就联系卖炭的，一下午的工夫，焦炭就送到了花农手里。而“常有理”家里人都去外地过年回不来，她本人又在屯子里人缘又不好，没人帮。王梓力对马双馨说：“能不能找两个人，去给‘常有理’家棚里加炭？”马双馨晃动着手机说：“家里一个劲儿地打电话，催我早点儿回去做饭呢。这大年三十晚上，上哪儿找人去？”王梓力想，“常有理”家有十二个大棚，要是不加温，玫瑰都得冻死，那损失可就大了。

大年夜，棚外的风呜呜号叫着，刮得王梓力都站不住脚了。他顺着风蹚着没过膝盖的大雪，一步一步地向“常有理”家的大棚走去。此时的他，鞋里灌满了雪，脚指头被冻木了，骨头都被冻透了，可他一点儿感觉都没有。他一口气连续掀开十二个大棚，到最后一个时，他的手都被冻硬了，不听使唤了。当大棚里都点着了炭，看着一栋栋大棚里发出的亮光时，他心里比炭还暖和。这时，东边露出了鱼肚白，大家都叫这鬼龇牙，是一天中最冷的时候，他才开车往家赶。见到他一身寒气地走进屋，冬梅既心疼又生气，她一边埋怨，一边帮他脱棉鞋。当她看见王梓力的手和脚都被冻起了泡，心疼得直抹眼泪。她想去药店买冻疮膏，可大年初一都关着门。

常年卧床的老娘，看见儿子的手和脚都冻坏了，那个心疼啊，眼泪一根线似的往下淌，非要去找院领导把儿子调回来不可。

王梓力把自己一个人闷在办公室里，心想：冬季打开大棚门，封闭不严实、透风，玫瑰就会出现冻害。看来还得在棚室保温上下功夫。王梓力在马双馨家大棚里反反复复做了多次试验，最后发现大棚每增加覆盖一层塑料膜，棚子里温度就能提高好几度。马双馨高兴得见着谁就跟谁说：“这回棚里再加盖四层膜，温度低时能比外边高十多度，碰上啥低温天气，玫瑰都冻不死了。”大伙儿齐心协力一起动手，不到半个月，多层覆盖就都改装完了。

开春，王梓力美滋滋地看着棚里一垄垄的玫瑰花，只见它们枝条长得齐刷刷的。他哼着小曲，眼睛眯成了一条缝，笑得合不拢嘴，这回他终于可以扬眉吐气了。他慢悠悠地走着，突然在一栋棚子前停住了。他朝里面瞅了瞅，眉头不由得向上挑起来：原来“常有理”和刘二狗家还种了几棚嘎啦果柿子。

冬梅看王梓力两年挂职期都超了还不回来，就给他打电话气哼哼地说：“你咋还不回来呢？老爷子小脑萎缩总走丢，老太太都急眼了。”王梓力说：“培育玫瑰新品种的项目还没验收，挂职延期了。”

“五一”刚过，第一茬玫瑰花上市了。王梓力在马双馨家的玫瑰大棚里接受了市电视台记者的采访。他说：“今年我们采取多层覆盖新技术，玫瑰花在寒地能安全越冬了，鲜花还提前上市二十天，花期延后一个月。”而刘二狗却背地里叨咕上了：“花下来得是挺早，可顶个屁用，没人要，还不是垫壕沟。”

话虽然不好听，但刘二狗这次还真说对了。王梓力翻着日历算，第一茬花下来早了，没赶上“520”，怎样才能让第二茬花正好赶上七夕节呢？不然花农虽然把花养好了，可卖不上好价钱，也是挣不着钱的。

王梓力举例子说：“马双馨家头一年种玫瑰，被人拿镰刀给搂了，阴差阳错花期错峰了，赶上七夕节卖上了好价。”他让花农给玫瑰花平茬，眼看着长得又粗又壮的玫瑰枝条被齐刷刷地被剪掉了，怪可惜的。平完茬就只有贴着地皮那么高了，这不是祸祸人吗？花农接受不了，谁也不动手。王梓力想，大家不认可平茬花期错峰，那下茬花上市，正赶上七夕节前全年花价最低的时候，今年大伙儿又白干了。

王梓力登上客车，直奔鲜花批发市场，溜达了一圈儿便乐颠颠地回来了。他告诉大家一个好消息：“鲜花批发商跟合作社预订了七夕玫瑰花，并且给了个让咱们不敢想的天价，一枝花的价格，超过了现在一把二十枝花的价钱。”前来看热闹的刘二狗说：“王乡长，人家花商脑袋进水了，给你那么高的价？万一我们把花都剪下来了，人家挑毛病压价，给个角八分的咋整？”王梓力当场就给花商打去了电话。第二天一大早，花商就来到玫瑰基地，看着大棚里枝条粗壮的玫瑰，他剪下一支，拿在手里翻过来调过去地看，微笑着说：“我在寒地从来没见过这么大的玫瑰基地，而且长势还这么好，不亚于云南玫瑰。我们现在就跟你们合作社签合同，我先交一半定金，剩余的货到付款。”马双馨二话没说，拿起电动割茬机，回到自家棚子，把多余的枝子全锯掉。花农见了，也都行动起来，扑哧扑哧电动割茬机走过，半米多高的玫瑰枝子就全被割掉了。

三伏天，连续下了一个礼拜的雨，玫瑰叶子发白，没几天，连新出的小叶也全都长了白毛。这下可愁坏了马双馨，她哪儿见过这阵势，连续打了几遍药也不见好。没几天，园区里家家户户的玫瑰，就连新结的小花骨朵上，也都长了白毛。园区里说啥的都有，“常有理”说：“这白毛病是人传染给玫瑰的，玫瑰棚不能让生人进。”刘二狗说：“玫瑰在寒地就是种不了，这摊上灾，谁家都躲不过去，认栽了吧。”

此时，王梓力正在省城，找专家研究怎样打造城市的后花园，琢磨增加观光采摘和乡村旅游项目，让城里人有溜达的地方，要一花多用。农大的老师说，花卉观光采摘，就玫瑰一个品种太单一。建议寒地花都可以引进百合、剑兰、康乃馨、非洲菊等多种花卉。乡村旅游，要通过打造节庆活动来宣传。王梓力马上组织花农筹备寒地花都首届鲜花采摘节。

马双馨给在省城学习的王梓力打电话告知玫瑰花长白毛的事，王梓力赶忙回来。到大棚里一看，他吓了一跳，整片整片玫瑰都白了叶子。他取出兜里的放大镜，看了看叶子正面，又细瞅瞅叶子背面，紧锁着的眉头终于舒展开了，他心里有数了。他边往兜里装放大镜，边跟马双馨说：“这是白粉病，咋不打治白粉病的药啊？”马双馨捋了捋头发说：“我看也是白粉病，可是大伙儿换了好几样药都不好使，今年这病咋这么邪乎呢？”王梓力给她开了个小方子，他说：“三样药兑好了喷下去，白叶就能控制住了，保证药到病除，就放一百个心吧。”

这个七夕节，所有的花农都赚着钱了。这下，他们都知道了错峰上市，家家户户都把花期错开，鲜花淡季上市的也有，旺季上市的更多，淡季也能卖上好价钱。

玫瑰花能卖上价了，多层覆盖玫瑰过冬安全了。“常有理”家的嘎啦果柿子还没等死秧，就迫不及待地把它们拔了下来，王梓力指导她栽上了彩色玫瑰和食用玫瑰。刘二狗可舍不得，他天天蹲在棚子里，等柿子红。刚粉瓤，他就把柿子拉到早市卖了，然后拔掉柿子秧，王梓力让他都栽上了百合。

寒地花都首届鲜花节那天，穿着各种颜色衣服的人们，在寒地花都场地里像江水流淌一样前行着。游客少说也得有万八千的，一眼看不到头。刘二狗一改往常的刁钻，他手里挥动着小红旗，边引导游客往棚子里面走，边介绍着各种花卉的花语。

游客们把刘二狗的两棚子百合花抢购了个溜溜光，“常有理”的彩色玫瑰花也卖了个祖宗价。鲜花节的一枝玫瑰，价格比平常翻了二十倍。寒地花都周边绿化栽的粉色玫瑰花，花瓣能吃，被游客抢着都摘光了。记者采访花农的时候，刘二狗一把抢过了话筒，兴致勃勃地说：“没有王乡长，就没有今天的寒地花都，不种花，我们上哪儿一亩地挣一两万块钱去。”不少花农都后悔鲜花节的花留少了，前几天批发出去的玫瑰花，要是留到鲜花节让游客采摘，那可抄上了。

王梓力想，每年只有一个七夕节，又不能天天办鲜花节。要想玫瑰花常年卖上好价钱，还得研究其他渠道。于是，他把眼光投向了互联网。当他看到俄罗斯的玫瑰价格是国内市场的十几倍时，他着急忙慌地办了护照，签完出境审批，就登上了去俄罗斯的客船。

王梓力跟着旅游团到了俄罗斯，导游帮他找了个翻译，带他去鲜花市场考察。俄罗斯人日常对鲜花的消费就像我们热衷于购买果蔬一样。王梓力通过接触，认识了俄罗斯花商莉莉娅，有翻译沟通，俄方订购了三万枝玫瑰花，按照每枝八块钱的价格签订了合同。

王梓力没想到鲜花出口如此容易，价格还能这么高，高兴得快要跳起来。谁知玫瑰花报关时没有植物检疫手续，鲜花走不出国门。王梓力跑检疫部门，建设所需的冷库和包装车间，等验收合格，手续办好了，已经入冬了，玫瑰都平茬了，一枝玫瑰花也没有了。玫瑰第一次要走出国门，就撞得头破血流，按照合同约定，花没按时发到位，责任在合作社，得赔俄方违约金二十万卢布。马双馨两手一摊说：“合作社为大伙儿服务，一分钱不收，违约金可没钱付。”

王梓力站起来说："不能断了对俄鲜花出口这条路，违约责任在我，违约金我出。"

整整一冬天，王梓力跑遍了俄罗斯远东的几个大城市，拿回了一大把玫瑰花订单。俄罗斯要啥品种，王梓力就告诉花农种啥品种。

王梓力正在俄罗斯推销鲜花，冬梅打来电话气鼓鼓地说："你整天不着家，我一个人跟守活寡似的。家里两位老人都有病，就我一个人伺候，老爷子又走丢了，你当儿子的回来找吧。我跟你这日子是没法儿过了，离婚协议我都写好了，赶紧回来把字签了。"还没等王梓力说话，她就把电话挂了。

转眼三年了，王梓力看着寒地花都的游客越来越多，心里像抹了蜜一样甜。他心里嘀咕，现在寒地花都不收门票钱，游客来多少都是一走一过，留不住人，太可惜了，看来得开发旅游产品。不能让游客空着手走，得把村民的土特产顺便卖出去，让游客后备箱装满再回去。

王梓力和张书记商量，在花都停车场附近建了个土特产小市场。村里农户把没上化肥、不打农药、城里人吃不着的小园菜、地产果和土特产摆在那里卖。小市场越办越火，游客买回去，吃着好吃，想回购，可不亲自开车来，啥都买不着，游客干着急。王梓力想，各家各户的土特产好吃，但没名没姓没品牌，赤身裸体没包装，这让人感觉来路不明，不放心。于是，他让合作社给土特产配上包装箱，打出品牌，开通了短视频账号。别看刘二狗平常不务正业，但他这些年开直播幽默风趣的路数还真的圈粉无数，妥妥的成了远近闻名的九龙岗一哥了。这两年他一直在短视频平台上卖花，还带领其他网红把九龙岗的土特产在线上卖爆了。

王梓力找到院长，说了他的难处，请院长去家里帮着说和。冬梅抱怨说："你干工作不挣钱还搭钱，还常年不着家，这日子我是过不下去了。"院长语重心长地说："冬梅啊，梓力一心扑到花卉产业上，他获得了两项国家发明专利，培育出一个玫瑰新品种。现在，院里和乡里都离不开他了，全省要表彰乡村振兴典型人物，梓力还得披红戴花上台领奖呢，这些荣誉可都有你的一半啊！"唠了一下午，话都说透了，冬梅和老娘相视一笑，欣慰地低下了头。

王梓力想，要让游客赏花又能吃到花，都说“农业不加工，等于一场空”，看来不加工就没有出路。没想到第一个举手的竟是“常有理”，别看她下手晚，可在食用玫瑰这块，还真数她最有研究。办执照，引进加工设备，成立加工厂。说干就干，他们开发食用玫瑰的鲜花饼和玫瑰酱，为知名月饼公司提供食用玫瑰花瓣，研发化妆品玫瑰精油——玫瑰露贼畅销。

村里物流公司的员工天天发货累到手抽筋，张书记一改往日严肃的面孔，整天嘿嘿地笑，笑得嘴唇都快包不住牙了。

“五一”假期，王梓力在合作社和花农们聊天。马双馨说：“冬季合作社不生产玫瑰花，俄方合同要求必须常年供货，这可咋办？”王梓力胸有成竹地说：“可以把荷兰在云南的那家公司质量最好的玫瑰，在冬季发往俄罗斯。”马双馨一拍脑门儿说：“我咋就没想到呢？咱们这也是‘农村包围城市’了，徒弟都开始雇师傅打工了。”

大伙儿还在你一句我一句地唠着，王梓力的手机响了，他接起电话，对方是俄罗斯花商莉莉娅，她用笨拙的中文说：“哈拉少！给我发十个一万枝的玫瑰花，哈拉少！”

听到这个消息，刘二狗激动得从凳子上跳了起来，他挥着沾满烟味的手，对还没缓过神儿来的大伙儿喊：“都等啥呢，开工啊！”刹那间，大伙儿欢呼雀跃，笑声在寒地花都久久地回荡着……

发表于《岁月》2024 年第 2 期

古榆

一

腊月，黄土埃子村刚换完届，新当选的书记高峰，就领着村两委成员来到屯东头。屯东头那，趴着一道道沟痕的老榆树下，一群人瞪着眼睛瞧热闹，香烟缭绕中，贾思贤微闭双目，口中念念有词。

副书记刘辉撇着嘴说：“贾思贤大伙儿都叫她贾半仙，她一天天比比画画的，大人哭、小孩儿闹的，她说啥病都能治。我看她就是光腚子撵狼——胆大不害臊。”

看见高峰来了，贾半仙大步流星地走过来，抬头挺胸一本正经地说：“高峰你刚回村，就能顺溜地选上书记，看出来道行深了啊。”高峰呵呵地笑。贾半仙指着树下的大坑说：“村上得出俩钱，整整这旮旯儿垃圾。你看，这都埋汰成啥样了。”高峰仍旧笑呵呵地看着贾半仙。在屯子里论辈，高峰得管贾半仙叫二姨，平时说话，高峰都是二姨长二姨短的。这会儿，他和风细雨地说：“二姨，这事就不劳烦您老操心了，我都安排人来看护大榆树了。”

贾半仙听了哈哈大笑，大眼珠子上下翻飞，在高峰身上打量一番说：“可不是咋地，别看你当了书记，你媳妇玉琴还是我给介绍的呢，当上官了可别忘本呀。”她想，靠着大榆树我这小日子过得挺滋润，谁来看病，今天收五十，明天收一百的。遇到大方的，手一扬，甩个千儿八百的。别人来管？那我不下岗了吗？这么一想，她一笑直掉渣的脸上，立马凝固了笑容。她指着大榆树愤愤地说：“大外甥，这些年要是没我贾思贤护着，这大榆树早让人家把树杈子掰光了。大外甥，现在你嘴皮子一搭让别人来管，那不是卸完磨杀驴吗？”说着，她一噘嘴，扭着屁股向大榆树跟前走去。

高峰气得直挠头：这个贾半仙利用千年古榆装神弄鬼地骗钱，这怎么能行？他皱着眉头跟着贾半仙走过去，只见贾半仙正在摇头晃脑地给人看病。高峰正色说：“都啥时代了还搞迷信，有病咋不上医院？说是神榆能治病，这不瞎胡闹吗？”围着的人就有的说：“这套玩意儿，看热闹行，要能治好病才怪。”贾半仙眼看到嘴的鸭子要飞，蹦跶脚喊：“高峰，不，高大书记，我看你这四十多岁算是白活了，这些年，我啥样的病人没看好过？高峰，你这是砸我饭碗来了！”高峰没理她，让村干部：“把看病的人撵走。”

贾半仙一屁股坐到旁边的柴火垛上，披散着头发骂，嘴里的唾沫星子喷出老高。

二

天上飘着鹅毛大雪，高峰一个人走在巷道上，他的身后蹚出一串清晰的脚印，像千年古榆蜿蜒的树干。看着路边一座座空房子，他寻思，这房子没人住，户空了，屯子里一大半的房子成了空房子。村空了，像冬天的榆树枝子，光秃秃的。去年全村病故十五位老人，新生儿就三个，要是再没有成型的产业，留不住人，那乡村振兴就像海市蜃楼。

新官上任三把火。清明刚过，高峰就亲自动手清垃圾，他把眼光瞄准了大榆树跟前的臭水坑子、柴火垛。最先要清理的是贾半仙家的柴火垛，它正在古榆树的下面，一旦失火古榆就得被烧死。高峰来找贾半仙，在门口深吸了一口气，推门进了屋，一脸诚恳，用祈求的目光看着炕上的贾半仙说：“二姨，你家树下的柴火垛得搬走，要是不搬，一旦失火，老榆树就完了。”贾半仙狠狠地剜了他一眼，脸往旁边一撇说：“不能搬。要是搬走了，香客踩着啥往树上系红布？”高峰眉头拧成了一坨，他强忍怒气硬是挤出个笑脸说：“二姨，你大外甥刚上任，谁不支持，你也得支持你大外甥啊！柴火垛我找人把它挪房东边去。”贾半仙用烟袋锅咣咣地敲了两下炕沿，丧丧着脸说：“我看谁敢给我搬？”高峰的脸和脖子涨得通红，瞪着眼珠子急赤白脸地说：“这柴火垛，你想不想搬都必须挪走。”贾半仙心里说：这小子，打小儿就犟，看来不搬柴火垛怕是过不了这一关。但不到万不得已，这个牛必须顶。

刘辉正跟二赖子对峙着，垫臭水坑子，车得在他家院子里调头。二赖子梗着脖子，赖赖巴巴地说：“那可不行，这坑不能垫。那下雨天，我家水往哪儿淌？要是把我家房子泡了，我上你家住去啊！”

三

听说内蒙古有棵古柳，旅游做得挺火，高峰和刘辉带上当地文旅专家，去内蒙古考察古柳。这次考察让高峰眼前一亮，他从来都没敢想过，一棵柳树衍生的产业富了一个镇，甚至把整个县都带火了。在回来的火车上，他想：我们的千年古榆能发展成啥样呢？看着车窗外的景物不停地飞快滑过，眼前渐渐迷离，浮现出千年古榆下，游客熙熙攘攘，疯狂地抢购着纪念品，村民们笑着在数钱……

一个月后，文旅专家拿出了古榆项目开发建设方案，高峰迫不及待地问：“得投多少钱？”专家看了一眼预算表说：“至少得一千五百万。”高峰听完，本来心像一朵盛开的玫瑰花，瞬间像被浇了瓢开水，蔫巴了。他太清楚了，村里每年收入只有二十多万，维持运转都很难，上哪儿整那么多钱去啊。开发古榆的事，就这样搁浅了。

刚过教师节，县旅游局的领导来看古榆。高峰把去内蒙古考察的情况和景区规划一股脑儿都介绍了。旅游局领导当即拍板，让他先报个项目，把古榆树保护起来，建停车场和观光长廊。高峰心里乐开了花。临上车前，领导说：“古榆树挺好，得有一个好的文化说头。”

高峰静静地坐在古榆树旁，吹着爽爽的秋风。他想，古榆树独自在江埃子上，见证着金、元、明、清几个朝代的历史变迁。他步量了一下，古榆树主干得五个成年人才能合围。树高三十来米，夏季树冠遮阴面积八百多平方米，像一把太阳伞，有华盖遮天的气势。

一周后，高峰请县文史专家和作家们来采风，大家七嘴八舌地讨论后，为古榆树整理了一个美丽的传说：出河店之战后，完颜阿骨打领着妃子去榆树坨子打猎，看见一串串的榆钱特别漂亮，就编成花环戴在妃子头上。他们没打到猎物便乘船顺流而下来到黄土埃子，看见一群狍子正在草地上悠然地吃草，他喊：“快靠岸。”船一靠岸他就骑上马飞快地追赶，可是追到埃子最高处，那群狍子突然不见了。完颜阿骨打累了，坐那儿迷迷糊糊睡着了。他梦见玉皇大帝对他说：“这埃子是风水宝地，谁在这里栽下一棵树，天下就是他的。”梦醒了，他找遍埃子，也没找到树的影子。他看着妃子绝望地说：“树是种不成了，看来皇帝是当不上了。”正犯愁，他突然灵光一闪，想起花环上的榆钱。他抬手在妃子头上的花环中摘下一枚最饱满的榆树钱，想把它种在土里，可没有水，怕不能活。他让随从在脚下挖个井，眨眼间清亮亮的水从井里往外淌，他喝了一口泉水，甘甜解渴。种上树，他们就打马离开了。没过多久，一棵小树苗破土而出，独生独长，面江向南孤芳傲立。据说康熙皇帝东巡时，还在此树下乘过凉，喝了一碗圣泉的水呢。他说：“如此大树，必有神灵护佑，此木不朽。”从此，十里八乡的，不论是想求子还是求学的，都来古榆这里拜上一拜，拴红布祈福；树上红绸漫天，树下香火不断。

高峰给千年古榆起了个好听的名字——玉皇伞。

四

古榆景区项目批下来后，就按设计开工建设。第一个拆迁阻力就来自住在古榆前的二赖子。头年猪价哧哧涨，他在古榆旁盖了一排猪圈，村里一找上门来，他直晃荡脑袋，说啥就是不拆。高峰猫着腰钻进猪圈一瞅，一窝一窝的小猪崽，耳朵都竖着，冻得浑身直哆嗦。高峰悬着的心始终放不下，他叮嘱刘辉，天越来越冷了，这么多小猪崽，得搬去个暖和的地方。刘辉和二赖子商量："村里出钱帮他盖个猪圈咋样？"他头摇得像拨浪鼓，就是不同意。他呼呼地喘着粗气，鬓角的青筋一鼓一鼓的，赖劲上来了，不是好声地喊："在自己家院子里盖的猪圈，我凭啥搬？"

高峰坐在办公室里闷头琢磨：这猪圈不搬不行，咋办呢？这时，乡畜牧中心主任来了，跟他说要推进"三进三退"，发展绿色养殖。高峰灵机一动：对呀，在村外废弃地上建养殖小区，二赖子进小区养猪。养殖小区批下来了，二赖子看着连草都不长、光秃秃的碱巴拉，直摇头。他说："小区里连条道都没有，下雨天进不去出不来的，那憋死牛的地方我可不去。"最后，村里召开村民代表会，都同意村里出钱，把通往小区的道铺上砖，再在养殖小区盖一栋猪舍给他用。二赖子还吱吱扭扭不想拆，高峰绷着脸说："你要是不拆，明天执法人员来拆，小区的猪圈也不给你用了。"这样，二赖子才把古榆下的猪圈拆了。

转过年快到"五一"了，高峰瞅着街道干净了，路宽了，古榆景区也建完了，但没有游人。他天天跑旅游局，两个星期后，局里来电话了，说国旅的大巴车能来，但必须免景区门票。他满口答应不收门票，只要游客来就好。开通了旅游大巴专线，游客一波一波地从车上下来了，千年古榆"玉皇伞"一下子热闹起来了。

游客来了，下车听听古榆的传说，不到半个小时，就又上车奔下一个景点去了。游客一走一过，一分钱收入没有，还得安排人打扫卫生。高峰又挠头了，他琢磨着：怎么才能留得住人呢？他把建二层小楼民宿的想法，和村两委成员说了，却没有一个赞成的。

虽然已春暖花开，但高峰走在村中巷道上，还像冬天似的。他紧紧地裹着上衣，一口接一口地咽着烟。他脑袋浑浑噩噩的一片空白，像霜打过的茄子——蔫了。古榆在春风洗礼下，榆钱静静地飘落到冒油的黑土地上，树枝上象征着希望的绿色小芽一簇簇地冒了出来。

五

五月节，高峰最要好的同学大刚的孩子结婚，他前去随礼。大刚找来当地的村支部书记，对等接待。他瞅了一眼坐在对面的村支部书记，问他："你们村集体一年能进多少钱？"村支部书记说："也就一个来亿。"他纳闷了：一个亿？看我是外地来的，跟我吹牛呢！他迫不及待地又问："都啥收入啊？"村书记掰着手指头算：两百多栋民宿一年能收入四千多万，八十亩建设用地增减挂钩，还能卖五千万。这时，大刚过来拍了拍他的肩膀，得意地说："这些民宿都是我投资建的，能吃能住贼方便。"高峰的眼睛亮了起来，第二天他没有返程，而是在民宿区溜达了个遍，临走前那一宿，他和大刚长谈到天亮。高峰回来后，整天笑嘻嘻的，跟家有喜事似的。他和乡里汇报完，天天跑自然资源局，研究民宿区建设和建设用地增减挂钩。

屯西头原来是个自然屯，面积挺大。二十多年前发生了一场百年不遇的洪水把土房都冲倒了，地上长满了一人多高的荒草，屯里只剩下玉琴的表叔老孙头儿。这个屯里有名老犟种有一所孤零零的砖房，他在那儿养了不少猪。高峰拍了一下老孙头儿的肩膀说："三叔，听我一句劝，搬屯子里去住，那里有的是空房子。"老孙头儿理直气壮地说："我有房照，有土地使用证，在这儿猪养得好好的，我为什么搬？"

这边高峰着急研究民宿的事，请大刚来帮着一起规划。大刚笑着跟高峰说："建民宿优势挺多，村子离县城近，又靠江边，还有千年古榆'玉皇伞'。这里干民宿，肯定能火。"高峰皱着眉头，犹豫了一下说："村里没钱，项目再好也干瞅着啊。"大刚开门见山，爽快地说："老同学，你们可以研究社会投资，我入股。"他的一句话，高峰像在漆黑的夜里见到了黎明的曙光。

说干就干，高峰跟设计公司研究，几天时间就拿出了设计方案。黄土埃子村划分为三个区，西部只剩老孙家那块是建设用地增减挂钩区，中部是农户集中居住区，东部靠古榆空房较多，是民宿区。为建民宿的事，高峰着急忙慌地召开了村两委会议，老会计正了正老花镜，慢声细语地说：“听说前几年外地搞撤并村屯，都没搞成，我看还是别整了。”大家看高峰心像火炭一样热，没人再打破头楔子，建民宿的事在两委会算是通过了。

六

党员大会上，村里威望最高的老张书记气得喘气像拉风匣，上气不接下气地说：“别人来投资建民宿、建楼房，连村民的房场都给整没了，把老祖宗给留下的家底子都折腾空了。”有个党员也发表了自己的想法，反对建民宿，认为不给村民留活路。会议开成了一锅热粥，还没等表决呢，会就开黄了。

高峰坐在办公室里不停地挠头，热得汗珠子噼里啪啦地往下掉。他就想不明白，这么好的事，为啥老会计打破头楔，老书记站出来唱反调呢？难道真的是自己错了？高峰冷静下来，开始思考：得解决大家提出来的问题，打消群众的顾虑，当干部不能只抱怨群众，得找出路。

高峰给大刚打电话，他俩把手机都打热了。有了大刚的兜底承诺，高峰终于露出了笑模样。民宿不建楼房，在原有的平房上改建；外面有千年的古榆故事，屋里是星级宾馆饭店的标准。如果两年内民宿开不起来，无偿返还给原房主。民宿的收益，所有村民都参与按股分红。新措施出台前，高峰先找老张书记商量，老书记同意了，村民的顾虑也都打消了。党员和村民代表也都举手同意了。

按照规划设计，在二赖子家门前要新建游客中心和古榆博物馆。虽不占各户的合法面积，但建完后，他们这趟街各户的前园子都得少一截，为此二赖子死活不同意。不论高峰咋去做工作，二赖子就认准一个理：“这园子祖祖辈辈，都是我家种的，是老祖宗给我们留下的。”规划部门放完线走了，二赖子正要拔橛子，高峰和刘辉站在那儿给挡住了。二赖子打电话报警说有人抢地，不一会儿民警来了。在派出所，民警让二赖子出示证据，他掏出自家土地使用证。民警找来土地监察执法人员，上电脑一查，二赖子指着建游客中心的位置，可那里根本不在他家土地证里规定的范围之内。土地监察人员跟他说："证以外的地不归你家使用，我们也没法儿帮你维权。"二赖子家这边，放完线，挖沟机上去挖地基沟，等他回来，沟挖完了。他站在沟边骂，使劲往坑里踢土。他一脚下去踢空了，扑通一声掉进了沟里。大伙儿把他从沟里拉出来，他还气哼哼地骂呢。

七

高峰想，老孙家不是违法建筑，而且还是其唯一住房，不能依法拆除，看来这事还得商量着来。高峰有事没事总往他家跑，整得他也不好意思了，见着高峰就嘿嘿地笑。高峰跟他商量能否进村里的养殖小区，他不同意，他说去小区得新建猪舍，而在这儿都是现成的。高峰找来评估公司，对他家的房屋和猪舍造价进行评估，他不认。高峰和刘辉一起去跟他谈，高峰说："三叔，我个人帮你担保办贷款，你再买些猪崽，够养殖成规模了，帮你争取补贴政策。"一听养猪有补贴，他眼睛放光，他说："让我进小区得把老房子拆下来的砖头瓦块归我，还得给我盖新猪圈。"高峰和刘辉都点头答应了。村民代表会通过后，他就搬进了养殖小区。

屯子里的人听说老犟种给钱了才搬走，有以前被洪水冲倒的房子，还有残垣断壁的，都要回原地盖房子。高峰很着急，他在办公室里转着圈子。他想，费劲巴拉的终于把老犟种这颗钉子拔掉了，可又冒出来一大批钉子户，看来这块建设用地增减挂钩是泡汤了。

一路走来，高峰想了很多，他觉得干旅游这事，说容易，钱大把大把地来；说不容易，那是一步一个坎。思来想去，他下定决心开发旅游产品。他让人在古榆旁打了一眼深水井，水质特别好；引进了水质净化设备，生产玉皇伞牌小瓶"圣泉"纯净水。游客看完古榆，听了故事，都要品尝一下圣泉水。圣泉水一下子卖火了，水厂不停地生产，发货。古榆树的榆钱口感好，有滋味，就开发了榆钱团子、榆钱窝窝，炝拌和煮粥吃；把榆钱晾干，做成多种工艺品和纪念品。游客出于对千年古榆的敬仰，都特别喜欢。

高峰了解到，村民是看老犟种给补钱了，心里不平衡才去村里找的。第二天就召开村民代表会，会上定了，所有房场村里全都收回。村里有住房的，执行一户一宅政策。村里没住房有房场的，按户给补贴。这回，村民的气都顺了。

高峰瞅着眼前这两百多亩地，心想这一波三折地收回来，也不能荒着，得让它把游客招来。于是宅基地变成了耕地，种上了高粱和小麦。在高粱地里设计的迷宫，成了年轻人和孩子们的好去处。通过接种乌米菌，高粱种成了乌米；高粱要出穗了，个顶个都是包乌米。老年人曾经都在高粱地里打过乌米的，这回，举办乌米采摘节，游客来高粱地里一伸手就能掰乌米。高粱乌米成了特色菜，速冻后常年发货，通过直播卖向全国。小麦地里种出了麦田画，小麦从出苗到成熟，来摄影的人一波接一波。麦子要熟了，就举办“燎麦节”，游客来品尝烧小麦，都吃成了黑嘴巴。他们嘴里嚼着又香又脆的麦粒，相互瞅着哈哈笑。

八

大榆树一前一后，二赖子和贾半仙这两栋民宿是最先装修完试营业的。有一天，二赖子看来了一车自驾游的客人，就迎过去推荐民宿和特色菜。其中有两位女游客，边往贾半仙的民宿走边说：“我们打听打听再说。”二赖子跟着游客走到贾半仙的民宿门口，迎面拦住游客说：“你们去我家吧，免房费，吃饭也比她家便宜多了。”游客正犹豫呢，贾半仙推门出来了，她猛抽了一口烟袋锅说：“来我家住宿的客人，一日三餐全免费。”游客站在那儿不知去谁家好。贾半仙张口就骂二赖子：“你上俺家门口来拉客人，都欺负到家了。”二赖子歪着脖子，杵倔横丧地说：“做买卖就是个竞争，爱咋咋地。”游客看两个人吵了起来，就往回走，贾半仙以为要去二赖子家，拿手里的烟袋锅照着二赖子脑袋咣咣一顿打，二赖子被打得捂着脑袋叫。游客们都上车走了。

高峰听说了，气得直跺脚。他和村干部一商议，民宿和卖古榆祈福的红布条，都要统一管理，统一价格。开会定了，本村外出的年轻人，回来管理民宿的给予特殊照顾。这下，外出的年轻人回来了一拨，接着又聘请了一些专业人员，这回民宿的管理规范了。

没过几天，迎来了“十一”黄金周，不知从哪儿来的这么多人，千年古榆下满满当当的，全是人，停车位都不够用了。民宿天天爆满，高峰来了几位朋友，想体验一下住民宿，可吃完饭没床位了，只能把客人送到县里宾馆。看着热热闹闹的民宿，高峰乐得嘴都包不住牙了。

可“十一”假期刚过，民宿一下子变得冷冷清清，没人来消费了。高峰又急得满嘴起大泡，黑天白天睡不着觉。他想，民宿这样下去能行吗？一年就热闹那么几天，平常冷冷清清。没客人来消费也得备菜备料，时间一长有些菜品都得白白扔掉。民宿里民族风味的厨师厨娘都是花大价钱从在外地请来的，没有收入，员工的工资都开不出来，民宿要黄了。

路边的鲜花刚着了霜冻，花和叶子都蔫了，可草还是绿绿的，顽强地生长着。高峰走在路上，心情像路边的花那样糟糕。他就想不明白了，来民宿的客人都赶上过山车了，忽地来了，嗖地一下又没影了。

九

高峰找到了病根儿，他使出了妙招，跟旅游团挂上了钩。他在网上联系到一家旅游公司，该公司承诺常年给发旅游团，但条件是必须得先交三十万保证金。高峰着急民宿开张，村里没钱，他跟媳妇玉琴商量，想从家里拿钱先垫上。玉琴急了眼，跟他喊：“这两年咱家都垫进去多少钱了？村里拿啥还？”高峰笑着说：“咱既然回村了，就得为村民做点儿实事，开弓没有回头箭，你说，你不支持我，谁支持我？”

玉琴生气回城了。高峰去找旅游局的领导帮着研究，领导说：“要我看，保证金可千万不能交，有人专门拿保证金骗钱。”高峰听后心有余悸，给玉琴发微信：“你要把钱借了，我就被人骗了。谢谢老婆！”玉琴回他：“老公，我是定海神针，明天我就回村了。”

旅游局帮联系业务量大的公司，不用交保证金，帮着把古榆民宿规划成旅游团吃饭和住宿的落脚点。没过多久，旅游团一拨一拨地来了，游客对景区、民宿和菜品都竖起大拇指，陆陆续续来的游人越来越多。回来经营民宿的年轻人说：“早知道建民宿能挣大钱，何必去打工？”

接待中高峰发现，民宿设计成五十六个民族餐饮风格，并不是都很火，有很多民族风格的民宿基本没人去。一个在民宿打工刚回来的年轻人，跟高峰建议说必须有主打的特色，而不能面面俱到。高峰想，这里靠江边，江鱼是特色，就打江鱼这个品牌，打造全鱼宴和江鱼预制菜。相传黄土埃子的辽代御用全鱼宴，是辽代皇帝来到黄土埃子江边举行头鱼宴招待各部落首领时，村里吴大勺到临时御膳房帮厨学会的。这个全鱼宴传入民间，成了非物质文化遗产。高峰说干就干，在民宿区附近增加江鱼自选区，客人喜欢吃啥江鱼，三花五罗十八子，要啥有啥。客人自己到池子里去捞活鱼，去民宿加工，三十几道菜的全鱼宴跟海鲜大排档一样。民宿区腾出一栋民宿，专门做江鱼产品的预制菜，有大白鱼、小麦穗鱼、小柳根鱼，还有船钉子鱼等。游客吃好了，再选购几样受欢迎的预制菜，诸如黄土埃子村的浇汁鲤鱼、清蒸狗鱼、煎臭鳌花、鱼鳞冻、鱼汤豆腐等带回去品尝馈赠。

高峰找来网红在短视频平台上直播，推介民宿的辽代御用全鱼宴和江鱼预制菜。网络时代，自媒体作用太大了，没过多久，千年古榆和民宿全鱼宴异常火爆。预制菜卖火了，几个人每天发货累到手抽筋。游客都奔着千年古榆和全鱼宴来了，得提前半个月预订，民宿没有了淡季。

快过年了，高峰和村干部开会研究咋样还能增加村集体收入。嘀的一声，老会计看完手机信息，他站起来大声说：“你们都吵吵好几年了，建设用地增减挂钩，村里能得多少钱？这才进来十五万，细算都赔钱。”高峰惊诧地说：“不可能啊，人家八十亩还卖五千万呢，咱们三个八十亩，不可能就这点钱。”

老会计戴上老花镜，正了正镜框，慢声细语地查："个，拾，百，千，万，十万，百万，千万，万万……"

老会计一拍大腿："可不是咋的，我给看差位数了。"

发表于《雪花》2024年第3期

乌米

一

乌抿去外省参加农业博览会，看到各种乌米产品特别畅销，可能是因为跟她的名字有关，她对乌米产生了浓厚的兴趣。一番打听后，乌抿了解到，种乌米还挺简单，种一亩能挣好几万，便打算回家后张罗着种乌米。

乌抿考察完种植基地后才知道，高粱受乌米菌侵染后，打苞时长成白色棒状的丝黑穗就是乌米，没被乌米菌侵染的会正常出穗结高粱。

晌午，老海在院子里嗷嗷地喊："这日子还有个过吗？什么人家能扛住这通折腾！整天琢磨些个歪歪道道，都赔多少钱了，吃一百个豆子都不知豆腥味！"

邻居陈霞，老伴儿走得早，孩子在外地，她一个人过日子。她脑袋探过墙头，扯着大嗓门儿说："老海大哥，你在外面吵吵什么，有啥事回屋说去呗！"

老海是乌抿的公公，是村里有名的倔脾气，他家用牛拉车种地时，老牛都犟不过他，他认准的事，九头牛也拉不回来。老海跟着儿子海城和儿媳妇乌抿一起过日子。

老海凑过去站到墙根儿的塔头墩子上，跟陈霞聊起家里的事。老海气得眼睛要喷火，愤愤地说："俺家海城是没治了，媳妇乌抿说什么是什么，一根筋，也不转转弯，这几天非要种乌米。咱们村祖祖辈辈种高粱，前些年在高粱地里转一圈儿能打回一大捧乌米，谁还花钱买乌米吃？这要是种了，都得烂到地里。”

陈霞咳嗽了一声，撇着嘴说：“这年头儿，儿大不由爹，女大不由娘。家家都有难唱曲儿，我看咱们年龄都大了，就别跟年轻人较劲了。”

老海生气地说：“那也不能眼瞅着他们往火坑里跳啊，种乌米卖给谁去？还不如高粱到秋天能有收成呢！我得给他们掌掌舵，也不能看着他们手往磨眼子里插啊！”

海城走到院子里笑着说：“陈婶，我家饭好了，过来吃口吧。”陈霞大声回应：“饭都在锅里热着呢，你们快回屋吃吧。”老海满脸不情愿地被海城拽回了屋。

饭桌上，海城说：“爸，我们想种乌米，都考察好了，一亩地能挣几万块，种玉米、高粱挣一千块钱都费劲。村干部老张也鼓励咱们种，秋后村里还要给奖励呢。”

乌抿端着盘子去锅里盛菜，门被风抽得啪的一声关上了。老海瞥了海城一眼，没说话。三口人都使劲扒拉饭菜，都想尽快离开饭桌。

收拾完饭桌，乌抿给老海沏了壶茶，爷儿俩捧着茶杯只顾喝水不说话。海城一哆嗦，杯里的热水漾出来烫了手背，他说：“爸，你都这么大岁数了，家里的事你少操点儿心吧，有我俩呢，你就享享清福吧。”老海从烟盒里拿出一根自己卷好的旱烟卷儿，往指头上沾了口唾沫，捋了一下烟卷，点着后猛抽了两口，语重心长地说：“海城啊，我看你们别整那乌米了，肯定是个赔钱的买卖。”

“爸，我先少种几亩试试，看看行不行。”

二

老海每天早饭前都在院子里喂鸡，陈霞总是趴在墙头儿上跟老海有说有笑的，不是说这只鸡护食，就是说那只鸡蠢极了。

一天傍晚，远处传来了轰隆隆的雷声，陈霞要往屋里背一根木头，她使出浑身力气也扛不起来。老海看见了，马上过去把木头扛进屋，帮她把木头都锯了，劈成了柴火。

海城和乌抿在去超市的路上商量着怎么劝老爸。乌抿给海城出了个主意：“都说自己的刀削不了自己的把儿，咱爸因为种乌米跟咱俩都快绝交了，这几天都不着家了。我看陈婶对咱老爸有点儿意思，找她帮着劝劝，爸应该多少能听进去些。”

吃完午饭，海城就去东院儿跟陈婶聊天。陈婶说：“海城啊，可别老惹你爸生气了，有些事就顺着他来呗。”海城说：“陈婶，有个事我想求您帮帮忙。我们两口子今年要种乌米，我爸始终不同意，平日里你跟我爸挺聊得来，陈婶你帮我们吹吹风，别让我爸跟着闹了。”陈霞若有所思地说：“你爸在附近十里八乡那是出了名的倔脾气，我只能试试吧。”

海城没想到，第二天事情就有了转机。老爸从东院儿打完扑克回来，态度就发生了一百八十度大转弯，不再提种乌米的事了。海城趁机跟乌抿商量先少种几亩乌米，故意让老爸听见，谁知老爸坐那像没听见似的，一句话没插，这要是搁以前早就摔筷子走人了。几天工夫，乌抿便跟上次考察的公司签了种植合同，汇完款，公司就把乌米菌种给发了过来。

海城对种乌米是一窍不通，怕菌种被冻死，邮回来就放在老爸屋里的柜子下面。

老爸天天喝上二两小烧酒，就去东院跟几位老人一起打扑克，什么事也不管了。看着老爸的转变，海城和乌抿心里别提有多高兴了，海城给乌抿竖起了大拇指：终于找到了老爸的克星。

老海想，还是他陈婶说得对，孩子们的事少掺和，反正饿不着我老头子，到秋天保证他们有收成，他们两口子愿意怎么整就怎么整。

依照乌米公司的技术指导，在拌乌米菌种前，海城打开菌种袋时险些笑出声来。他看着用钢锯条烫上的塑料袋封口，对乌抿说：“你联系的这家乌米公司怎么连个封口机都没有，还用钢锯条封口呢，不能是骗子吧？”

乌抿看见菌种袋里的黑色粉末，用手戳了戳，她一脸吃惊地说：“这菌种怎么跟煤灰一样呢？”海城和乌抿没见过乌米菌种，也不知道长什么样。

快要种乌米了，老海捂着脑袋疼得直龇牙，血压噌噌见涨，连吃几片降压药都没什么效果。海城担心老爸有什么危险，赶紧开车把老爸拉到省城的医院检查。在医院上班的姐姐说：“爸这病得住院治疗一段时间才能稳定，海城，你先回去忙吧。”

老海治好了高血压，海城把他接回来时，高粱都出苗了。老海上地里看种了一垧多的高粱，心想，反正他小家雀怎么折腾也离不开我老江湖的手心。

地里的高粱长得快，草出来后更是疯狂地长。乌抿在外地的舅舅突发车祸身亡，海城和乌抿急忙赶过去。临走前，海城买好了高粱除草剂，让老爸找个晴天，雇台车把药喷上。

处理完乌抿舅舅的后事，海城和乌抿回到家，见地里的杂草都打蔫了。两口子心里暗自惊喜：看来老爸的思想真转变过来了，这两天，老爸把地里的草都除干净了。等乌米卖钱了，老爸的气自然也就顺了。

海城两口子都夸老爸能干，老海神秘地说着他从不外传的绝着儿：每次加完药，再往里滴几滴洁洁灵，那除草效果杠杠的。

可还没等地里的杂草死彻底，高粱苗就开始发黄变白了。乌抿上地里一看，眼睛直冒金星，她哭丧着脸把情况跟海城说了。

老海去地里看了一趟，回来说都是他惹的祸，这片高粱看来是要报废了。

下午，海城两口子拔了点儿半死不活的高粱苗，开车去县里农药店找庄稼大夫咨询。老海自己没精打采地在园子里侍弄茄子，陈霞搭话说：“老海大哥，听说你家的高粱都被药死了？”

“是我把药劲整大了，我看高粱是够呛了。”

“那你也不是故意的，不也是为了把草都给除了吗？我听乌抿念叨坑人什么的。”

海城和乌抿从县城回来刚一进屋，老海就质问乌抿：“你怎么还背地里说我坏话呢？咱一家人有话当面说，不能背后嚼舌根子。”

乌抿连连否认，老海上来了犟劲，不依不饶的。海城左右为难，他成了家里的泔水缸，这边老爸不让步，那边乌抿一肚子委屈。老海和乌抿都在生闷气，海城顾不得他俩了，直接去地里给高粱喷上了缓解药害的药，看着地里的高粱苗已经零星有死的了，他不敢让乌抿知道。

这件事对海城的打击挺大，心原本像红红的炭火突然被泼了一瓢凉水，刺啦冒下烟就灰飞烟灭了。

村里刘二狗看海城家种乌米红了眼，当他听说海城家的高粱苗死了时，心里乐开了花，他兴奋得满屯子嚷嚷："我一开始就看海城不行，高粱都快死没了，哪儿有什么乌米！"

几天后，下了一场透雨，海城发现高粱新长出的苗芯变绿了，他高兴得在往家走的路上就给乌抿打了电话报喜。

老海回来看见桌上摆了几样熟食、三个酒盅子，还烫了一壶烧酒。老海气不打一处来，心想：哼！这乌抿，年纪轻轻的还过啥生日，比我过六十大寿还隆重。

菜上齐了，海城故意跟老爸卖关子，问："爸，你知道今天是什么日子吗？"老海心里本来挺反感乌抿的，不耐烦地说："我管它什么日子，能吃饱就中。"

海城直截了当地说："爸，咱家的高粱苗缓过来了，我今天看高粱芯都变绿了。"老海一听，立马来了精神，他端起酒杯一饮而尽。

酒真是好东西，酒盅一端，心照不宣，酒话一聊，恩怨全消。

三

傍晚，海城站在地头儿，听着高粱拔节的声音，瞅着它们渐渐长高了，宛如要离岸轮船的跳板，随着咔咔声慢慢地升起来。

看着高粱要打苞了，海城赶紧注册合作社和乌米商标，设计乌米包装箱和包装袋。老海听说后给叫了停，他说："种乌米是个技术活儿，能不能种出来还不好说，你着急整这些干什么？万一乌米没种成，不是白花钱吗？还是等见着了乌米再说吧。”海城只好答应下来，不过他长了个心眼儿，将设计稿发给了印刷公司，如果乌米真种出来了，商标就能马上印刷。

海城天天去高粱地里看，盼望着乌米早点儿长出来。由于高粱受了严重的除草药的毒害，长得很慢，别人家的高粱都打苞了，他家的高粱连个苞的影子都还没有，这可急坏了海城。

海城看着要打苞的高粱，掰了几棵扒着苞找乌米，是乌米还是高粱也看不出来，海城越扒越没信心。

刘二狗在小卖店里说：“老海家一个乌米都没种出来，海城天天下地扒高粱秆看，高粱被他扒瞎了一片。”

海城几天没去高粱地，结果高粱真打苞了，有几个像孕妇似的，站在高粱秆最上边，头上顶着一片像旗一样的叶子。海城迫不及待地伸手掰下来，扒开高粱苞他傻眼了，里面不是乌米，而是高粱穗。他看见前面有打了苞的，掰开一看还是高粱穗。

他拎着两个高粱穗，回家往窗台上一扔，招呼老爸和乌抿过来，悻悻地说：“你们看看吧，咱们费了一年的工夫，种出来的都是高粱，哪儿有乌米啊。”乌抿当时就傻眼了。

老爸这时站在那里，脸腾的一下就红了，他吭哧了半天才说：“我说了你俩可别上火，是咱自已家的事，我必须跟你俩说实话。其实，在没种乌米之前，我就把你们放在我屋里的菌种给调包了，用煤灰替换的菌种。反正不出乌米也长高粱，跟种高粱一样有收成。”

乌抿气得浑身直哆嗦，憋了几年的气终于爆发了，像决堤的洪水一样。她指着老海愤怒地说：“你怎么不早告诉我们啊，我们还真当菌种养呢，这不是坑人吗？你一个当长辈的，我怎么说你好呢？”海城看她越说越离谱，赶紧上去把她推了出去。谁知正撞上前来串门的陈婶，海城面子上挂不住了。

老海看陈霞来了，就开骂了：“我不是为了你们好吗？高粱有收成，那乌米能收个啥？好心都当成驴肝肺了。这家我是待不下去了，我走……”

老海越说越来气，啪的一声打了海城一个嘴巴，又狠狠地踢了他一脚，气愤地说：“养你这么个玩意儿，媳妇上房揭瓦都不敢管，熊蛋包！”

老海说完，背起行李卷气哄哄地走出了家门。海城拦了两次也没拦住，他让陈婶帮忙拽住老海，陈婶直摇头。

老海去了本村的外甥家，乌抿吃住在超市，这让海城犯了难。

四

因为一个乌米把家闹散了，海城心里很不是滋味，这回他也不去高粱地看了，整天迷恋村里的小卖店，跟大伙儿打扑克下饭馆，整天醉醺醺的，三个饱一个倒。

刘二狗在小卖部碰见了海城，说：“海城啊，乌米没种出来，还把家给整散了，三口人三个家，多自由啊，谁也管不着谁。”

海城中午在小吃摊儿喝得晕乎乎的，想下午跟大伙儿继续打扑克。忽然，一个半大小子拿着两个高粱苞嗖地从他面前跑过去，后面追上来两个小孩子把高粱苞给抢跑了。这小子哭得鼻涕一把泪一把的，海城问他：“你怎么了？”“我的乌米被他们给抢跑了。”“你在哪打的乌米？”“在屯西头儿的高粱地……”

“屯西头儿高粱地，那儿有乌米……”海城立马醒酒了，他马上往高粱地跑。后面小卖店打扑克正好三缺一，无论大伙儿怎么喊他都不回头。

翠绿色的高粱有一人高，微风吹拂发出沙沙的声响。头顶上高高飘扬的叶子，像伸出的一双双小手，向海城打着招呼。

海城气喘吁吁地走进高粱地，抬头一看，真有几棵高粱打苞了。他伸手把高粱苞掰下来，打开一看傻眼了，是高粱，哪儿是什么乌米啊！他想，这小孩子真能糊弄人，他掰的明明是高粱，却硬说是乌米，看来是怕大人揍他才撒的谎。

海城中午喝了好几瓶啤酒，尿憋得难受，他正好走到最后种的那片高粱地，边解腰带边往里面走了十几步去方便。方便完正系腰带的时候，头上的一棵高粱吸引住了他的眼球，这高粱苞歪歪着，像歪脖子镰刀的刀把儿。他突然想起小时候打乌米时哼唱的顺口溜：“顺着垄沟走，眼睛往上瞅，见着歪脖妞，赶紧就下手。”

这回他没舍得直接掰下，而是先用手捏了捏，感觉硬邦邦的。他用指甲把高粱苞的苞叶撬开个缝，看是不是乌米。当这个缝里露出白色时，海城的心激动得扑通扑通地蹦。

这回海城舍得下手了，只听咔的一声脆响，他把乌米棒从高粱秆上掰了下来。看着白白胖胖的乌米棒，他眼前模糊了，如获至宝一样把它揽在怀里，喃喃自语道：“为了你，我承受了太多的委屈……”

海城往前走，扒开一个是乌米，再扒开一个还是乌米，他往地里走了几十步，打回一捧乌米棒。

他立马给乌抿打电话报喜，乌抿乐颠颠地说：“你在地头儿等我，我马上到。”

五

海城给老爸打电话告诉了这个好消息，他不紧不慢地说：“乌米种出来了也不一定是好事，那么多乌米都集中成熟卖给谁去？我看还不如高粱呢。”

海城和乌抿坐在树下品尝起乌米来，打开苞叶，像拇指粗细，白菇般的乌米就展现在眼前。美滋滋地咬上一口，嚼着乌米甜甜的、凉凉的菌丝，像吃王母娘娘的寿桃似的。吃完“天然黑松露”，满嘴都黑了，连牙都是黑漆漆的，他俩相互瞅着黑牙，一个劲地笑。

他俩在树下打电话，联系印刷厂赶紧印制乌米箱子和包装袋，这边还得雇人从地里打乌米，两口子忙得脚不沾地。

让海城没想到的是，人家发过来的乌米菌种真好使，90% 以上的高粱都种成了乌米。

第二天早晨，海城两口子又找了几个亲戚，顶着露水去地里，打回来几大筐乌米。把乌米拿到县里的市场上卖，就卖出去几根；摆在自家超市里，一根都没卖出去。

刚打回来的乌米水灵灵的，放了几个小时以后，乌米头上的旗叶就蔫了，乌米外面的苞叶也干巴了，嚼上一口直掉渣，根本没人要。这些乌米只能送人，屯里的老人都乐了，纷纷说道："还是乌扺这孩子好，把乌米给我们送上门，都几十年没吃了，嚼上一口还是当年的那个味道。"

送完乌米，海城两口子坐在炕上不吱声了，满嘴起大泡，嗓子疼得说不出话来。海城想：过两天乌米下来的比今天得多十几倍，往哪儿卖去啊，谁要啊？也不能天天送人啊。

都说乌扺是做买卖的脑瓜儿，她联系省城蔬菜批发市场，想把乌米批量卖出去，可人家都不知道什么是乌米，连乌米长什么样子都没见过，没法儿卖。乌扺又联系水果批发市场，人家让拿来先试试。

乌扺把起早打回来的乌米十根一捆地装进纸壳箱里，用长途客车捎到省城。过了两天，人家把整箱乌米又给捎回来了。

乌扺看每天晚上县城广场都人声鼎沸，便装了一筐乌米去广场去卖。她拿着高音喇叭喊，放流行歌曲吸引人流。可广场上多数都是锻炼身体的人，连打听的人都很少。当时正赶上七夕节，旁边有个卖鲜花的小姑娘，不一会儿就卖完半筐花。

冤家路窄正赶上刘二狗来广场看节目，他看没人买乌米，就跟乌扺说："赶紧拿回村里挨家送吧，老头儿老太太都等着吃呢。"把乌扺气得呜呜哭。

海城看乌米一天比一天下来得多了，卖不出去扔了都白瞎了，于是联系乌米公司。技术人员指导他把乌米煮熟后放到冷库里贮存，全年线上线下销售。

没有其他办法，海城只能在乌米地头儿支起几口大锅，把乌米煮熟后装袋放进冷库。

老海去高粱地看见大锅腾腾地冒着热气，听完海城说的想法，老海又急眼了："这不是小鱼撵鸭子，有来无回吗？赶紧停，不能再往里投钱了，投多少赔多少，放冷库天天都得花电钱，越赔越多。你看我给调包菌种的那几亩高粱，穗都出齐了，种这些乌米得赔多少钱啊，简直是胡闹！”

六

乌米熟了，青纱帐里藏童趣，抬头上瞅打乌米。乌米地成了人们怀旧的打卡地，村干部老张领着市里近百名文学爱好者来到乌米地，亲手掰下来新鲜乌米，扒开苞叶，咬上一口，勾起了几十年乡愁的回忆。

有位诗人老李，触景生情吟诗一首，随手拍了打乌米的短视频发到短视频平台上，大家看了纷纷转发。乌抿眼尖，看到评论区有人询问联系方式，她马上把手机号码发到评论区里，不一会儿就接了几个买乌米的电话。线上也能卖乌米，让乌抿在黑暗中看到了黎明的曙光。

发走几箱货后，乌抿开始研究冷链物流，她把乌米真空包装后装进泡沫箱里，加上冰袋，这样天南海北的顾客都能吃到新鲜乌米。

乌抿自己学着拍视频，在短视频平台上直播卖乌米。她介绍乌米的功效：可以调经止血，调节免疫功能，之后，订单像雨点般砸来了。

没过多久，乌抿姐成了“网红”，天天直播乌米的美食做法和打乌米的乐趣，乌米地里还设计了迷宫供孩子们玩耍，乌米地成了旅游打卡地。各地网红为了涨粉丝纷纷来乌米地里搞直播，国旅的大巴车每天来好几辆，游客们纷纷来体验采摘乌米的乐趣。

小村火了，游客一拨儿接着一拨儿，村里的小园菜和地产果，往年这个季节吃不过来，都烂掉了，茄子黄瓜到时候就得摘下来扔掉。今年，乌米地头儿摆成了小市场，农产品不够卖，这可乐坏了村干部老张，他让邻村的村民也来市场卖菜卖果。

乌米卖火了，人手不够用，村里的老人也不打扑克、麻将了，都来乌抿家打工：采摘乌米，包装、加工和发货。刘二狗也来找活儿干，乌抿没用他。海城拽住了他，安排他在乌米地头儿的停车场给疏导人员和车辆。

海城跟乌抿商量：“还是把老爸接回来照顾家里吧。”海城先给陈婶打了个电话，让她帮着说合说合，再找老爸回来。不一会儿，老爸跟陈婶一起回来了，乌振先给老爸赔礼道歉。海城说：“爸，家里都忙冒烟了，屯子里有人说咱家整得四分五裂的，多丢人啊，你快回家吧。”

乌振说：“陈婶，你说呢？”

“老海大哥，你就听孩子们的吧，乌振都给你赔礼道歉了，孩子们给的台阶咱可得下啊。”

“让我回家可以，但不能搬回你们这屋住。”“爸，不在一个院子住你怎么管咱家啊？”

“把东墙扒掉，那不就是一个院子了吗？”

陈婶的脸腾的一下红到了脖子根……

头茬儿乌米刚卖完，第二茬儿乌米就下来了，二茬儿的一棵高粱长出三四根乌米来，又细又嫩，还有甜香味。

乌振正在地里直播，这时，老海连呼哧带喘地跑过来，把乌振拽到旁边小声说：“听说要在咱村举办乌米节，千万不能答应村干部老张啊，大伙儿要是都种乌米了，那咱家的乌米卖给谁去？”

乌振笑着说：“爸，这是好事。我协助村里指导全村家家户户都种乌米，把我们高粱村变成乌米村，开发乌米菜系和乌米酱，加工乌米面粉、乌米煎饼什么的，打造咱村的品牌，有规模了，乌米就更值钱了。”

在一旁指挥车辆的刘二狗听到了他俩的谈话后，趴在装乌米箱的老伴儿耳边小声说：“老婆子，答应给你买的金项链，明年就能戴上喽！”

发表于《青年文学家》2024 年第 11 期（上）

鳇鱼圈

一

一想到贺江承包的鳇鱼圈打冬网时人欢鱼跃的场面，佟河脸蛋子上的肉就僵硬地往下坠。

他没心思跟唠唠叨叨的老伴儿扯些家里家外的闲篇儿，天刚擦黑，便早早地钻进了被窝。到了后半夜，他蹑手蹑脚地爬起来。老伴儿正吭吭地咳嗽，问他：“大半夜的，起来干啥？”佟河掖着老伴儿的被子说：“睡不着，出去转悠一会儿。”说着，佟河便裹紧了棉袄，把手电往腰上一别，人就一拱一拱地往外走。大约一个时辰，他才哼哼唧唧地回了家。他脱掉精湿的棉鞋，擦了擦冰凉的脚，坐在炕沿儿上吧嗒吧嗒地抽烟。

他寻思：这回可好了，你这小个子贺江不是能吗，不是别人不敢照量的事你敢照量吗，这回看你热闹的时候到了。老辈人说的话，那还能说差？“云中月，水中桥，干打网，白捞毛。”老天算是开了眼，也让你尝尝啥叫“戴眼罩”。想着想着，佟河竟嘿嘿地乐出了声。

自从贺江承包了鳇鱼圈，佟河的心就隐隐地疼，他恨贺江抢了他的鱼饭碗。佟河生在江边，喜欢水，稀罕鱼，一双大眼珠子，看着鱼就闪闪亮亮地放光。他打鱼那叫一个精，根据水势，在哪儿下网，下啥样的网，刮东风还是刮西风，都有个盘算，都能逮着很多的鱼。他下网从来没跑过空，人送外号“鱼鹰子”。鳇鱼圈没发包时，他下挂子，放地笼，打回鱼来，要么跑到集市上卖了，挣几个零花钱；要么放上一把红辣椒，大锅一炖，跟老伴儿美美地吃一顿。他心眼儿小，小得还没芝麻粒儿大。他做事，看能占便宜，脑袋削尖了，往里钻；看占不到便宜，他比泥鳅溜得还快。

小个子贺江，别看人长得小，心可是大，他早就看好了，那鳇鱼圈是个聚宝盆。早些年，他用冰钏子凿冰，十回得有八回，鱼窝被他逮个正着，一来二去的，贺江得了个“鱼把头”的名号。靠水吃水，分的几亩稻田，撑死了一年弄个万八千的。他想，地少，就不能光指着地；守着鳇鱼圈这个聚宝盆，挣不到钱，那是能耐问题。比起“鱼鹰子”，“鱼把头”打鱼的本领高他一筹。贺江看冰的颜色能巡到鱼群。鱼想啥，他知道啥；鱼喜欢啥，他就来啥。方圆几十里，打冬网，都请他去当鱼把头。贺江有个女儿，叫晓丽，学文旅专业，大学一毕业便张罗着回乡创业，她想让她学的专业和农业挂钩。

二

贺江打冬网了。那天上午，鳇鱼圈上彩旗一排排站在冰面上，西北风刮着小清雪，锣鼓响，唢呐吹，一个个二踢脚炸响在空中，赶上过大年般的热闹劲了。网上红得发紫的“小鱼儿”，穿着一身花棉袄棉裤，戴着狗皮帽子，冻得小脸儿通红，站在冰面上，对着镜头，踱着脚酝酿着表情。贺江笑呵呵地仰着脸，羊皮大袄左拽右拽，像是新姑爷要登老丈人家的门似的。他的心怦怦地跳，脚在冰面上不知咋站才好。对于这场打冬网，他早就盘算好了，要说心里的底，那是咣咣的有。在鱼窝上打网，那鱼不得结成帮、链成团地往上咕咚咕咚地冒。可他也犯愁：这刚封泡子，真要是一网打上来几万斤鱼，白天这么暖和，用不了几天，鱼不就得被晒风干了？那可就没法儿卖了。“小鱼儿”腰杆一挺，跟贺江夸着海口，她响亮着嗓子说：“我直播，没有剩下的鱼。”

“小鱼儿”说着话的时候，冰窟窿里的网梢子一点一点慢慢地爬出水面，大胖头鱼的嘴一张一张的，一条条被网掴了上来。贺江笑得合不拢嘴，他美滋滋地想，这可是鱼多的好兆头啊！看来这一网少说也能打上来几万斤。听说“小鱼儿”来了，村里的大姑娘小媳妇嘁嘁喳喳地来看热闹。也不知道都是从哪儿来的人，冰面上，汽车冒着烟地跑来，人山人海的。“小鱼儿”小嘴不停地说着，声音随着胖头鱼的落地开始激昂起来。来回跑的小嘎子，时不时地把头挨近镜头，做个怪脸儿。“小鱼儿”指着鱼爆豆似的说：“各位老铁，看看，这就是胖头鱼，还有这条，叫大白鱼。快看，这还上来一条大鳊花。”她向粉丝介绍着鱼的品种和做法，讲着鳇鱼圈当年给皇上进贡的鳇鱼。这里的渔民有个封号，朝廷上叫他们“鳇鱼差”。贺江的老爹在鳇鱼圈里打出了一条最大的鳇鱼，这条鱼被做成了标本，现在还躺在县博物馆里。

“小鱼儿”的直播火了，观看人数嗖嗖地往上涨，一万，两万，五万，噌噌地，不一会儿就涨到了十几万。晓丽伸过头去看，她啊了一声，眼睛就眯成了一条缝。她仿佛看到一个个粉丝变成了一沓沓红红的大票子。这边网肚都快出来了，鱼呢，除了刚开始露头的那十几条，然后，网就干干瘪瘪地往出溜，鱼咋不见上呢！

贺江的心狂跳着，他纳闷儿了：正常网梢子里有鱼，网肚里不会没有鱼的，可是，怎么就没有鱼了呢？等到网肚完全上来了，才又见到几条大鱼。“小鱼儿”把镜头对准渔网，扯开了嗓子喊，兴奋得眉毛都挑了起来。伙计们忙用抄捞子捞鱼，捞了半天，鱼又扎进了水里，摆了摆红尾巴，不见了。等网肚全都拽出来，贺江那涨开的笑脸立时瘪了回去。没打出多少像样的鱼，他乐得起来吗？

“小鱼儿”按下了关机键，呆愣愣地看着贺江。这边，晓丽急吼吼地问：“爹，这是咋了？”贺江呆呆地站在那儿傻瞅着渔网，没吱声。

村里人议论开了：“这家伙把贺江他们嘚瑟的，又是找主播，又是建冰雕的，鱼呢？没鱼你诈唬个啥。”“鱼鹰子”开始煽风点火，他阴阳怪气地说：“那天他打上来的几条破鱼，那都是他们事先买来撒进去的，故意整的景，忽悠谁呢！都在江边站，这玩意儿，鱼在水，雁在空，打不上来，‘鱼把头’也发蒙。”

贺江细细地检查了渔网，没发现有啥毛病。究竟哪出了毛病呢？他皱着眉，挠着脑袋想。开始，他怀疑是河底立着的大嘎啦（河蚌）闹的鬼。也可能是大黑鱼在泥里楔的橛子把渔网底给垫起来了，所以兜不住鱼，鱼都跑了。他拿捋钩从出网口开始找嘎啦，可捋钩刚甩出去就拽不动了，真是邪门了！他一口气把附近的冰全破开，一个铁桥子被拎了上来。他明白了，鱼没打上来，不是没有鱼，而是有人背地里捣鬼。罪魁祸首就是这个铁桥子。

晓丽问：“爹，这玩意儿是干啥的？”贺江气愤地说：“干啥的，这是破坏打网的，真有不拉人屎的东西。”

三

承包鳇鱼圈那天，鳇鱼圈村的会议室里，贺江慢声细语地说：“鳇鱼圈是咱锡伯族老祖宗擅长捕鱼，给朝廷当‘鳇鱼差’一代一代传下来的，这些年，鳇鱼圈就这么自然地放着，水大了，卧住一些鱼；水小了，浅了刚没脚脖，哪儿还圈得住鱼？要我说，干脆包出去得了，村上还能有点进项。”

“鱼鹰子”冷笑着说：“包出去，包给谁？包给你吗？”

贺江瞪了他一眼说：“包给我咋了？包给我，我照样给村里缴承包费，网上竞价，该缴多少我交多少。”

“鱼鹰子”撇了下嘴说：“唬谁呢，你溜须拍马的，早跟村上做好了扣。发包，那不就是虚晃一枪，走下程序的事。”

“鱼把头”一听这话，红头涨脸地站了起来，“鱼鹰子”也往前凑，两个人像掐架的公鸡，眼睛对着眼睛，嘴上喷着唾沫星子。

按照规定，村里的闲置资源都是要发包的，这事“鱼鹰子”他挡不住，只是跟着一通瞎嚷嚷。

“鱼鹰子”想着咋样能把这事搅黄，他跟着村干部吵吵，大声说：“我不是看贺江眼眶子发青，我是代表村民说话。他包鳇鱼圈为了啥？他为了挣钱，稻田不能自流排水了，就得用泵往出抽，这我说得对吧。要我说，咱再公平点儿，把各家的稻田排水费用也打到鳇鱼圈的承包费里头最合理了。”

他心想：这样一来，承包费比周围的鱼池翻了一番，“鱼把头”就算你能打出金鱼，哪儿还有什么赚头？

晓丽听老爸一叨咕，她掰着手指头算，对爹说：“爹你看，包洪泛区里的鳇鱼圈虽说挣不着钱，但也赔不了，这几年，年年涨水，赶上运气好，还能卧住大鱼。”听了女儿的话，贺江一下子就想明白了：是啊，自己常年跟鱼打交道，多少年了没离开过水和船，这点账咋还算不过来了呢？

因为承包价格太高，没一个竞争的。“鱼鹰子”终归没干过“鱼把头”，鳇鱼圈的承包合同书落到了贺江手里。村干部和村民在一起嘀咕：“这贺江啊，咋寻思的呢？就算跟‘鱼鹰子’怄气，也不能眼瞅着把手往磨眼儿里插呀！”

四

春天，江湾里的鳇鱼圈一片绿意。坑坑洼洼的地方，存着一些白亮亮的水；高一点的地方，黑黑的裸露着，有胆大的村民，靠着“点籽”种点儿高棵作物，碰上干旱年头儿，就掏上了。“鱼鹰子”也在这里种了点儿地，他种的是麦子，麦苗稀稀拉拉地迎风摇摆着。“鱼鹰子”种的这片地，十有八九会被淹，江水涨出江槽子，他这片地就危险了。可他还坚持着要种。他想：要是水涨得晚，麦子就收了。贺江呢，也有自己的算盘；让他种去吧，大江不涨水，小麦就得了；涨水了，正好我的鳇鱼圈需要水，水越大越好。

转眼到了汛期，江水逐渐见涨，只二十多天，江水就涨出了江槽子。眼瞅着江水涨上来了，码边码沿的，快能淌进鳇鱼圈了。贺江天天盼着水早点儿进来。每天早晨起来，他第一件事就是去江边，看看江水涨得咋样。他嫌江水涨得太慢了。

鳇鱼圈像个大锅底，锅底的西南边有道豁口子，就在口子这儿，“鱼鹰子”年年放亮子、下渔网，打了不少鱼。这天，西南风刮得人走道都直栽跟头，江水借着风劲往鳇鱼圈里漾。

“鱼鹰子”借来一台推土机，在豁口子那儿推起一条坝，把江水挡住了。贺江听着了信儿，就往那边跑。明摆着，这坝是冲着他来的。贺江跺着脚咬牙切齿地骂：“你个‘鱼鹰子’，堵我的进水口，头上长疮脚底冒脓，你坏透了。修民堤影响洪泛区泄洪，我告你去。”“鱼鹰子”翻了翻眼珠子，坏笑着对贺江说：“推坝咋了？我推坝是保护自家的麦子，堵我放亮子冲开的豁子，这没毛病吧？谁敢动我的坝，我讹死他！”

五

贺江拳头攥得绷紧，铆足了劲一拳头打过去，“鱼鹰子”一闪身，贺江的拳头打空了。“鱼鹰子”挺胖，但这小子身子却灵巧，贺江几次上前，连根手指头都没碰到他。“鱼鹰子”手指头点着贺江说：“你个小瘦子，我一把把你抓起来，就像拎只小鸡，还跟我使章程？你再嘚瑟，我把你扔到江里喂王八去！”

贺江听了，气得脸铁青，捂着胸口捯气儿。姑娘晓丽开着车来了，她扶起贺江说：“爹，你气性咋这么大呢？傻呀，气坏你，别人瞅着该乐了。”贺江捋了捋胸口，向国堤上走。晓丽掏出手机，眯起眼睛看，她查了下天气预报，又查了近期的江河水情预报。她跟“鱼鹰子”说：“佟叔，你也别跟我爸置气了，他说告你，能告吗？就是快腾快腾嘴。”

晓丽撵上了贺江，扒着他的耳边说：“爸，我查了，上游有个洪峰，用不了十天就到咱这儿，就‘鱼鹰子’那小坝，啥也不顶用。水进鳇鱼圈，是板上钉钉的事。”贺江半信半疑，他瞅着姑娘说：“要是现在把坝推开，水就能淌进鳇鱼圈了。我目测了下，加上现在鳇鱼圈里的水，能有半米多深，虽说过不了冬，可多少也能进来些鱼。如果不挖坝，过几天江水撤了，咱承包的钱可就打水漂了。”晓丽甜甜地笑，她推了一把贺江说：“爸，你姑娘的话你还不信？放心吧，到时候，就怕你的鳇鱼圈吞不下那滔天的江水。”

接下来几天，天黑得沉沉压压，几声炸雷过后，瓢泼大雨哗哗地下了起来，这雨哩哩啦啦下了一个星期。江堤下面的江湾里，白亮亮一片，合并了窄窄的一条江，连出了一片海洋。看着暴涨的江水，贺江阴云笼罩的脸立马响晴响晴的了。

雨停了，接下来就是暴晒的天，火辣辣的太阳挂在天上，半个多月，连个雨滴也没有，这江水猛个劲地往回缩。“鱼把头”看着不断下撤的江水，心又开始慌了。晓丽把电话打到水文站，对方说上游两个大水库正在开闸蓄水，洪峰中途就消散了。她的嗓子像卡住了鱼刺，针扎般的疼。

“鱼鹰子”佟河在村里一通瞎吵吵，他喊破了嗓子，跺着脚喊话：“你们看吧，小瘦子有好戏看了，包了个干碗的鳇鱼圈，还准备了那网，打鱼？拦小鸡儿吧。”

贺江想，出槽的江水又撤了回去，涝套子雨也停了，还涨哪门子水呢？现在就算推倒了“鱼鹰子”的小坝，水也进不来了。今年的鳇鱼圈，怕是挣不回一个钢镚来。他拍着大腿，寻思着：当初找挖沟机把“鱼鹰子”那小坝硬给它挖开就好了。

六

“鱼鹰子”乐坏了，他定好了收割机下午收麦子，中午跟邻居嘴对着酒瓶子，脖子一扬一扬地喝。那天，他高兴小麦丰收，喝断片儿了，睡了一下午。等第二天早晨起来，他领着收割机去收麦子，刚上国堤就傻眼了，只见坝外的江湾，白亮亮的一大片。焦黄焦黄的麦子，一夜工夫，头影不露了。“鱼鹰子”这个气啊，挤咕着眼睛骂。

原来鳇鱼圈对岸是两个水田大县，因这段时间遇上特大暴雨，江水猛涨，相连的河水泛滥，把沿途上百个大大小小的鱼池都冲毁了。一个特大洪峰浩浩荡荡地袭来，这条河的入江口正对着鳇鱼圈的方向。洪峰入江，江水持续上涨，一天的工夫，江水涨了三米多高。“鱼鹰子”推的小坝，一夜间就被江水漫了过去了。

贺江这头儿心可敞亮了，他把船拉到鳇鱼圈，安上发动机，开着机动船，唱着渔歌，在鳇鱼圈里转悠。怕下撤的江水带走了鱼，贺江就着“鱼鹰子”小坝，用网片子把鳇鱼圈围得严丝合缝。

江湾的水就是这样，别看它来势汹汹，可没几天，江水又往下撤了，但有“鱼鹰子”堆的坝，鳇鱼圈内的水位憋得比往年高出了有两米多。水面也比往年大，大了有百八十亩。水里头“三花五罗十八子”，啥样的江鱼都有，鳌花、青根、大白鲢，胖头、鲤子、牛尾巴，成群结队地游。

贺江一敲船帮子，大胖头鱼在水面上跳起来，有的腾的一蹦，蹦到了船上。晓丽高兴坏了，一个劲儿咣咣敲船帮子，成群的大胖头鱼便一次次飞出水面，翻腾出一朵朵美丽的浪花，恰似鲤鱼跳龙门。贺江乐得嘴都合不上了。鱼刷刷地往船上蹦，一会儿工夫，又蹦上来几条胖头鱼。晓丽再敲，胖头鱼再跃，黑压压的鱼，像是要把船给拱翻。

贺江的船靠岸了，村头坝上围过来一群人，大伙儿伸着脖子，眼睛盯着船上的大胖头鱼，有人问：“‘鱼把头’啊，你下的这是啥样的网？打出来这么多大鱼？”晓丽挽了挽袖子抓起一条鱼来，说：“还用得着网？这些鱼，我只是敲了几下船帮子，就一个个像新娘子回门一般，急急火火地往船上蹦。”

村里一轰声地传开了：“鳇鱼圈卧住鱼了，‘鱼把头’这回可抄上了。”

这边“鱼把头”乐颠了，那边“鱼鹰子”眼红得睡不着觉。他想：我种的麦子颗粒无收，都成了他贺江鳇鱼圈里的鱼饲料。拦坝没整消停，还让他撞上了狗屎运，不整整你，都咽不下这口气。

七

“鱼鹰子”租来挖掘机，舞舞扎扎地要挖坝。贺江看见了，边给晓丽打电话边把船往那边开。“鱼鹰子”梗着脖子，歪着脑袋，气呼呼地说：“这坝是我堆的，我现在就把它挖了。”贺江一听，倒是这么个理儿。他想：就算你堆的坝，我扎住这么多鱼，也不能挖开啊。这时，晓丽开车来了，她大嚷一声：“都停下！”挖掘机高高举着张开的爪子，停在了晓丽的头顶上。晓丽掏出承包合同跟“鱼鹰子”说：“佟叔，合同上写得明明白白，你看，水到哪儿，我们鱼打到哪儿；水到哪儿，哪儿就归我们管。没上水时，佟叔你放牧堆坝我们都没管；上水了，就归我家管了。你现在没权在我家承包的地方动土。你信不信，我只要一个电话，叫来了警察，就得把你的车全都扣了。”“鱼鹰子”喊：“别听她的，给我挖！”司机听明白了晓丽的话，他怕被扣车，赶紧把挖沟机开走了。

“鱼鹰子”像丢了魂，他晃晃悠悠地往家走。他骂骂咧咧地说：“我花的钱，我堆的坝，凭啥让那小子白白地占了便宜。我的坝，成了他的鱼囤子，真气死人了。”

封泡子前，晓丽就办好了捕捞证。她整天琢磨：咋整才能把江鱼卖个好价呢？在电视上，她看到查干湖打冬网，那场面真是热火朝天。她想去取经，可贺江不让。他的意思是，咱自己干自己的，人家查干湖那么大咱学不来。晓丽没听，还是自己偷偷地去了。查干湖的冬捕让她感到很震撼，通过两天的观摩，她心里有了底。

回来后，她设计起鳇鱼圈的冬捕来。她要和老爸一道，打造出一个带着古老模样的鳇鱼圈冬捕盛宴。贺江一听，脑袋摇得像拨浪鼓。他说：“打冬网鱼卖的价格是挺高，但能有几个人来买？折腾一冬天，鱼都风干了，也卖不出去几条，白扯。还是开泡子了鱼好卖，一出水就有鱼贩子的车来装。”

晓丽知道老爸的心思，他脾气是犟，比牛还犟。晓丽有个同学做短视频直播带货，都叫她“小鱼儿”，小姑娘一张圆脸，一笑俩酒窝。这几年，她在网上火红了天。晓丽拨通了“小鱼儿”的电话，“小鱼儿”提出了分成标准，晓丽点头同意了。

八

上大学的表弟打来电话，问晓丽："姐，鳇鱼圈的冰面大，我想采点儿冰，练练冰雕手艺。"晓丽跟老爸一说，老爸的脸立马就由晴转阴了，他说："姑娘，咱不能闭着眼睛往冰窟窿里扔钱，直播带货，搞啥冰雕，这哪儿是咱鳇鱼圈干的事。那套新时兴的玩意儿，你爸我干不来。"晓丽笑了笑说："爸，你干不来，这不还有我呢吗？只要你同意我就干，保准干得让你大吃一惊。"

"鱼把头"合计着：鳇鱼圈的鱼少说也能打出几万斤，按老皇历来，卖鱼还得找鱼贩子，"小鱼儿"她就是再行，手机摆弄摆弄，她就能把那么多的鱼卖出去？我还真不信。另一个，这江边贼拉冷，雕出花来的冰，谁上这儿来看？纯是瞎胡闹。

晓丽劝老爸："那'小鱼儿'卖出多少鱼，咱分给她多少钱，卖不出去咱还有鱼在。冰雕他们是练手艺，也不用咱操心费神的。"在晓丽的软磨硬泡下，贺江最终还是默默地同意了，她跟"小鱼儿"签了直播带货卖冷水鱼的合同。

刚封泡子，晓丽就筹备起打冬网来。表弟领来一帮大学美术系的同学，忙乎着雕刻各种江鱼状的冰雕，有"鱼跃龙门"，有"莲年有鱼"，还有一些宛如年画般的造型。鳇鱼圈比大江封冻早，就地取冰很方便。十几天的工夫，冰面上便长出来一个个俄罗斯风格的小冰屋。"小鱼儿"让晓丽先打一网，把炒卖冷水鱼的事先预热起来，为直播带货做好前期铺垫。

打冬网，贺江是行家，他也想通了：就由着姑娘干吧，都跟人家签了合同，不让干，哪儿拦得住？根据水层深度和鱼聚集的密度，贺江在鳇鱼圈找到了鱼窝子，在打冬网的头一天，用白面在冰面上画了一个大大的圈，入网口和出网口都画出来了。

结果第一网没打出鱼来，坏事坏在铁桥子上。贺江找到了病根子，心也就踏实了。

九

按照锡伯族人的传统，祭河仪式上的渔民都统一着装，头戴貉壳帽子，身穿羊皮袄，脚蹬红色大马靴。鱼把头穿着毛朝外的羊皮袄，他们的这身装扮，是对锡伯族人千年渔猎文化的传承。鱼把头一声令下，一张张六寸眼的千米长大网，通过四轮车钻的冰眼儿，撒向鳇鱼圈底。“鱼把头”挥动着马鞭，手一甩，鞭子啪啪作响，四匹马拉得绞盘不停地旋转，网在冰下呈环形走着。锡伯族人打冬网捕冷水鱼，最讲究的是头鱼，被视为吉祥如意的好兆头。

渔网梢子一上来，网里就上来了鱼，有十几斤的大胖头和大鲤鱼，偶尔上来一条二三十斤的大鱼。大青鱼、大草鱼也陆续冒了头。看热闹的人喊着、叫着，兴奋地摘掉了帽子。有的拿着编织袋，喜欢啥鱼就捡来放编织袋里。鲶鱼、牛尾巴，这些无鳞鱼最难抓，冰上哧溜哧溜的滑，很难把鱼抓在手里。大胖头鱼、大鲤鱼、大草鱼特别有劲，一上冰面，拼命地扑腾，有时尾巴拍在冰面上，啪啪的响。鱼在冰上不停地翻滚，没点儿力气的人，还真摆弄不了。最伤手的是嘎牙子和鳌花，身上的棘刺立着，抓它最容易受伤。

贺江站在鱼出口，眼睛紧紧地盯着，网出来了，这一网下去，打出十多万斤冷水鱼，最大一条头鱼是五十多斤的大胖头。“小鱼儿”在短视频网站直播，线上线下喊着，卖着，拍卖的头鱼，线下有人出一万，线上有人出两万，线上和线下铆上了劲，最后让线上的一位企业老总，花八万八千元买走了。头鱼卖出了天价。“小鱼儿”直播卖冷水鱼，价格翻了一番，物流车开到打冬网的现场，冷水鱼当天便发往全国各地。

“鱼鹰子”也来了，他穿着棉袄手缩在袖管里，抱着肩膀，咝咝哈哈地看着。看到贺江忙着出鱼，人们疯了似的抢鱼，他眼珠子骨碌乱转，视线始终没离开过鱼。鱼太多了，绞盘转转停停，一波一波的大鱼好鱼网上来，有五六斤的鳌花，十多斤的青鱼和大白鱼，都被抢着装进了袋子里。“鱼鹰子”看得真是红眼了，他控制不住手和脚了，偷偷摸摸地拿起一只编织袋去装鱼。他眼尖，看见刚上来一条四十多斤的大胖头，他冲上去，用袋子套住了鱼头，一提袋子，大胖头就钻进了袋子里。这鱼个儿大劲儿大，鱼尾巴啪啪地拍打着冰面。他赶紧背起袋子就往人群外面跑，大鱼摇头摆尾地乱扑腾，差点儿把他摔了个跟头。

十

来买鱼的人都开着车，买的鱼都放到了车的后备箱里。“鱼把头”忙着出网，他一抬头，见“鱼鹰子”猫个小腰往国堤那边走，他背着的编织袋上摇着一个鱼尾巴。他喊了声晓丽，又指了指“鱼鹰子”，晓丽往车上装了一袋鱼，开车急忙追了过去。

“鱼鹰子”跑得快，气喘吁吁地跑上了国堤。再走两百米，就是他的家。他往身后看了看，见没人追他，这才缓了口气，哼起了小曲儿。突然，后面传来汽车的嘀嘀声，车吱嘎一下，停在了他身旁，晓丽把车窗摇下来，伸出头问：“佟叔，你这是干啥？”“鱼鹰子”张了张嘴，话又咽了回去。看人家撵上来了，他还能说啥？他两腿哆嗦着，傻呆呆地看着晓丽。晓丽笑了，说：“佟叔，上车吧，我送你回家。”“鱼鹰子”支支吾吾地说：“马上到家了，坐啥车。”晓丽打开车门，走到“鱼鹰子”跟前，她拍了拍那条装鱼的袋子，用命令的口吻说：“佟叔，快把鱼放后备箱，你上车，我有话跟你说。”“鱼鹰子”把鱼放到车后备箱里，看着整洁的车座椅，他别别扭扭地不愿上车，说：“我这身上太埋汰，又贼拉的腥，没法儿坐你的车。”说着，他转身就要走。晓丽说：“佟叔，你要是不上车，我就给我爸打电话了。”“鱼鹰子”心里一惊，心里骂了句：“这小丫头片子一口一个佟叔地叫，唱的是哪一出儿戏啊？”

“鱼鹰子”拿起晓丽车上的两条空编织袋，铺在了车的副驾驶座上。他上了车，红着脸跟晓丽说：“大侄女，我家你婶有病了，嘴没味儿，你看这鱼，我现在兜里没钱，你算算多少，过后，我把钱给你送去。”说完，他打开车门就要走，晓丽说：“佟叔，别着急啊，我爸还有话要跟你说呢。”“鱼鹰子”

一听“鱼把头”顿时一愣，赶忙说：“车上的鱼我也不买了，你都拉回去吧。”晓丽伸手拽回“鱼鹰子”笑呵呵地说：“我爸跟我说了，鳇鱼圈能打出来这么多鱼，多亏佟叔你堆的坝，还种了那么多麦子给我家的鱼当饲料。就是你不来取，我爸也让我挑两条大鱼给你送来。”“鱼鹰子”一听，眼睛湿了，他没想到，这小丫头……他抹了一把眼泪，抽抽搭搭地哭了，说：“大侄女，佟叔对不住你们爷儿俩啊，第一网没打着鱼，都是……”晓丽说：“佟叔，你别说了，一切都过去了。”

车开到了“鱼鹰子”家门口，晓丽帮“鱼鹰子”把那条鱼抬下车，又给了他一袋鱼。晓丽说：“佟叔，打网那头儿人多，我得回去了。我婶治病要是缺钱，给我打电话。”

“鱼鹰子”眼睛红了，他血往上涌，喉咙发咸，眼前一片模糊，拎着鱼袋子站在家门口，晓丽的车都没影了，他还愣愣地站在那儿瞅。

晓丽回到鳇鱼圈，那里已架起八口大锅，江水炖江鱼。来观摩的人，体验着冰屋里垂钓，品尝新鲜的全鱼宴。冰屋不够用，一票难求，晓丽后悔当初没让表弟多建几座冰屋。“小鱼儿”直播，粉丝们都抢着买冷水鱼，留言区里很多人都说要来现场体验。

鳇鱼圈成了游客们的打卡地，凡是来的人都会买几条鱼回去送亲戚朋友，冷水鱼卖火了，几天工夫，十多万斤鱼就销售一空。

“鱼鹰子”老伴儿得了脑出血，住进了重症监护室，“鱼鹰子”四处张罗钱，医院催促了两次缴款，他东拼西凑地缴了两千块钱，还不够一天的费用呢。

村里有人说，“鱼鹰子”媳妇在重症监护室没钱治病，要出院回家养病等死了。

周一上午，“鱼鹰子”找来亲属的车，眼泪汪汪地去医院窗口办理老伴儿的出院手续。护士说：“病人已经睁开了眼睛，正是治疗的黄金期，不能出院。”

“鱼鹰子”说：“我也不想出院，不是没钱治了吗！”

护士说：“你家卡上昨天存进了五万块钱，怎么说没钱呢？”

“鱼鹰子”乐得原地转了两圈儿，说：“我老伴儿有救了！有救了！”

“护士，那五万块钱是谁存的？”

护士查了一下记录，说：“那个人没留下姓名。”

发表于《北极光》2025 年第 2 期

秧歌

一

张克爱打扑克牌的三打一，只要他看见别人玩儿三打一，腿就走不动了，他看热闹爱支着儿，那可比自己打牌还认真。他玩儿牌时，总喜好歪脖子瞅邻家脸上的表情，村里人给他起了个外号叫“张老歪”。

二驴子跟张克在村里论亲家，常开玩笑。他是三打一高手，这小子脾气暴躁，谁要是出错了牌，他那驴脾气当时就发作，人称“二驴子”。

张克跟二驴子在小卖店玩儿三打一，没打几把牌，张克脸上就淌汗了，二驴子瞟了张克一眼说：“老歪，让人家赢了两把牌就驴脸淌汗了，赶紧把外罩脱了，开壳！”

张克没好气儿地说：“二驴子是跟人不一样，你那张脸才是正宗的驴脸呢。”

有把牌，二驴子抓四硬调被张克给赢了。二驴子硬说张克少给了一张主，他气得攥紧了拳头，狠狠地砸到牌桌子上，扑克牌飞起来砸向张克的脸。张克往后一闪，扑通摔倒在地上晕了过去。大家以为张克是装的，耍宝呢，二驴子的脚在凳子上晃悠，嘴里斜叼着根烟，瞅着躺在地上的张克，嘿嘿地笑。

小卖店的老板是位老中医，他给大伙儿倒水时，把手指头放到张克鼻孔上一试，发现真的晕过去了。他马上掐住张克的人中穴，过了一会儿，张克吭哧一声缓了过来。

这时，大伙儿才发现张克的头发像水洗了似的，汗都出透了。二驴子手托着他的脑袋说："老歪平常挺皮实的，今天咋熊到家了呢？"

老中医看张克喘着粗气，劝他："你去全身检查一遍，有啥毛病趁还轻赶紧治。"

张克给省城的闺女张敏打电话，第二天张敏领他检查完，就到肿瘤医院去住院了。他心里犯起嘀咕，站在肿瘤医院门前皱着眉头问："小敏，我得了个肺囊肿，来肿瘤医院干啥？"

张敏拽着他的胳膊说："爸，肿瘤医院治肺囊肿有效果，赶紧上楼吧。"

张克进了病房就开始不停地输液。邻床的病友问他："老哥，你得的啥病啊？"

张克乐呵呵地说："肺囊肿。"

病友眉头拧起了个疙瘩，满眼怀疑的目光看着他说："来这儿都是得癌症的，哪有得囊肿的。"

张敏用胳膊肘捅了一下那位病友，连忙说："大叔，我们刚来，大夫护士都不认识，您领我去认识一下呗。"

这位病友刚出病房，张敏冲他小声说："大叔，我爸的双肺恶性肿瘤长在动脉血管上了，不能手术，只能化疗，不能让他知道。"

病友是个一根筋，一甩胳膊说："我直接告诉他得了，早晚他都得知道，长痛不如短痛。"

于是病友告诉了张克他的病情。看着病友身上挂着的瓶子，胸部下着一排管子，有的管子里还往外淌血沫子，张克当时就绝望了。他嘴里叨咕："我怎么得了绝症呢？这病咋让我摊上了呢？"

张敏让他配合治疗，说很快就好了。

张克想：这癌症靠点滴能整没了吗？本来家里就没钱，闺女家生活也不宽裕，趁早别治了，回家等死吧。村里有的人是治病把钱花没了，罪遭尽了，人还没了，犯不上。

他目光呆滞，有气无力地说："小敏啊，咱回家慢慢养病，你妈走得早，过段时间，我去跟你妈会合了，就享福喽。"张敏不同意他出院，就连邻床的病友也劝他把放化疗做完再回去。

化疗期间，有一天张敏推开病房门，看到老爹正在卫生间对着马桶吐呢，吐得眼泪都掉下来了。她想：这放化疗真折腾人啊，上吐下泻的也太遭罪了。她给老爸买来八宝粥，张克被折腾得已没了胃口。

张敏一算再有几天这个疗程就结束了，可张克说啥也不待了，到医生办公室大喊大叫，不给办出院手续就要去找院领导告状。张敏实在没着儿，只好让张克提前出院了。

张克回到家，亲朋好友和左邻右舍都来看他。他看向二驴子时，两个人的目光相互碰撞的一刹那，他觉得二驴子眼神里充满了对他的怜悯，张克觉得自己病得不轻啊，应该没几天的活头儿了。

送走二驴子，张克回屋一照镜子，原本满头黑发，现在别说头发，连眉毛和胡子都掉光了。原来膀大腰圆的一个人，现在瘦得只剩皮包骨了。他心里咯噔一下，心想：我这活着还有啥意思？一点儿生活质量都没有了。想着想着火腾地就上到了嘴丫子，起了大水泡。

二

张敏看老爸整天炕上一躺一动不动，吃不下多少饭，就让他出去走走。他说："出去碰见熟人咋整，现在瘦得都脱了相，像具骷髅似的，别把大街上的孩子给吓坏喽。"

张敏说："爸，你得学学咱们邻床那位大叔，人家切除了一个肺叶，现在恢复得可好了，天天还去扭秧歌呢，整天乐呵呵，能吃能喝的。"

张克躺在炕上想了好几天，终于想明白了：反正也没几天活头儿了，该吃吃，该喝喝，想干啥就干啥吧，多活一天就赚一天。

原来那位肺癌病友出院后，天天出去走步。去看扭秧歌，时间长了就混熟了，大伙儿一串联，他买了服装和扇子，扭了几次就停不下来了，现在体重增加了几十斤，整天哼着小曲儿，快快乐乐地享受着生活。

病友天天跟张克视频聊天，督促他走步运动。他出去走了几次，多少有了点儿精神，他跟几个蹲墙根儿的老头儿老太太混熟了，天天在一块儿唠嗑。

过了一段时间，他们几个人一串联，到他家门前的水泥路上扭起了秧歌，没有服装，没有扇子，只有他家一台老掉牙的录音机，还是用磁带的呢。放上秧歌曲，他们摆动着胳膊，在村里的巷道上扭了起来。

张克越锻炼心情越好，体重在增加，饭量也上来了。他想，还是那位病友好啊，人家说的都是大实话，出的招儿还真管用，听他的没错。

扭了一段时间，张克脸上也有了些肉，他当起了闪头，在秧歌队前面，前钻后跳地扭得贼拉来劲。二驴子的媳妇小辣椒也在秧歌队里，张克跟小辣椒这个亲家母逗乐子，挤咕挤咕眼儿，小辣椒也来个暗送秋波，害羞地拿着手绢遮一下脸。时而，两人宛若王八瞅绿豆般对上了眼。

二驴子一看张克跟小辣椒扭秧歌，心里就发堵，虽说是亲家，二驴子感觉他俩有点儿过了火。没想到这张克越扭越来劲，自己整张白纸剪的眼睛鼻子和嘴，用墨汁描的黑眼圈，用红墨水抹的红鼻子和嘴唇，粘在脸上像跳梁小丑似的，小辣椒配合着他，逗得大家都哈哈大笑。

二驴子天天赶着马车到县城里去拉活儿，有一天回来得早，他要去小卖店，路过张克家门前时，他们正在扭秧歌。张克这个打头的跟最前面的小辣椒扭得正欢，逗得大家直鼓掌。二驴子走过去就把录音机给关了。突然没了秧歌曲，张克一抬头，立马就急眼了，冲着二驴子喊："二驴子，我们扭秧歌害得你哪根筋疼了，你的手咋那么欠呢？"

二驴子看他跟小辣椒扭秧歌心里不得劲，板着脸跟小辣椒说："你叮咣地在这儿扭秧歌，整得大伙儿都睡不着觉，赶紧回家做饭去。"

张克想，这么一个小录音机能有多大动静，有时顶风连曲还听不清呢。他急赤白脸地说："二驴子，你赶紧把录音机给我打开，像蚊子似的嗡嗡声，能影响了谁？你可别没事给我找事，我一个得了癌症的人，可谁也不惯着！"

二驴子听他这么一说，更生气了。这时，小辣椒走过去把录音机又按响了，气得二驴子拎起录音机啪的一声摔在路上。这台老掉牙的录音机，本来浑身零件都松松垮垮的，这下，当时就被摔得粉身碎骨。

录音机是张克的心肝宝贝，被摔坏了比二驴子打他两个嘴巴子还难受。他从地上捡起一个土块儿撇过去，却没打着二驴子。张克祖宗三辈地骂二驴子。二驴子也不甘示弱，他气哄哄地骂张克：“你得了癌症，还能活几天？整天跟人家老娘儿们嘚瑟，谁会得意你这个老棺材瓤子，瞅着都瘆人。”

张克要冲过去揍二驴子，却突然大口大口喘起粗气，捂住胸口不敢动了，被大伙儿给扶回屋休息。

小辣椒撵着二驴子骂：“你这牲口玩意儿，还拿屎盆子往自己脑袋上扣！真够缺心眼的！”

三

录音机碎了，张克憋一肚子的怨气没处撒，他去村里找村干部，让村里给买台能充电的音箱。村干部耷拉着脸说：“二驴子整天横行霸道的，别跟他斗气儿，谁穿新鞋往臭狗屎上踩啊！你那个破录音机二驴子不摔，也带死不拉活的马上不行了。”

村干部联系乡里的文化站，答复是没有音箱。张克站起来跟村干部嗷嗷地喊上了：“秧歌队的事也不是我张克自己家的事，这么大个村连个音箱都买不起，村里的钱都花到哪里去了？”

张克气得啪地一摔门走了，直奔乡政府去上访。乡党委书记接待他时，特别赞成他组建的夕阳红秧歌队。他进而了解到是因为村里欠工程款被起诉，账户让法院冻结了。他找来乡长，从文化经费中挤出点钱，给王家窝棚村购买了一台大功率的音箱，还给秧歌队购买了十套服装和扇子。

张克回村后，这回走道腰板都直了，笑得脸上的褶子拱起来，宛如垄沟垄台。他说：“这年头真是阎王好见，小鬼难缠。村里不给买，我去找乡书记，乡里连秧歌服都给每个人量身定做。”

有了新装备，秧歌队人也多了，新来了近二十人。

张克去县里做了一面“王家窝棚村夕阳红秧歌队”的大旗，扭秧歌时挥舞着大旗，音响音量放到最大，秧歌扭得更来劲了。

秧歌队的新队员多了，张克又犯愁没服装。有人让他再去找乡里要，张克摇了摇头说：“不行，人有脸，树有皮，我虽然得了癌症，也不能不要这张老脸啊。”

张克联系卖化肥的企业，让他们给做秧歌服，印上他们常用的化肥的名称，边扭秧歌边宣传产品。一分钱没花，二十套秧歌服就到位了。

沉寂多年的王家窝棚村，有了这支夕阳红秧歌队，村里人每天下午都要扭上几个小时。秧歌曲的唢呐声在村里村外的上空飘荡着，秧歌队成了一道亮丽的风景。男女老少都来看热闹，有些中年妇女在旁边跳起了广场舞。

四

一天傍晚，秧歌正歇场时，二驴子赶着马车从旁边过，他停下车特意大着嗓门说：“这真是鸟枪换炮了，还没进屯子我就听见了喇叭声，我寻思谁家死人了雇的喇叭匠子呢？”

其实，二驴子心里还在记恨着张克。张克对“死人”这两个字特别敏感，他冲二驴子吐了口唾沫，赤头白脸地说：“你真是缺德带冒烟，你要是不会说人话，就赶紧给我滚犊子，有多远滚多远！”

二驴子自讨没趣，甩起马鞭在空中啪啦地打响，一声驾，马抬腿就走。张克气哼哼地走过去，使劲按了一下，把音响打开，音量直接放到最大，哄的一声秧歌曲响起来了，咚咚咚的鼓声一下子把马给惊着了。那马拼命地跑，坐在车上的二驴子怎么喊，马也不停，反而越跑越快，把二驴子的屁股在车板上颠起老高。

张克跟秧歌队的人也不扭秧歌了，瞅着马车上的二驴子像热锅上的蚂蚁似的，不敢站起来，还坐不稳。张克笑得双手捂着胸脯子，不停地咳嗽，上来一口痰里面带着血丝。秧歌队的人看见了，劝他别扭了，赶快去肿瘤医院治疗。

那马车猛的一拐弯，把二驴子一下子从车上甩了下来，摔成左腿骨折。小辣椒赶紧找人把二驴子送去了医院。

二驴子在医院接骨，他给张克打来电话，让他给拿医药费，张克说：“是你自己从车上掉下来的，跟我们扭秧歌有啥关系？”

二驴子出院当天，拄着拐杖到扭秧歌那儿，直奔音箱，上去就给关了。张克要冲过去揍他，二驴子站在那儿一动不动，就等着让他打。大伙儿把张克拦住了，他们说：“千万别招惹他，容易讹上你。”

二驴子去村里找村干部，非得让解散秧歌队，还得给他掏医药费。村干部找张克一唠，张克脑袋晃得跟钟摆似的，坚决不同意，还把村干部一通臭骂。

二驴子看村里不管，放出话来要把张克告上法庭。张克听说了，跟大伙儿说：“二驴子真是肚子疼还怨灶王爷，咋寻思的呢！”

那天，法槌一响开庭了。张克接到了通知但没去出庭。他想，这不是沾边儿就要无赖吗，法院才不会判我有责任呢。

没过几个星期，法院的判决书下来了，判定张克负责二驴子百分之四十的医药费。这下张克坐不住了，花钱找来律师代理案子，上诉到中级人民法院，这下亲家成了冤家。

二驴子告赢了，村里一轰声地都知道了。扭秧歌场所附近的街坊四邻，有人说影响家里病人休息，还有人说家里上学的孩子听着秧歌曲根本写不了作业。

张克这时才意识到，在屯子里扭秧歌，确实给别人造成了影响，这回秧歌没法儿扭了，秧歌队只好解散。

秧歌一停，队员们心里都憋得慌，张克更难受，在家没待上几天，整天不住嘴地咳嗽，早晨起来，吐的痰里带着血丝，他又去做化疗。

临走前，他跟村干部说：“国家都支持改善农村基础设施，村里应该建个文化广场，让大伙儿去扭秧歌。”

村干部坐在椅子上连屁股都没抬，眨巴了两下眼睛说：“老张，关键是村里得有钱才能建广场，等我们开会研究看咋定吧。”其实村里既没钱又没有场地，村干部要是一口回绝了他，怕又得挨他一个癌症病人的骂，只好先稳稳他。

回到家，张克突然想起上次全县秧歌大赛时，颁完奖县文广局长还跟他加了微信。他在手机里扒拉出局长的微信，说现在村民反映扭秧歌扰民，问局长能不能给村里建个文化广场。

不一会儿，局长回信了：让乡里给文广局打请示，正好有个乡镇批完广场没建，把这个闲置的名额调剂过去即可。

张克激动得像中了大奖似的，一溜儿小跑去了村委会，他猛地推开村办公室的门，把正在研究工作的村干部吓了一跳。村干部心想：张克怎么听不明白话呢，你就是天天来找，那也是铁打的风筝——白扯。

当听张克说完建广场的事后，村干部耷拉个角瓜脸问："咋地？你又找乡书记告状去了？"

张克满脸疑惑地说："没有啊，是县文广局的局长给咱们村批的。"

张克把给局长发信息的事和村干部说了，村干部说要开会商讨，让张克先回家等消息。

五

张克刚到家，突然接了个电话让他去小卖店取快递。他就纳闷儿了：没人给我发啥东西啊，天上还能掉馅儿饼吗？

张克来到小卖店，他接过快递拆开一看，是中级人民法院的判决书：维持原判。

张克傻傻地站在那里，他纳闷儿了，按代理律师说的，胜诉是板上钉钉的事，没想到这次律师替他出了庭，可还是败诉了，代理费也打了水漂。判的几千元医药费得掏，自己治病的钱还是闺女给拿的，这钱咋还闺女呢？

张克在肿瘤医院化疗期间，二驴子申请了法院执行，把张克的银行卡全都冻结了。为这事，小辣椒跟二驴子吵了一架，骂他太没人性，是要钱不要脸，张克病得都要落炕了，还申请法院执行人家。

张克没回来时，大伙儿天天去广场扭秧歌，小辣椒也回到了秧歌队。秧歌队的成员听说张克回来了，都去看他。

瘦得皮包骨的张克两只手拄着炕沿，像拉着风匣似的嗓子，慢声细语地说："我这命大，得了癌症化疗两次都缓过来了。住院时，每天傍晚听见远处咚咚的鼓声，我急得抓心挠肝的难受。"

秧歌队的人七嘴八舌地唠开了，小辣椒劝张克说："老张亲家，你啥事都没有，前几年都病那样了，你一扭上秧歌，啥病都没了。广场都给你建好了，你就使劲扭吧，不用吃药病也能好。"

张克费了半天劲才咳出一口痰，吐到纸上一半是血。大伙儿这才看出他病情有多严重。小辣椒说："老张亲家，赶紧上炕头躺着养病吧，大伙儿都回去吧。"

张克站起来摆了摆手说："大伙儿别走，我还有事呢。"

张克跟大伙儿讲起了在肿瘤医院，从一进门的导诊，到各楼层的病房都有志愿者，他同一病房的一个外地患者，做完左肺叶切除手术后，老伴儿护理时舍不得下手使劲拍背，人家志愿者看到后亲自上手帮拍，把患者肺里淤堵的血块和痰给拍出来了，不然会有生命危险。

有一天张敏单位有事她没去医院，张克自己去做的伽马刀，没有家属护理，做完伽马刀是志愿者把他从治疗室扶回的病房。那时他感觉天旋地转的，要是自己走，非得摔倒不可。等张敏回到病房时要给工钱，那人说啥不要，说他是志愿者。

过了一阵子，张克体力刚恢复，就跟大伙儿提出秧歌队也搞点儿义务劳动，但遭到大伙的反对。有人说："志愿者都是那些有钱人没啥事了才去当的。白给公家干活儿，家里谁来养活啊？俺们可没那思想境界，没那闲工夫！"

张克清了清嗓子，大声说："志愿服务其实就是献爱心，做善事。我们扭了一阵秧歌满身是汗，那也不能整天扭啊。如果捡垃圾那不也同样是锻炼身体嘛，还为社会做了贡献，捡回来的矿泉水瓶子、纸壳子啥的，还能卖钱呢。”

一听说是做善事，还能卖钱，小辣椒和几个老太太有点儿动心了。张克趁热打铁，他说：“我们义务劳动也不是天天干，自己家啥活儿都不耽误，就是每天从扭秧歌的时间里挤出来点儿时间去干。你们要是都不去，那明天我自己去捡垃圾！”

大伙儿看着瘦弱的张克，都心疼了：怎么能忍心让一个癌症患者自己去干活儿呢？大伙儿纷纷同意了他的倡议。

张克说：“明天每人带两个编织袋，上午九点到我家门口聚齐，不来的以后也别去扭秧歌了，该哪儿发财哪儿发财去！”

大伙儿走后，张克琢磨着得把大伙儿拢到一起，既能锻炼身体，还能做点儿善事。他想，明天必须得整好，要开好头。

他告诉村干部明天秧歌队去帮捡垃圾，村里正愁不给现钱雇不着人呢，乡里已经催过一次了，明天莲花节开幕游人多，必须得把沿途的卫生保持好。

原来，那个一根筋的病友又给张克打了个样儿，在他放疗期间，病友给他打电话说：“我终于找到抗癌的最好方法啦！我每天不仅扭秧歌，还上广场义务演唱，每天傍晚演一场，还上舞台参加文艺演出呢。天天特别开心，病好了，浑身上下都有使不完的劲。”

张克想，我们也不会唱歌啊，能干点儿啥呢？最后他想到义务捡垃圾。

六

村干部早早来到张克家，给大伙儿发了手套和垃圾夹子，还准备了面包、火腿肠和矿泉水。秧歌队来了十来个人，他把秧歌队的大旗绑在了三轮车上。

张克安排大伙儿捡通往莲花泡景区公路两侧的垃圾，路两侧各分一组，大伙儿没想到路边草窠里有这么多空矿泉水瓶子和废纸，他们刚走出去不远，张克的三轮车就装了好儿袋子矿泉水瓶子。他告诉大伙儿，把捡到的瓶子都踩扁了再装袋，省得占地方。还没到中午，张克拉回两车矿泉水瓶子，又拿了些编织袋子继续捡。

乡书记去参加莲花节开幕式，看见张克他们打着秧歌队的旗子在捡垃圾，以为是村里雇的呢，停车跟张克一唠才知道是义务劳动，于是就让宣传委员找来了电视台记者。采访时，张克两眼通红，眼泪在眼圈里直打转，他哽咽着说：“我们这支秧歌队，是县乡村三级扶持起来的，我们不能忘本。我虽然得了肺癌，只要我活一天，就要为社会做点事儿，不能白在世上活一回。”

队员们看着院子里那垛空矿泉水瓶子，都来了劲，明天还要接着干。

张克告诉大伙儿，明天都穿好服装去县广场扭秧歌。县广场每天都有几伙扭秧歌的，不像村里觉得稀奇。他们往回走时，张克从车里拿出捡垃圾的工具，从县里一直捡到王家窝棚村。

二驴子的腿好了，顺便在医院做了个全身体检，他长这么大是第一次做全身检查。体检报告出来后，差点儿把二驴子吓晕过去：肺部长了两个磨玻璃结节，医生让进一步检查。

二驴子手里攥着体检报告，忧心忡忡地对小辣椒说：“老伴儿，我从来都不抽烟，怎么还能得这病呢？以前总笑话张克这个烟鬼得了癌，我咋会摊上这病呢？”

小辣椒趁机对他说：“老伴儿，别害怕，没啥事。我这段时间跟他们扭秧歌捡垃圾，每天快快乐乐的，积德行善做好事，我看得了啥病都没事。前段时间张克都病得落炕了，秧歌一扭，垃圾一捡，我看他的病立马好了一大半。要不你也跟我们一起扭秧歌捡垃圾去吧？”

二驴子长长地叹了口气，说：“我看张克这人还没坏透，他的病是守尿盆子吹喇叭——这口气都难缓了，还跟大伙儿去扭秧歌，搞义务劳动呢。唉！我总感觉这结节不像什么好病。”

小辣椒说：“不管是啥病，你也不能整天在家待着啊，得出去运动，你就是这段时间在家待出来的病！”

二驴子小心翼翼地跟小辣椒说：“我这腿一年都不能吃劲，也不能出去拉脚了，要不你跟张克说说，我也想去秧歌队扭秧歌。”

小辣椒说：“你给人家都告上法院了，我可没脸去说。人家张克一年就靠低保金过日子，治病他闺女也没少贴补，法院还能把人家的低保金扣了给你不成？”

二驴子说：“我说这么长时间了法院一点儿动静都没有呢，既然执行不了，咱还得罪那人干啥，还不如送张克个人情。要不然明天我去跟法院说，别执行张克了，把和解书签了。”

小辣椒一跳老高，笑呵呵地说：“你要是早有这个想法何必当初告人家呢？不过现在也不晚，一会儿我就去张克家跟他说去。”

二驴子心里想，我媳妇就是个直性子的人，没啥坏心眼子，看到谁好她都乐。

二驴子来到秧歌队，一开始挺不自然的，适应了几天后，跟张克这个亲家又开始说笑话、讲段子。这回，小辣椒配合张克逗乐子他也不生气了。他们整天有说有笑的，不论是扭秧歌还是义务劳动，二驴子都在前头。

村边的垃圾捡完了，他们就去乡里捡垃圾，乡政府特意给他们做了面“夕阳红志愿服务队”的旗子，每人发了一件印有“志愿者”字样的红马甲，红马甲成了乡村的一道亮丽风景，夕阳红志愿服务队走过的地方，立马就干净。

这个举动可把村干部给乐坏了，张克他们扭秧歌，义务劳动，村民都有事干了，也没时间蹲墙根儿议论东家长西家短了，天天去广场扭秧歌，王家窝棚村被评为了文明村。

班子会上，乡党委书记深有感慨地说：“一个癌症病人张克的带动作用不亚于我们有些村干部。”

县委社会工作部联系张克，想让他牵头成立县里的夕阳红志愿服务队。张克虽然自己身患肺癌，但盛情难却，只好硬着头皮答应了。夕阳红志愿服务队在民政部门进行了注册登记。

村和社区的志愿服务骨干进行了一次集中培训，邀请张克给讲了一堂志愿服务方面的课。张克用自己的亲身经历讲述他在扭秧歌和捡垃圾中找到了乐趣以及他抗癌七年的艰辛历程，感染得现场很多人直抹眼泪。一堂生动的志愿服务课结束后，县里各村委会和居委会成立了很多夕阳红志愿服务队。

这回张克忙得脚不沾地了，起早贪黑跑村屯和社区去指导。医生让他半年复查一次，张敏看他一年多了都没去，逼着他去肿瘤医院复查。

小辣椒让二驴子跟张克一起去肿瘤医院检查，二驴子一听“肿瘤医院”几个字吓得直摇头，就是不敢去。小辣椒来了脾气，说让他就在家挺着等死吧。二驴子是牵着不走，非得打着才能走，这才乖乖地跟着张克去了医院。拍完片子，还没等结果出来，他俩着急忙慌就赶回家了。

傍晚，电视台在村文化广场上采访张克，他笑呵呵地说：“现在我们村里住着的多数都是老年人，也不能整天待着，扭扭秧歌跳跳广场舞，再做些义务劳动，对身体特别有好处。我得肺癌都七年了，要是整天在家待着，我早上阎王爷那报到去了。”

秧歌的唢呐声响起来了，伴随着铿锵有力的鼓点，人们欢快地舞动着。夕阳染红了大地，染红了一张张笑脸。

张克的手机响了，是张敏打来的，她说：“你们的体检报告都出来了，我吴叔的双肺结节是挺大的，但检查结果显示是良性的。爸，你的检测报告，把肿瘤医院的医生都给惊呆了……”

发表于《岁月》2025 年第 6 期

大泡底

一

那年，连续下了将近两个月的雨，天像被人捅了个窟窿似的，雨没黑夜没白天地下。大泡底村三面环山，是个盆底坑，山上、田地里的水都饱和了，雨水都汇聚到最低洼的大泡底，把地里的庄稼都淹了，整个大泡底白茫茫一片，一眼望不到边，像大海似的。大泡底的高程比江面还低，面积有十来万亩，还是 1932 年发大水时洪水排不走了，人们给起的名字。

吴老汉的老伴走得早，他有两个儿子，老大叫双庆，媳妇叫李颖；老二叫双喜，媳妇叫晓燕。房子被雨水浇倒了，种的地也都被雨水淹了。

大泡底北面是座山，叫大青岗，山坡上基本上都是榆木疙瘩。连续下雨，有的人家土房山墙被雨水浇倒了，有的房顶浇塌了，人们在高岗上用木杆支起窝棚，一家老小在窝棚里过日子。

国庆节后，一天比一天冷，各家各户连仓房里都住满了人。双喜和双庆都是拖家带口的，他们在大青岗的向阳坡上挖了两个地窨子过冬。

一入秋雨就停了，积水开始下撤，水位一天比一天低。道路和水渠一天天地从水里露了出来，却成了阻挡雨水下泄的障碍物。双喜打鱼时发现了这个情况，他去乡里找领导反映，乡里很快成立了清障泄洪突击队，双喜和双庆都乐颠颠地报了名。

清障泄洪是个危险活，双喜和双庆这哥俩，为了大泡底的水能早点泄下去，明年好种稻田，他们铆足了劲拼命干，这哥俩干活比队长还上心呢。

水面封冻后，双喜开四轮车拉着队员到阻水的地方去清障。有一天西北风刮着冒烟雪，老人们叫“大烟儿炮”。大泡底有几处渔网严重阻水，必须得清理掉。可这鬼天气，半冰半水的活谁也不乐意干，没办法，队长看双喜和双庆兄弟俩平时干活挺积极的，而且活干得还利索，就让双喜开车拉着双庆去拆网。

他们的四轮车刚接近下网口，突然四轮车打滑方向盘失灵了，车直接冲向出水口下面的深水区，双喜使劲打方向盘车也没反应，扑通一声连人带车掉进了排水口下的薄冰区里。好在他俩都会游泳，不一会儿就游了上来。都爬上冰层后，双喜在冰上匍匐着往前爬；而双庆刚爬上冰就站了起来，冰沾上水就滑，他打了一个趔趄，扑通一声他又掉进水里。已经安全上来的双喜转身又跳进水里。这时双庆被水呛蒙了，扎在了冰面下，被水性好的双喜从后面抓住脖领子，从冰下面给拽了出来。他俩上岸后，在冰上就往附近的住户跑。湿透了的衣服冻到身上像铠甲一样，只有腿能回过弯来。他们向着附近有烟筒冒烟的村民家里跑，到了屋里换上干衣服，喝了壶热水才缓过来。

自打那次掉进冰窟窿之后，双庆说啥也不去清障了，自己开四轮车拉货挣钱，给村里拉救灾物资。

那年冬天特别冷，市领导来看望在地窨子过冬的受灾群众，在双庆家看到大人孩子清一色都穿名牌羽绒服和军工皮鞋。村干部看出了问题，找来乡派出所调查，原来双庆家里人穿的是他在运送救灾物资时偷出来的羽绒服和军工皮鞋。双庆因此被拘留了半个月。

二

刚过完年，乡里鼓励往三江迁民。双庆第一个报名，因为他岳父家就在北边的一个农场。

双喜听说了，跟媳妇晓燕合计，晓燕说："都说老儿子、大孙子是老爷子的命根子，咱们结婚爸就去哥家帮哄孙子，我看不管这回大哥他们去不去三江，等盖完房子就把爸接回来。"

双喜嘿嘿地笑了，拍着晓燕肩膀说："还是我媳妇想得周到，其实我早就有这个想法，怕你不同意。"

听说双庆要举家搬迁，双喜劝他考虑好了再做决定，双庆说再琢磨琢磨。

有一天，双喜两口子也来双庆家吃饭。他爹说："双庆，你们掂量好了再决定去不去三江。地虽然淹了，水排出去还能恢复；房子倒了，我们再盖新房，有什么怕的？那百年不遇的大洪涝灾害也不能年年发啊！"

双庆张开嘴想说话，没说出一字又把嘴闭上了。

双庆媳妇李颖站起来，在屋里转了一圈，说："爸，你不用担心，不论我们到哪都带着你，只要我们有口饭吃，就饿不着你。我爸妈搬三江来好几年了，咱家每人分那几亩地还像个宝似的，人家那边地多得都没人种。双庆打鱼卖的那几个钱，都不够孩子吃奶粉的，咋养活这个家啊？我都答应我爸妈搬过去住了。"

李颖看大家都没吱声，回头指着双喜说："老弟，嫂子知道你们两口子那点小心思，不就是怕我们搬走了把爸扔给你们吗？"

双喜没想到大嫂能说出这话来。他想：看来大嫂嘴上说养老爹，其实是为了帮忙哄孩子。他们去三江就是想把老爹留给我们，还正合我俩的想法。

双喜觉得自己表态还不如让媳妇说好，就用手捅了一下媳妇晓燕，然后跟李颖说："大嫂，你那可是埋汰俺家晓燕了，咱们大伙听听晓燕的想法。"

双喜把晓燕推到了前面，此时只有晓燕才能把他爹留住，晓燕一说话，他爹没法不答应。

晓燕用手捋了一下头发，笑呵呵地说："大嫂，其实我和双喜早就合计好了，要是不赶上发洪水，盖完房子就把爸接我们家了。大嫂今天把话都说了，那不管你们搬不搬走，这么多年你照顾爸够意思了，今天我就把爸接回去。"

这时双庆把抽剩的半截烟用手指掐灭了，踩在脚下用鞋踉了一下。他慢声拉语地说：“我看爸喜欢上谁家让他自己定。要不是因为那几件破羽绒服给我拘留了，我也不想走，你们说我在咱村怎么还有脸待下去。”

他爹坐在那瞅了半天，最后说：“双庆要是不走我就帮哄孙子，你们要是去三江，我就上双喜那去。”

双庆一家三口直接搬到了三江的岳父家。

大泡底平均水深三米，滞留洪水两亿立方米，靠乡里的排水站，得两年才能抽干。

双喜把掉进冰窟窿里的四轮车捞出来修好，自己拉货挣钱，灾后重建物资运输量大，一天天起早贪黑地忙乎。他爹闲着没事去大泡底下挂网打鱼，每天挣几个零花钱。

大泡底的水没排干，稻田不能种了，房子还在水里。乡里把大泡底村整体搬迁至冈上，给灾民发建筑材料，鼓励灾民“一年受灾，一年恢复，两年发展”。

三

双庆到了三江，不仅得到了岳父支持，还得到了政府迁民政策的照顾，他破天荒要种两百亩水稻，当时岳父和李颖都不同意，可双庆就认准了那条道。他跟媳妇商量：“洪水淹得就剩咱家三口人了，这地多，咱们得大干一场，打个漂亮的翻身仗，也给咱大泡底的人看看。”

李颖叉着腰说：“咱们在家才种二十亩稻田，你这分文没有想种两百亩，上哪整钱去！反正我妈说了，只能借给咱种四十亩水稻的钱。”

双庆笑呵呵地说：“钱不够我们可以找迁民办，帮咱们贷款，这种稻子都全程机械化了，根本用不了几个人工。秋后赚了咱就能把贷款还上了。”李颖没吱声，算是同意了。

双庆看到农场的一排排旋耕整地、插秧和联合收割机，心里多少有了谱。

刚开春，双庆就体验到农场机械化的力量，这两百亩从来没种过的生荒地，一天就翻过来了，要是在家那得干一个星期。接着筑梗平地都是大型机械，那激光平地仪走一趟，稻池子里像镜子面一样的平。

晌午，双庆美滋滋地跟岳父说："我们是来对了，家里大泡底的洪水还有两三米深呢，只能养鱼了。"

岳父说："三江这地有劲，你看那草都长一人多高，更别说稻子了。"

要插秧了，稻池子里的草根子、碎草末子都漂了上来，有的漂了大半个池子。草末子只能人工捞，这本来人口就少，各户种地主要靠机械，雇不到人。他找到迁民办，也联系不到人。再等些天，秧苗大了机械就不能插秧了。钱都投进去了，要是插不上稻秧，那可赔大了。双庆两口子急得都睡不着觉了，李颖和她爸妈整天埋怨双庆地种多了，这回是"贪多嚼不烂"。

实在没办法了，双庆给双喜家附近的小卖店打电话，小卖店的老板连跑带颠地找双喜给回电话。双喜得知哥哥遇到了难处，跟老爸和晓燕说完，就领着十多个人登上了北上的火车。

老家来人了，稻田里的草一个星期就捞干净了。双喜他们没急着回来，帮双庆把机械插秧插不到的池子边角都补栽上了稻苗，帮扬完了返青肥，直到稻苗都分蘖了，他们才回家。

临走时，双庆和李颖给大伙包的牛肉馅饺子。双庆在岳父那借了几千块钱要给他们付工钱，可他们都是看双喜的面子来的，钱是说什么也不要。把双庆两口子和李颖爸妈感动得不行，李颖爸妈握住双喜的手舍不得撒开，还不停地抹着眼泪，嘴里一遍又一遍地说："你们要是不来帮忙，今年的稻子是种不上这些的。"

中秋节前，双喜一家人都从地窨子搬进了宽敞明亮的大砖房，还迎来了闺女的呱呱落地。他爹感慨地说："还是现在政策好啊，别看咱家的土房被洪水冲倒了，国家给砖给瓦，还给水泥和木料，我做梦都没想到还能住进这么宽敞的大砖房。"

他爹这几天胃口不好，连续几天都吃不下饭。晓燕让双喜把他领去医院检查，检查后也没什么毛病。回来的路上，他爹跟双喜说："双喜，我这是心病啊，天天看着小孙女，就想我大孙子了，这都大半年没见着了，今年咱们也没种地，八月节咱爷俩去趟三江吧？”

双喜跟晓燕一商量，晓燕赶紧找出钥匙，打开柜子上的小锁头，给双喜他们拿路费。

在火车站出站口，大孙子喊：“爷爷！我在这呢！”他爹胳膊上还挎着个提包，一把就抱起大孙子问这问那。

双庆领着他爹和双喜去了稻田，看着金黄的稻穗被一阵阵秋风吹得稻浪滚滚，双喜测了测产量，比大泡底亩产要低两三百斤，但这里机械化程度高，种地投入的底子也少，种的面积还大，今年铁定是赚到钱了。

双庆劝双喜和他爹，让他们搬到三江种稻田，说是比家里挣钱容易。双喜不同意去，他爹也舍不得离开那栋新盖的大砖房。

转过年，大泡底的水排干了，双喜找了五个亲属在银行联保贷了款，种了一百亩水稻，想学双庆打个受灾后的翻身仗，把娶媳妇和盖房子拉的饥荒早点还上。

双喜选了个谁也没种过的高产品种，自己还买了台插秧机，想打个漂亮的翻身仗。可别人家的稻子都打苞了，他家的稻子还客杈子呢；人家的稻粒一掐直冒浆，他家的水稻刚打苞。还赶上那年秋霜来得早，秋后打了几百袋瘪稻子，赔了个底朝天。

四

双庆听说后，让双喜全家搬三江来。这回全家人都动心了，双喜第二天早上就登上火车去三江先打前站。

双庆很热情，在车站接到他，没回家就直接领着他去看地块儿看房子什么的。双喜发现，他这次来三江，跟上次来帮捞草可大不一样了。晚上吃饭时，双庆的岳父问双喜：“大侄子，你这几年总共赔了多少钱啊？”

双喜掰着手指头算：结婚生孩子、盖房子和种地总共花了二十多万，现在亲戚朋友都已经借遍了。他说："今年春天种地五户联保贷款的五万块钱，我要是不还上，人家那四户不但不能贷款了，还得替我还银行的贷款。大嫂得先借给我五万，好把贷款还上。"李颖和她爸妈一听，还挂着笑的脸一下子就拉下来了，双喜从李颖和她爸相互传递的眼神中发现，跟他们之间好像隔了一堵看不见的墙。

双庆家没地方住，他陪着双喜在场里的招待所住的。双庆说："我这几年稻田越种越多，挣了点钱都投资购买机械设备了，但你说的那五万块钱还是没问题的。不过，现在地源挺紧张的，银行也不给外来包地户放贷款了，我只能帮你解决一少部分种地的投入，要想多种地，大部分资金还得靠你自己琢磨。"

这一夜双喜翻来覆去睡不着，听了一宿双庆像打雷般的呼噜声。他想：哥哥也没有挣多少钱啊，他本来就是个"妻管严"，这又成了上门女婿，这个家他根本就做不了主。看昨晚大嫂和她爸的态度，是嫌我饥荒太大，怕连累他们，看来是不想让我们来这种地。

第二天早晨，大嫂又包的牛肉馅饺子，她爸说："饺子就酒，越喝越有。"于是把自己珍藏多年的老酒从箱底拿出来给双喜喝。爷几个边喝边聊，双庆岳父说："你看这酒，还是上任场长给我的呢，今年他退休了，双庆还想多种一百亩地，这就说啥也包不着了。双喜，你要是去年来，那时候咱爷们说话还好使，想种多少地就种多少地。"

李颖趁机烧一把火，她说："老弟，你要是去年来，还有好政策，地源和贷款都有，现在人来多了，地源都成了问题。"又说，"这里太荒凉，夏天晚上蚊子多得让人都睁不开眼，要是不穿衣服在外面站一宿，血都得让蚊子给喝干了，我怕晓燕跟孩子来了待不下去，再往回折腾那可就犯不上了。"

一顿酒让双喜彻底明白了，他在饭桌上就决定不往三江搬了，马上回去。临走时，李颖从柜子里取出用手绢包着的五万块钱，让双喜回去把贷款还上，双喜摆手示意不要，他一甩头，大声说："大嫂，啥也不用，老天爷饿不死瞎家雀儿，受多大灾也没什么事，我们这不都活得挺好嘛！"

要上火车了，双庆眼泪在眼里直打转，他哽咽着说："老弟，你回去就雇台车把家搬过来吧，把我种的这几百亩地分给你一半，挣点儿钱把饥荒还上。”

双喜说：“哥，我不来了，在家里也照样能赚钱过日子。”他头也不回地上了火车，眼睛红肿，眼泪淌干了，憋屈了一路。

回家后双喜气得号啕大哭，哭得鼻涕一把眼泪一把的，把他爹跟老实巴交的晓燕，都整急眼了。他爹骂道：“他遇到困难时大老远我们都去帮，我们有困难了，他们可倒好，全都躲了！以后就当我没这个儿子，等我老死那天也不让他回来！”

从此，三江来的电话也没有人去小卖部接了，南北没有了往来。后来有手机了，去三江打工回来的人把双庆的手机号码给了双喜，也仅仅是大年夜放完炮仗吃饺子时，有时来个电话，让大孙子给爷爷拜个年。

五

再难日子也得过，双喜找到银行领导签了还款计划，把联保的贷款又转贷了。他求爷爷告奶奶的东挪西借，种地投入的种子化肥农药钱，还有雇的机械和人工钱，能赊就赊。洪水过后的头一年他种了一百亩稻田，随着逐年村里外出打工的人越来越多，他把这些人的稻田流转过来，种稻田的面积也逐年扩大。几年光景，不仅还完了饥荒，还有了积蓄。

双喜创办了大泡底农业综合服务体，在惠农政策的扶持下，购买了大型水稻收割、整地和插秧机，为土地没有流转的村民们代耕，没有农机具的人家种地再也不用犯愁了。

双喜发现，这些年在村里居住的人越来越少了，年轻人大多都外出打工了，留下来的都是老人和孩子，还有照顾家庭的妇女。另外，村里的人越来越长寿了，没人住的空房子村子里都有三分之一了，村里成了“三八六一九九”部队，三八指妇女，六一指儿童，九九指老人。他琢磨着得研究研究，把村里人留住，把村里这些“闲人”当资源利用起来。他利用大泡底村离城镇较近的优势，张罗着联系到那些外出没在家住的房主，把他们的房子都由大泡底农业综合服务体统一管理起来。大伙儿都同意把空房子集中的区域规划成民宿，采取统一装修、统一经营、入股分红的办法，既让村里的老人和留守妇女管理民宿有事干，还有额外收入，在外地的房主每年还都有分红，空闲的房子都有人经管了，真是一举两得。

其实，双喜的这个想法他爹一开始也不同意，后来看周末和节假日来民宿吃住的人还真不少，也就再也不阻拦这事了。

双喜把闲置的大青冈子给拍了下来，当时他爹就急眼了，跟他喊："花钱买那呲风冈子干啥，遍地都是榆木疙瘩，我看你的脑袋就像个死榆木疙瘩！"

这下把晓燕逼得也说话了："我说不包，你真是犟得九头牛都拉不回来。咱投资啥也比买这呲风冈子强，这回钱是白花了。"

其实，双喜参加拍卖时就想好了，要把荒山冈变成摇钱树。他先要把那些榆木疙瘩挖出来。大青冈是座小山，前面就是大泡底，依山傍水的，风景好。每逢春天遇到刮大风的时候，大青冈上黄尘漫天，只有生存能力极强的榆树才能在这里生长。大泡底村栽过几次杨树，都没栽活。后来村里把大青冈分给各户栽榆树，冈子上零星的剩些榆木疙瘩，也没成材。

双喜参加拍卖时合同上也写明了，必须得各户把榆木疙瘩采伐后才能开发利用大青岗子。双喜想，这些榆木疙瘩做柴火都很难劈开，没啥用，干脆都连根挖出来扔沙坑里算了。

双喜雇的挖沟机刚挖了两棵榆树，就被村里来的人给拦住了：当年是人家栽的树，自己也不想采伐，就想让它在那儿长着。没办法，双喜只好停了工。

有一天，女儿上网看工艺品图片，双喜突然眼前一亮，让女儿联系上生产商，邀请他们来看货。当看到这些几十年的榆木疙瘩，商家的眼睛顿时发亮了，像看到了稀奇的宝贝，笑呵呵地答应出高价把这些榆木疙瘩都回收了。这下除去了双喜的一块心病。

双喜平整完场地，又打了几眼深水井，引进"南果北移"技术，栽上了耐寒的富士苹果、香水梨、蟠桃、桃李等几十种水果，把大青冈变成了百果园。

六

一晃双喜家闺女大学本科毕业了，考入县文化和旅游局工作。女儿在国庆节那天要举办婚礼，双喜想邀请双庆一家三口回来，晓燕没同意，他爹也没吱声。

双庆不知听谁说侄女要办婚礼，给双喜打电话表示要回来祝贺，双喜没法儿拒绝，只好同意了。

中秋节前两天的晚上，双庆一家三口开着高档越野车，回到了阔别二十六年的大泡底村。双喜开着自家的皮卡车去镇里迎的双庆，当回到自家砖房时，双庆抱着他爹上气不接下气地哭，哭得他爹眼睛都湿润了。

进了屋，当看到木头窗户木头门，还有墙上镶的老式白瓷砖时，李颖说："老弟，你们一直就在这屋子里住？"

双喜笑呵呵地说："大嫂，这房子是你们搬走那年盖的，当年咱们还都住地窨子呢！"

双庆笑着说："是啊，那场大水把我淹走了，那地窨子冬天贼冷，夏天又热又湿的，真没法儿待。"

李颖东西屋瞅了一圈儿，撇着嘴说："我们那儿早就都搬上楼了，我看咱家这块跟我们搬走时变化不大，那时候有些人家就住的砖房。咱们平房冬天上厕所那是真冻屁股啊，楼房洗手间就在屋里，贼拉暖和。我看还是把老爹接我楼上去享福吧，干了一辈子，可别还在这儿遭罪了。"

晓燕看着大嫂撇清拉怪的样子，心里挺不舒服，勉强地笑着说："大嫂，我们现在就觉得老幸福了，不比住那地窨子强多了吗？"

双庆笑着说："三江那边农场地多，机械化了，比咱们先进多了，我现在每年种一千亩玉米、六百亩水稻，从整地到秋收，全程都是机械化，连喷药、扬肥都用无人机了，咱家用的锄头和镰刀，在我们三江那儿早都退休了。"

他爹在那儿当啷接了一句："三江是好，可惜俺们要去时没地种啊，当年要是都搬去了，何必在这呲风冈子上受穷呢？”

双喜故意岔开话题把他爹的话打住了，他看了看表说：“大嫂，明天让晓燕领你去百果园转转，尝尝家乡的开心果。现在都半夜十二点了，咱家里也住不下，我领你们出去住。”

双喜把双庆一家人都送到民宿去住，他们前脚刚走，他爹就开骂了：“我一听他们说话心里就犯堵，挣俩钱儿回家显摆啥？”

整整开了一天的车累得双庆都快坐不住了，他们一家三口已经困得快睁不开眼睛了，进了屋，躺炕上就睡着了。

第二天早晨，双庆被尿憋醒了，他穿上衣服要出屋去上茅厕，看见屋里有个门开着，往里扫了一眼是洗手间。他走进去一看是智能马桶，里面装修得跟星级宾馆似的，都是五星级的标准。他想，看来昨晚双喜是把我们领到宾馆住的。

当双庆走出屋，看到外面造型像过去江边的鱼亮子似的，真是外面有五千年的历史文化，民宿屋里是五星级的标准，院里还有停车场、小菜园和小花园。

上午，晓燕领着李颖去了百果园，介绍了春季观花拍照、夏秋季采摘观光，李颖当年住的地窨子已经成了体验式旅游景点，大青冈变成了百果园。她没想到已经这个季节了，还有很多游人来采摘苹果、大秋果，当她听晓燕介绍大棚富士冰糖心苹果是国内一流的、十一月上旬还能采摘的品种，感到很震惊。

李颖问晓燕：“大青冈坡上那么多榆树咋都不见了呢？”

晓燕笑着说：“是双喜找来木雕企业帮忙，把那些榆木疙瘩都高价收回去做艺术品了。”

双喜领着双庆和两个孩子，一起去了大泡底稻田。

让双庆没想到的是，家乡水田生产的机械化程度一点儿都不比三江差。稻田养殖的小麦穗鱼、泥鳅和老头鱼等小品种鱼，易活好养，产量高，特别畅销。

当他们来到稻田养河蟹、小龙虾、水蛭、金边龙虱等特色养殖区时，让他做梦都没想到，稻田养殖的副业收入，已经超过水稻的好几倍。双庆看得嘴里发出啧啧的羡慕声。

中午在民宿吃的驿站美食，双庆和李颖都对自己的言行深刻地进行了检讨，也得到了他爹和双喜夫妇的理解。

吃饭时，正在农大读博士的侄子给双喜叔叔提了建议。他说："叔，都说'农业不加工，等于一场空'。现在家乡的产业和文旅做得都不错，但季节性太强，如果把农产品加工搞上去，可以全年生产，加上自媒体线上销售，那效益会翻倍。"

双喜一拍脑门儿说："看来还得念书啊，我大侄子读博士，想的就是长远，你的建议我照单全收了！"

晚上，他爹提议，一家人在地窨子里吃顿团圆饭，之后都在地窨子住一晚。地窨子灯火通明，咔咔的碰杯声、他爹和子孙们欢乐的笑声，在大泡底的上空回荡着……

发表于《青年文学家》2024 年 12 月（下）

小辣椒

一

小辣椒在资源发包平台上，把没人竞价的村西头荒水洼子给拍了下来。

在屯子里她是个见便宜就上，从不吃亏的主儿，谁要是招惹她，肯定会被骂个狗血喷头，所以屯子里的人都叫她“小辣椒”。有人说，她这是拿钱砸鸭子脑袋呢！本来她家日子就过得挺紧巴，又花钱承包这兔子都不拉屎的地。每逢开春，地上都会起一层白花花的碱面子，远远望去，宛如雪上加了一层霜。一刮风地上就冒白烟，下雨时，周边地里的水都往这洼子里淌，啥也种不了，大伙儿都说，她这回是手插磨眼儿里了。

可让大伙儿没想到的是，她雇推土机把碱泡子四周推成了坝，在泡子中间用挖掘机挖了个能让鱼越冬的深坑，开春便放进池子里一些鱼苗。村里人纳闷儿了，去年她家的地涝死了一大半，今年的种子和化肥都是赊的，她哪儿弄的钱包资源、推鱼池、买鱼苗呢?

秋后，鱼苗长到一二两沉，价格那是稀烂贱，不值钱。

入冬鱼池封冻了，她每天都开着三轮车去鱼池转一圈儿，瞅瞅有没有人偷鱼。有一天，她发现物探的车正在地里勘测，一群穿着橙红色衣服的人忙着放线，还有几台车在钻勘测的探井。她赶紧给邻村的表哥胡克打了个电话，胡克听到物探在鱼池附近作业放炮，乐得手舞足蹈地跟精神病发作了似的。他缓了口气，强压着心里的那股子兴奋劲儿说："物探来放炮是好事，鱼也死不了几条，还得给咱一笔补偿款，发财的机会终于来了！"

小辣椒不怕放炮震死鱼了，心里倒是希望物探作业能早点儿来到鱼池这边。想着想着，她眼角的皱纹拱了起来，嘴角绽放出两个深深的酒窝，差点儿笑出声来了。

下午，村干部宏伟给她打电话，让她马上来鱼池。虽没说啥事，但她却是心知肚明的，她哼着小曲儿，骑上三轮车，一溜烟儿地向鱼池方向驶去。

她一脚刹车，嘎吱一声，三轮车就刹停在鱼池的坝上。她大步流星地走过去，原来放炮的线都排到鱼池边上了，村干部给他介绍了物探的土地员。她跟物探土地员说："国庆节时我买了几车鱼投到池子里，想打冬网卖个好价钱。你们要是在鱼池边放炮，要是把鱼震死了，可得赔偿我的损失。"

物探土地员心平气和地说："大姐，你放心，我们找有资质的单位来评估，公司会按评估价值给你赔偿的。"

她白了一眼土地员，说："池子里的鱼死了基本都沉到泥里，你们怎么来评估，那些看不见的死鱼呢？"

她想方设法为鱼池要补偿找借口，物探的土地员见她不讲理，没法儿跟她继续谈下去了，只好回公司汇报。

二

她刚推完鱼池，就在坝上盖了两间看护房。

有一天傍晚，物探钻探井的车开了过来，就听轰的一阵响，眨眼工夫一眼探井就钻成了。她连跑带颠地跑到车前，拿起手机就拍照，被物探工作人员给劝走了。随后物探工作人员就往井里放东西，连接完线路人就撤了，她左等右盼也没见来人放炮。砖房里没取暖设备，加上西北风刺骨的冷，冻得她浑身直哆嗦，一直挺到晚上十二点，也不见人来，她这才开着三轮车，嘴里不停地叨咕着回了家。

晚上，她做了个梦，梦见物探放完炮给她家鱼池补偿了一大笔钱。她去城里买了楼，买了辆轿车，银行存款有六位数……

这时，老伴儿把她叫醒了：“太阳都晒屁股了，还不起来！”她气得把老伴儿一顿臭骂，拽被子蒙上头打算接着做梦。可她怎么也睡不着了，只能闭着眼睛回忆着刚才梦里发生的一切……

吃完了早饭，她骑上三轮车直奔鱼池。到了鱼池附近，她发现物探工人正在撤线，过去一问才知道，原来今天早晨已经放完炮了。她心里暗暗骂道：做梦真是耽误事，没拍到物探放炮的照片。好在她还有点儿准备，偷着给物探撤线的人录音录像了，不认账也不好使。

她骑着三轮车到村里去找宏伟，一见面就没好气儿地喊：“宏伟，物探天还没亮就偷着放炮，把我鱼池里的鱼都给震死了，你们看看怎么包赔我吧！”

论屯亲宏伟管她叫三姐，宏伟笑着说：“三姐，我得找乡里油田办，让他们把物探的土地员找来，看看怎么处理。”

下午，宏伟便领着乡油田办的刘主任和物探公司的土地员来了。她立刻赶到鱼池，将三轮车猛地横在道口上，扯着大嗓门儿冲物探的人嗷嗷地喊：“你们怎么偷着放炮呢？把我的鱼都给震死了！”

宏伟把手放在嘴边示意她小点儿声，她跟没看见似的接着喊：“今天要是不给我个说法，谁也不能走！”

她正要蛮时，物探公司的土地员说：“大姐，我们向公司汇报了，在你家鱼池附近地震作业已经减少了药量，你就把心放到肚子里吧，这次地震作业，不会对你家鱼池里的鱼有任何影响的。”

她听完，气得在已经封冻的地上狠狠地跺了下脚，震得脚后跟像被锤子砸了般的疼。她一下子坐在地上，抱着头呜呜地哭，边哭边骂：“你们说减少药量，那减没减药量谁知道？拿我们老百姓当傻子呢？”

这时，宏伟走过去把她拽起来说：“三姐，咱们辩论物探减没减少药量没用，关键是震没震死鱼，就是减少了药量，如果池子里的鱼给震死了，物探也得赔偿你。”

物探的土地员见她这么蛮横，便打趣地说：“那我们到鱼池里去看看有没有震死的鱼吧？”

“你们早晨刚放完炮，鱼也不能死得这么快啊。放炮一震，鱼池里的鱼就像炸窝似的，都得往鱼池边上和泥里钻，明年开春才能知道鱼到底死了多少！”

宏伟见她不依不饶的，便跟物探的土地员商量，过几天再来看看，池子里到底有没有漂上来的死鱼。

小辣椒回到家，一屁股坐在炕上，眼珠子来回转，这要是过几天真没死鱼，那可就没话说了。于是她跟老伴儿商量：“我们想啥招能让咱家鱼池里的鱼死一些呢？”

“那鱼活得好好的，干啥盼着它死啊？”

“我寻思物探有钱，借放炮的机会能整点是点。”

“那也不能把活蹦乱跳的鱼整死啊，这种损事你也能想得出来。”老伴儿气得使劲一摔门，出去了。

小辣椒心想，跟老伴儿过了半辈子，他这个脑瓜子啥时候能开窍呢？真愁人。于是她给胡克打电话，问前几年他家鱼池物探放炮怎么给赔的钱。胡克给她传授经验，告诉她什么情况物探能赔多少钱。那年他家鱼池物探放炮给了十五万，其实鱼也没震死几条，就等于白捡了那么多钱。

三

两天后，她推开宏伟家的门就鼻涕一把泪一把地哭。宏伟媳妇以为她家里的老人病故了呢，让她别难过。她瞪了一眼宏伟媳妇说：“兄弟媳妇，是俺家的鱼让物探放炮给震死了，都漂上来了！”

“三姐，咱们村里物探作业线路附近有十多家鱼池，别人家的鱼都没死，怎么就你家的鱼死了呢？”

“大兄弟，死鱼都在鱼池里漂着呢，你去瞅瞅，鱼要是没死，我还能昧着良心说死了吗？”

宏伟叫上管油田的村干部，他们三个人在鱼池冰面上走了个遍。宏伟发现，整个鱼池里都有零星的死鱼漂在冰下面，冰上还没有新打的冰眼，也不像故意把死鱼放到鱼池里，集中一堆一片的那样。

宏伟赶紧联系乡里油田办，让他们把物探的人找来到现场看看怎么处理。

下午，这些人来到她家鱼池边，边看边拍照，当他们看完现场情况要走时，小辣椒立马就不答应了，非得让物探公司的人当场签赔偿协议，不签就不让物探的车走。

宏伟急忙打圆场，跟她说：“三姐，你家鱼池的情况物探也看了，他们回去跟公司汇报之后，才能定下来怎么处理。”

“不行！物探放完炮就走人了，我上哪儿找他们去！”她就是不挪三轮车，坝上的车都被堵住了。

刘主任示意宏伟把这个活儿接过来，把物探的人和车先放走。

“三姐，你不相信物探的人，还信不过我吗？如果确定了给你家赔偿多少钱，物探要是走了不管，你找我还不行吗？”

“那你们得给我个期限！”

“大姐，十天之内保证给您答复！”物探的土地员凑到她跟前说。

她想：你们物探是打一枪换一个地方，不好找，但宏伟是本村的，啥时候都能找到，这回刀把儿攥在我手里就没跑了。

两天后，物探请来第三方检测公司，宏伟找小辣椒一起去鱼池里检测含氧量、取水样，还捞了些死鱼和活鱼拿回去检测。

宏伟想，这次她真配合，没阻拦，说明这些死鱼真与物探放炮有关，不然就她那性格，得横拦着竖挡着的不让取样，更不可能给捞鱼。村里这些养鱼池，只有她家鱼池离放炮的探井是最近的，看来物探减少药量的说法，也可能真的是糊弄人的。

一周之后，物探的土地员和乡里刘主任找到宏伟，把死鱼的鉴定报告给他看。宏伟翻了半天没看明白：都是些专业术语。物探的土地员把鉴定结果那页翻给宏伟看：解剖的死鱼鳃部和嘴里有少量泥土，不是致死的决定因素，泥土来源需进一步鉴定，鱼的内脏组织没有受到任何损伤。鉴定结果是鱼的死亡与物探地震作业无关。

宏伟想，就小辣椒那性格她能消停吗？非死缠烂打地闹下去不可。再帮她争取一下补偿，不能马上告诉她这个鉴定结果。

四

一晃十天的期限到了，小辣椒找到宏伟家，宏伟让她再宽限两天，公司正在研究处理方案。

“大兄弟，那天可是你打的包票，不然我是不会放他们走的。你可得快点儿，两天之内要是再整不明白，我就往上找，不论找到哪里，必须得把鱼池的补偿款要回来。”说完，她一甩胳膊走人了。

宏伟犯了难：这边不给赔偿她不答应，那面物探不同意给赔偿，把我这个村干部夹在中间，左右为难，成了泔水缸，啥都得装。

宏伟找乡里刘主任商量，最后终于想出个两全其美的办法来。他们打电话让物探公司找鉴定公司再去取样，鉴定鱼鳃里的泥土是怎么来的，结果物探公司找不到这方面的鉴定机构。

“既然鉴定不了，就得给人家赔偿。”

“关键是没有赔偿依据，公司没法儿办啊。”

“你们说说，死鱼也鉴定了，都是池子里的鱼，还是放炮之后死的，池子里的水也没有问题，放炮前怎么没有死鱼呢？”

“我们物探公司前些年在鱼池补偿上没少花冤枉钱，后来公司决定遇到鱼池就减少药量作业，这样就不会造成鱼死亡。有鉴定报告，她要是不服，去法院起诉我们物探公司呗！”

刘主任急眼了，接过电话说：“你们要是这么说，那以后油田作业我们还怎么帮你们协调，要是村民再拦住油田的车，你们就去法院起诉村民呗！”

“这样吧，我们再跟领导汇报一次，看看领导能不能给批点儿补偿款给小辣椒。”

第二天早晨，小辣椒给宏伟打电话，宏伟说：“物探正在逐级上报，马上给你答复。”

她想：这事挺费劲啊，怎么每次都说汇报呢，看来是支我呢。今天要是不给答复，明天我就找到县里去，给他们点儿颜色瞧瞧。

晚上十点多了，刘主任给宏伟打来电话，说物探公司的领导外出开会去了，得三天后回来，到时才能汇报。

第二天一早，小辣椒就给宏伟打电话，手机信号不好没接通。

她又给胡克打电话，胡克说：“为啥他们一天天的往后拖你，是想把这事给拖黄了。不行，你得上县里找去！”

她骑上三轮车，直奔县委大院。门口保安问她办什么业务，她说物探放炮把鱼给震死了，要赔偿。保安把她领到信访局，局长热情地接待了她。

她哭着把事情经过跟局长诉说完，局长给油田办打电话，让三天之内答复。

她这回遇上了位为群众办事的好局长，她当时给局长竖起大拇指点赞。

宏伟中午正在亲属家办事吃席时，乡政府来电话，让他下午去乡长办公室。他放下筷子，开车就往回赶。

乡长、油田办刘主任和宏伟在会议室里研究，乡长给物探公司的部门领导打电话，催促他们抓紧给小辣椒拿出答复意见。

物探的土地员第二天早早地来了，他说：“我们提前跟领导电话汇报了，班子会一致决定，由于鉴定结果是鱼的死亡与物探地震作业无关，所以法院判多少公司全额支付。”

宏伟和乡油田办刘主任，还有物探公司的土地员，他们把小辣椒找到村办公室，把她家鱼池死鱼的鉴定报告和乡里的答复意见交给她。这时她的手机响了，她看了一眼，是胡克打来的，急忙出去接电话。

“我家鱼池里国庆节前投进去十万块钱的鱼，赔我投进去的十万块钱，少一分也不行！”

宏伟把鱼池死鱼的鉴定报告、乡和村里的答复意见交给她，她说啥也不签字，还像精神病似的吵吵嚷嚷地喊：“报告是你们花钱找公司做的，你们让他们咋写就咋写，我不同意。”又说，“你们放炮把我家鱼池房子的山墙都给震裂了，你们得赔我！”说完甩搭一下就回家了。

她边走边心里沾沾自喜，还是胡克有经验，他要是不告诉我多要钱，那我可亏大了。

她走后，宏伟他们都傻了眼，哪儿有这样的人啊，狮子大张口，十万！她真敢要，都在一个屯子住着，就她家那小鱼池，要是投进去十万块钱的鱼，站在池边用水瓢都能舀到鱼。

宏伟马上跟乡长汇报，乡长让他跟刘主任与物探公司沟通好，如果她确实有理必须支持，如果是无理取闹，按无理访办理。

五

没想到答复意见没送出去，她又提出了新问题，物探找来房屋鉴定公司，到现场进行鉴定。从她的鱼池看护房回来，宏伟在想，真把两处山墙震出了挺长的裂缝，看来她说的鱼池附近放炮没有减少药量，也是有可能的。

等待鉴定结果期间，宏伟推心置腹地跟小辣椒说：“三姐呀，你家鱼池啥情况，大伙儿心里都清楚，我看你还是别折腾了。”

“大兄弟，你啥意思啊？这钱要是赔了，咱们都有花的，你三姐可不是那吃独食的人！”

“三姐，你别想歪了，我是劝你别钻那牛角尖了，要不就上法院起诉物探公司！”

她觉得，宏伟应该是给物探公司当说客，他们合伙儿忽悠自己。她越想越生气，给胡克打电话诉苦，胡克让她往上找，多要钱。她坐车去了省城，登记时，她要物探公司包赔鱼池里的十万块钱损失，加上放炮震裂的房屋，还有她家稻田里养的泥鳅鱼，钻进泥里越冬都给震死了，共损失二十六万元。

省里的工作人员热情接待和全程记录，让她很感动：人家省里真负责啊，关心群众疾苦。回来后，她拿着回执单跟屯子里的人显摆，还有一说十地抬高自己身价，整得那几家养鱼池的人家也动了心，去村里要鱼池补偿款。宏伟一遍遍地解释，大伙儿谁也听不进去，都信小辣椒的话。

房屋鉴定结果出来后，物探公司和刘主任先到村里找宏伟，宏伟看了遍鉴定结果：房屋山墙两处裂缝内有灰尘，是建后地基下沉所致，属陈旧性裂痕。

“她从省里回来像中了邪似的，总说些没影的话，这个鉴定结果，她能接受吗？”

“她同不同意都是事实，鉴定报告具有法律效力，让她去法院起诉维权呗！”

“关键是她这个一根筋，天天找我们村里，不去法院维权啊！”

宏伟也很无奈：物探连续出了两份鉴定报告，不同意赔偿。小辣椒这边还不依不饶地紧盯不放，连我这个村干部在她面前说话都不好使了，我这工作干得真没劲。

为了防止小辣椒继续胡闹，宏伟先找来她的几个直近亲属，如果她要是拦车，就把她劝回家。

宏伟给小辣椒打电话，让她到村里来取房屋鉴定报告。他们等了好一阵子，也不见她的人影，而村里的养鱼户没通知却还都来了。

不一会儿，她开着三轮车来到村委会。当她看完房屋鉴定报告，当时就炸了，大吵大嚷地喊：“我这房子盖好几年了都好好的，怎么你们放完炮山墙就裂了呢？村里人多眼睛亮，你们说是不是！”

养鱼户都维护她，跟着起哄，异口同声地配合着小辣椒，场面失控了。

土地员让她签字，她边骂边把鉴定报告撕了个粉碎。物探公司让她去法院起诉，她说：“当时宏伟答应赔我的，你们要是不赔偿，我就去找宏伟。”

土地员要走时，她让这伙养鱼人把物探的车给拦住了，非要给个说法才能放他们走。宏伟跟村干部好说好劝的，总算把车前面那几个人给拽开了。她坐在车前面不让走，宏伟给她的几个亲属使了个眼色，示意把她拽走。这几个亲属像抓年猪似的把她给抬走了，物探和乡油田办的车这才开出了村委会的大门。

车刚开出不远就停下了，原来是物探车的轮胎扎了钉子没气了。小辣椒看车又停了，着急忙慌地骑上机动三轮车，猛加油门往前追，拐弯时，车速太快没拐过来车翻了，把她扣在了车底下。她的腿不能动了：小腿骨折，宏伟开车把她送到县医院。因为没钱，宏伟从工资卡给垫了五千块钱，帮小辣椒入了院。

六

住院期间，小辣椒躺在病床上，脑子里一直想着去省里报二十六万元损失的事，省里工作人员热情地边询问边做记录的画面一直在她脑海中浮现。这二十六万元近乎让她得了精神分裂症，她把所有的希望都寄托到省里，她坚信省里跟市县说，他们都得执行，物探也不例外。

小辣椒的腿还没痊愈，坐着轮椅去县自然资源局咨询。工作人员正忙着接电话，在电脑上查了一下，正好看见物探公司给小辣椒所在的小河村拨了二十六万元补偿款，就给小辣椒看了，然后着急忙慌地跑上楼处理业务去了。她高兴得像中了百万大奖似的，心想，还是省里负责，我说损失了二十六万，人家一分不差地就把钱给拨了来，她兴冲冲地回村去找宏伟。

路上，她给胡克打电话报喜，胡克说："你要是不听我的，不去省里找，哪儿有今天的二十六万啊！"

宏伟听门口有人喊，出去一看是坐着手动轮椅来的小辣椒。他急忙问："三姐，你的腿恢复得怎么样了？"

"大兄弟，伤筋动骨都得几个月才能好利索，我来问问物探的补偿款啥时候能打给我？"

"三姐，补偿款还没到呢。"

"我去查了，给我那二十六万补偿款到了，等那钱打我卡上，我先把你在医院垫的五千块钱还你。”她说完就走了。

宏伟到乡财政所一打听，真有小河村一笔二十六万元的补偿款，是物探作业各户和村集体的临时占地补偿款。他找到乡长，让财政所尽快把钱拨给村里，给各户发下去，省得小辣椒以为是给她家的补偿款到处去找。

她看自家粮补折里打进来一笔钱，当时高兴得跳了起来，马上就给胡克打电话，告诉他二十六万已经打到卡上了，还把手机截图发给了胡克。胡克仔细一查，是两千六百块钱。小辣椒气势汹汹地去找村会计，问他是不是打款时少写了两个零。村会计笑着说：“那怎么可能呢？各家各户的补偿明细都在这儿，你看看还有哪笔钱是你家的？”

小辣椒气得脸色煞白，直敲牙梆鼓，手也不停地抖动着。她觉得宏伟的胆子也太大了，把给她家的补偿款全做了假账，多数都给了村干部们的亲属，村里还留了一部分钱自己花。

她揣着复印的补偿款发放表去县纪委，反映村干部瓜分了物探公司给她家的二十六万元补偿款。

县纪委受理后，她想：这回我终于找到了说理的地方，纪委把我家的钱追回来后，得好好感谢人家。

没几天，县纪委的人来小河村调查，她借机煽风点火，弄得村里闹得沸沸扬扬，大伙儿说啥的都有。

腊八那天早晨，天空中飘着清雪，她坐着手动轮椅来村里开证明，其实她是想探听县纪委调查得怎么样了。她回去时，在路上正好碰见宏伟往村办公室走，她加快轮椅的行进速度，宏伟跟她打招呼也装作没听见。这段路是个陡坡，路面上还有冰雪，轮椅走得快方向就容易控制失灵，她刹车时发生了侧滑，轮椅直接往路边的一处积水深坑滑去。她当时蒙了，手忙脚乱的不知道怎么整好。她在车上不由自主地“哎呀——妈呀”地叫，被刚走过去的宏伟听见了，他回头发现她有危险，转身跑过去用身体挡住了正下滑的轮椅。宏伟使出全身力气，把她从轮椅上拽了下来。宏伟脚下的路像冰面似的滑，他跟轮椅一起被滑进了深水坑。小辣椒被吓得够呛，开始大声呼救。附近的村民听到后把宏伟送到了市医院，医院检查结果是宏伟摔成了轻度脑出血。

七

县纪委调查完，答复她说："没发现村干部有违法违纪问题，你家的物探补偿费是两千六百元，不是二十六万元。"她像从梦中一下子清醒了过来：看来我在省里提的二十六万诉求，并没得到回复，物探公司根本没给我拨款啊！这么长时间，我一直认为那钱是省里让物探给我拨过来的呢。

村里有个叫二赖子的单身汉，在她家鱼池附近住。她骨折期间鱼池没人管理，他便偷着去下网打鱼吃。池子里的鱼密度大，二赖子见鱼好打，就下了地龙和挂网，想第二天起鱼卖点儿钱买酒喝。

她的腿是骨裂，休养了一阵很快就好了。病好了她赶紧去鱼池看，结果发现了新冰眼，知道有人在偷鱼。果然天刚要亮时二赖子来起网，没想到两个地龙里进了三百多斤鱼，他见到鱼就红了眼，起鱼时浑身湿透了都不觉得冷，小辣椒都走到他身后了还不知道呢，等她开骂了才反应过来。从来没吃过亏的小辣椒，把他连同鱼和网，都送到村委会去处理。二赖子被行政拘留，鱼和网具是盗窃证据，被暂时扣押在村里。

几天后，负责油田的村干部跟小辣椒说："你瞅瞅，一个地龙一宿就网住三百多斤鱼，你怎么还说物探放炮把鱼都震死了呢？"

"那天你也去看了，池子里的死鱼不是放炮震死的，还是我捞出来一条条捏死的吗？"小辣椒问得村干部不吱声了。

"我看见了，物探放炮那天晚上，是他们整的，我用手机录了像，我现在就举报她套取物探的补偿款！"刚从拘留所里出来的二赖子正在气头儿上，他指着小辣椒说。

原来，物探放完炮那天晚上，胡克帮小辣椒在鱼池的投料口下网，网住了一百来斤活鱼。她把这些鱼放进鱼池旁边的小水坑里养了一天，晚上把鱼捞出来冻死后，用三轮车拉到鱼池中间，打个冰眼把死鱼投进了鱼池。为了让死鱼能漂满鱼池，她安了水泵，以给鱼池水打氧的名义，用白龙袋把水都送到鱼池中间冰眼里，死鱼顺着水流在鱼池里漂动，像满天繁星般均匀地分布。小辣椒没想到，这事让住在旁边的二赖子给看了个正着。

她得罪了二赖子，被二赖子给盯上了，物探赔偿的事彻底没戏了，小辣椒变成霜打的茄子……

原来小辣椒邻村表哥胡克，听在物探工作的朋友无意中说出今年冬天要在村里勘探的信息。他主动找小辣椒合作，让小辣椒联保贷款把资源包到手，想得到补偿后给他分点钱。

转眼到了最冷的三九天，小辣椒家的鱼塘小，水还浅，她骨折住院期间池子里没补水，鱼池被二赖子一顿祸害，池子里的水渗得快，冰塌了下去，鱼池本来可以越冬的小坑也被冻绝底了，鱼全都被冻死了，所有的投资都打了水漂。

小辣椒折腾了一年，本来日子就紧巴巴的，如今更是雪上加霜。她老伴儿的病又犯了，还得住院治疗；儿子要高考，还得花钱请美术老师一对一辅导。

宏伟看在眼里，急在心头，他召开村民代表会研究帮助小辣椒，组织村民捐了款，找民政部门帮小辣椒申请了五千块钱的救助。最后实在没啥办法了，他给物探公司打电话寻求帮助。

几天后，宏伟陪着物探公司的工会主席来到小辣椒家，送来了米、面、油和慰问金，与小辣椒家结成帮扶对子。

小辣椒紧紧地握住物探公司工会主席的手，她喉咙发紧，哽咽着说不出话来，眼泪像泉水般涌了出来……

发表于《凉山文学》2025 年第 1 期

错

一

自打女儿进入青春期，从文科班调到理科班后，玉珍每次看到女儿的考试成绩，就气得不打一处来，像跟孩子的成绩单有仇似的。

女儿哆哆嗦嗦地从书包里掏出期中考试成绩单，玉珍冲过去一把抢过来，在成绩单上扫了一遍：物理、化学、生物这几科都没及格，最低的才考了十几分。玉珍憋在肚子里的怒气，像防洪大坝被撕开了个口子，愤怒像洪水似的一股脑儿地倾泻下来。

女儿刚要回房间去写作业，玉珍大吼一声："站住！"女儿当时就被定在原地，像雕塑似地低着头，不错眼珠地瞅着地，好像地上有她特别喜欢的卡通人物。

玉珍的脸涨得通红，一直红到了脖子根儿。她气得说话都不是好声了，跟女儿吼道："我们像奴才似的天天起早贪黑地给你做饭，上学车接车送的，你咋寻思的就给我们拿回来这点儿分数？真不知道你天天在学校都干些啥？"

女儿在客厅的地上杵着，一声不吭。她心里想：我天天上课，一节课都没落下过，有些题要是会我还能空着吗？班里有几个同学的成绩还不如我的呢，好歹我还能超过几个呢！

此时，从窗外流淌进的阳光，从横条形的窗帘缝挤进来，映照在女儿的身上像个百叶窗，光线中弥漫着一股剑拔弩张的火药味儿。

玉珍气得要疯了，她真想冲上去扇女儿几个响亮的耳光，让她长长记性。她恨得牙根儿直痒痒，牙齿不由自主地敲着牙梆鼓。她强忍着怒气，心想：你要是个男孩儿，我的巴掌和脚早飞过去了。

女儿站在电视机的斜对面，她斜着眼睛看电视。玉珍像有人要跟她抢似的，一把拿起遥控器，狠狠地关掉电视机，一甩手，啪的一声把遥控器摔在地上，两节电池从遥控器的肚子里飞了出来。

女儿回头睨了她一眼，牙狠狠地咬着嘴唇，绷着脸，她想：你怎么能摔遥控器呢，我天天上课也没逃学，还想让我咋学？她拎起书包，头也不回地逃回了小屋。

玉珍气得跟丈夫邵东说："就是你给惯的臭毛病，不让打不让骂的，整天手机不离身，要是把打游戏的劲头用到学习上，成绩能上不去吗？"

邵东把手指横放在嘴边，示意让她说话小点儿声，别让女儿听见了。玉珍嘟噜着脸不吱声了，一扭头，转身穿好衣服和鞋，推门出去了。

她刚迈出门，眼泪宛如雨点砸在玻璃上形成的水柱般，放线似的从眼眶里淌了出来。她心里有太多的委屈，眼睛里充满了对女儿的埋怨。

玉珍下楼后，独自一人在广场的林间道上溜达。她想，这孩子不管不行，管严了她还生气，跟我们对着干。就现在这成绩能考个啥学校，她将来能有啥出息？

玉珍走着走着，天上突然噼里啪啦砸下来几个稀疏的雨点，她抬头看了看，亮瓦晴天的，一丝云彩都没有，哪儿来的雨呢？她跑到附近的凉亭下躲雨时，碰见了远房表姐。

姐儿俩好长时间没见面了，唠着唠着就说到孩子的学习上。表姐家的孩子学习成绩也不好，高中还没毕业就去外地打工了。

玉珍跟表姐诉苦："女儿也不知道中了哪门子邪，大人说什么她都不听。老师说什么也是表面应付，不知道谁在她面前说话能好使。前几天大姑家孩子结婚，我们一家三口去祝贺，在回来的车上，我说了她几句学习方面的事，这孩子嘟着嘴也不说话。我问她：‘闺女，为啥以前一直学习都挺好的，现在咋跟不上了呢？’

“女儿耸了一下，态度蛮横地反问我：‘为啥？因为啥，你不是心知肚明吗，还问我？’

“开车的邵东也生气了，他说：‘闺女，你学习成绩不好，怎么还有理了，你怎么跟你妈说话呢？’

“‘你们说啥都是理，我没理，你停车！我下车还不行嘛！’说着，女儿推开了车门。那时车速在一百迈左右，得亏我坐在后排座上，一把抓住了她的胳膊，她才没从车上跳下去。

“那次真把我和邵东吓坏了，以后也不敢太深管她。”

不一会儿，雨停了，玉珍告别了表姐，她想：女儿现在这成绩，怎么才能提上去呢？真愁人啊！

高二上半年快要结束时，女儿生病了，她浑身无力连走路都很费劲。邵东送她上学时，下车孩子就走不动，有一次还摔倒在客厅里。玉珍领孩子去了几家医院检查，都说是睡眠不足和贫血导致的，在医院住了几天也没见啥效果，只好休学。

“你别总跟闺女赤头白脸的，孩子都这么大了，有话好好说行不行？你瞅瞅，孩子见到你就像耗子见了猫似的。”邵东私下里劝玉珍。

玉珍的脸当时就白了，她跟邵东吼：“你要是能管好，那我可不管了。孩子都是管出来的，咱们小时候谁也没少挨父母的打。你小时候犯了错误，老爹打你把笤帚疙瘩都打开花了。”一句话，把邵东顶得像喂饱了的猪，不吭声了。

二

单位组织玉珍去听妇联的家庭教育讲座，主讲人王老师从孩子青春期叛逆入手，引导家长应该如何照顾孩子安全度过青春期。玉珍是为凑人数去的，听课时，她却被王老师讲的“父母要做孩子的榜样，在孩子心目中要树立伟大的形象”所吸引，短短的一个半小时，玉珍听得正来劲就结束了。课后，她要了王老师的手机号码，加了微信。

回到家，玉珍死死地盯着镜子瞅，心想：这瓜子脸、大眼睛双眼皮的，孝敬老人，家庭还和睦，难道这还不是孩子心中的榜样？我在单位是人人羡慕的中层领导，家是全市的“五好家庭”。对公公婆婆我有点儿好吃的先给他们送去，过年我从来不先回娘家，始终在婆婆家跟大伙儿聚在一起，热热闹闹地过了大年初五，才跟邵东回到自己妈家。那时兄弟姐妹都回去了，妈妈有时在厨房偷偷地哭，让我心里酸酸的。但我哪年都是这么做，从不后悔，这还不是榜样吗？

玉珍自从听完了这堂课，王老师说的父母要做孩子的榜样，把自己整得，都不知道在孩子面前应该怎么做了。

玉珍中午下班回家，看见女儿正蹲在地上喂小鸡崽。这只小鸡眼睛上有条黑线，像唱京剧的花脸。头上顶着三角形的褐色花纹，还镶嵌着黑边，翅膀上披着褐色、白色、黑色的花纹，毛茸茸的特别招人喜欢。女儿像照顾小孩子般呵护着小鸡崽，给它喂小米粒，喂水。玉珍督促女儿快点儿进屋去写作业，女儿把小鸡崽拿到她的屋里去了。

玉珍做好饭，过去叫女儿吃饭的时候，女儿没抬头，依旧在那儿跟小鸡崽玩。玉珍看她连书本都没有打开，当时就生气了，嘴里嘟囔着，脸一下子就耷拉下来了。

女儿狼吞虎咽地扒拉几口饭菜，连嘴都没来得及擦就跑回屋去了。玉珍啪的把筷子狠狠地摔在桌子上，剩下的大半碗饭也吃不下去了。她边收拾餐桌边想：这孩子在哪儿要了只小鸡崽，这回整天也不学习了，这么玩下去能考出个啥成绩来啊！

玉珍晚上下班回来，让女儿去楼下超市买袋盐，再去生鲜店买点葱和蒜。女儿整天闷在屋里，正想出去透透气，她高兴地出去了。女儿刚走，玉珍让家住平房区养鸡的同事把小鸡崽取走了。

女儿高高兴兴地回来后，找遍了所有的角落也不见小鸡崽，玉珍告诉她：“小鸡崽咱家住楼房养不活，让你张阿姨拿她家平房养去了。”女儿急眼了：“有你这样当妈的吗？啥事也不跟我商量，那是同学送给我的，你想怎么整就怎么整？看来我在这个家是多余的，我走！”

玉珍在门口拼命拦住女儿，打电话把邵东叫了回来，全家吵了半宿才算平息下来。从此以后，两口子换班在家陪孩子，晚上睡觉都得把家门反锁上，怕女儿离家出走。

正在玉珍为女儿上火、自己进行着激烈的思想斗争、想不明白自己是对是错的时候，她看王老师在朋友圈发消息说周末要去邻县讲课。玉珍看到这个消息，比邵东给她买了个金手镯还兴奋，让邵东开车拉她一起去听课。

课堂上，王老师讲到“不是孩子不对，是家长不会”时，玉珍这才恍然大悟，像从噩梦中惊醒，心如刀片割了般的疼。

她想，王老师说得有道理啊：“孩子自身没有问题，有问题的是家长，是家长对孩子的教育理念和方法出了问题。”看来如果父母不知道孩子是怎么想的、她心里有啥苦衷，跟孩子沟通不畅，孩子怎么能听你的话呢？既然连孩子都不会管，那肯定是父母有问题。

这么多年，玉珍一直认为孩子成绩不好就是不务正业，必须严管才能让孩子学习成绩提上来，老话说“父严子孝”。看来，按王老师的说法，学习成绩不好也不是孩子自身的错，父母管理孩子的方法才是关键。

玉珍心里很犹豫：孩子不管就不好好学习，靠打骂管孩子的方法也不对，该那怎么管呢？总不能对孩子放任自流吧？让她自己想学就学，不想学就玩儿，如果那样，孩子们都会选择玩儿，可整天玩儿能把学习成绩玩儿上来吗？

课间休息时，玉珍跟王老师探讨孩子青春期问题。当王老师了解到玉珍两口子正在为孩子青春期问题犯愁时，爽快地答应讲完课去他们家，给孩子做一次面对面的心理辅导。

玉珍和邵东像病危的人终于找到了救命的偏方良药，兴奋得心脏都快要从嗓子眼儿里跑出来了。他俩听完课，把王老师请上车，三个人在车里不停地聊，从邻县往家里赶。

三

玉珍上完课还是没有弄明白孩子到底应该怎么管、父母到底应该怎么做，在车上她向王老师请教。

“这个问题没有标准答案，只能因人而异。一般都是根据孩子的性格特点，结合问题出现的根源，制定一整套纠正孩子问题的方案。”

“王老师，一般有青春期问题的孩子大约多长时间能调整过来？”

“这得根据孩子问题的严重程度来确定，轻微的一般一两个月就能调整过来，但也在于父母的配合，如果配合得好，也有不到一个月就能调整好的。”

这句话是玉珍两口子最想听的，他俩希望王老师跟女儿见个面就能把女儿的病彻底治好。

玉珍想：王老师这是在跟我们打太极，父母怎么配合，孩子要是能听信父母的话，就不用心理疏导了。反正孩子都休学了，今天就是死马当活马医吧，要是真能把孩子治好，花多少钱都值得。

王老师单独跟孩子谈了一个小时。经过交流，女儿表面上迎合着王老师，可心里对妈妈的怨恨还是没有消除。王老师提前单独教女儿，让她一会儿到客厅，给玉珍鞠一躬，说“妈妈您辛苦了”。女儿当时也点头同意了。

王老师领着女儿来到客厅，女儿看到玉珍，没有给她鞠躬，也没有说话，转身就跑回了屋里。

女儿回到小屋，她想：王老师让我有颗感恩的心，可父母生养我是理所应当。我整天上学，回来还得写作业，也很辛苦，这个妈妈怎么从来不说呢？难道我整天学习还学错了吗？几个问号一直在女儿脑海里盘旋着。

当时把王老师搞得感觉挺突然：孩子刚才还答应好好的，怎么见到妈妈就变卦了呢？看来她们母女之间的隔阂太深了，我得先从孩子母亲入手，先治好孩子母亲的病。作为一个母亲，为了孩子可以不要面子，甚至牺牲自己。

玉珍跟邵东一起去送王老师，上了车，玉珍迫不及待地想听听王老师对孩子的看法。可王老师长长地叹了口气，坐在副驾驶的座位上一直不吭声。

“王老师，我女儿的问题严不严重，能不能挽救回来了？”

邵东开着车继续往前行驶，王老师打开了话匣子：“我理解你们两口子盼女成凤的急切心情，可是孩子青春期问题越急越达不到想要的效果，有时往往会向相反的方向发展。我刚才跟孩子聊了会儿，我觉得责任根本不在孩子身上，而在你们。”

王老师的这些话把玉珍两口子都整糊涂了：不学习的是孩子，我们把你请来是帮孩子做心理疏导的，怎么还把“病”扯到我们两口子身上来了呢?

玉珍想：他这是在使套路，应该是孩子的毛病他整不了，故意说我们有问题。也可能是他想要些钱，自己还没法儿说，所以故意往旁边岔。

“王老师，您就说这孩子的毛病能不能治过来吧？”

“孩子的毛病还没到不可救药的程度。”

“王老师，我这人就是直来直去，你就说把我家孩子的病治好需要多少钱吧？”邵东实在忍不住了，迫不及待地问。

“这跟钱没关系，关键是需要你俩配合，才能把孩子的病治好。”

“王老师，孩子的毛病到底出在哪里，你快点儿告诉我们吧，这一天天的都快把我逼疯了。需要咋配合我们都没问题，拿我的命把她治好都行，说不定哪天她就成了没妈的孩子！”

“其实，你们孩子没啥大毛病，问题都在你们两口子身上。我听孩子说，她上小学、初中时，学习成绩都在班级前几名，是上了高二成绩才下来的。”

“是啊，王老师，这孩子就是到了高二，我们怎么管也不听，补课，成绩都提不上来。”

“你说得对！孩子就是在高二时出了问题！但责任完全在你们！”

“责任在我们？不可能啊，我们天天车接车送的，一天三顿饭紧忙乎，整天以孩子为中心，她自己不学习，我俩恨不得替她学。”

“孩子说她开始学的是文科，后来你俩让她改的理科，是吗？”

“王老师，我女儿作文写得特别棒，但我们查了一下，觉得学理科将来更有发展前途，就业面广。”

“我个人觉得，应该尊重孩子的选择，不能把你们的想法强加给孩子，她满心不愿意做的事还能做好吗？”

“他们高中的课程马上都快结束了，也不能再调回文科了，就在理科班继续念吧，现在最愁人的是她的身体不行，走不动路啊。”

“你们暂时先别研究这些了，现在孩子逆反心理严重，你们越说她越不听，我抽时间再来跟孩子唠一唠。”

王老师拉开了话匣子，说得玉珍满脸通红，捂着脸呜呜地哭了一道。

原来，王老师通过跟二人的女儿交谈，了解到玉珍和邵东把女儿从文科班班调到理科班是错误的。他俩不了解女儿的想法，强行把女儿调到理科班，造成女儿成绩下降，甚至休学。

四

送走王老师，玉珍回到家坐在沙发上，想着想着眼泪又下来了。邵东扒着她耳朵劝：“你怎么还没完没了了呢？闺女今天能跟王老师出来，说明她思想有了变化，是好事，咱不哭。”

玉珍躺在沙发上迷迷糊糊地睡着了。她做了个梦，梦里她照着镜子看自己的脸，看着看着，视线渐渐地模糊了，自己的样子像一个狰狞的怪兽，正张开血盆大口，要吃掉正趴在桌上学习的女儿。

晚上，玉珍和邵东在床上聊天，他俩觉得当时给女儿调到理科班的决策确实太草率了。

没几天，玉珍接到王老师的电话，说要来跟孩子聊聊。玉珍像接到女儿的大学录取通知书一样兴奋，马上让邵东开车去接王老师。

王老师跟孩子又谈了一个多小时，临走时孩子和王老师一起来到客厅。见到玉珍，孩子手不自然地扯着上衣衣角，用像蚊子的嗡嗡声似的声音说了句：

“妈妈辛苦！”然后就回了屋。

这声音虽小，但穿透力却极强。王老师又重复了一遍女儿的这句话，还表扬了孩子。玉珍哽咽着说：“闺女，是妈没有理解你，是妈妈错了！妈妈错了！”

孩子听到玉珍的话，抱着头趴在书桌上哭了。她想：妈妈你终于敢承认自己错了，你不是“常有理”吗？大人都放下面子承认了错误，我也不应该天天跟妈妈对着干了。王老师说得对，我在跟父母的关系上还得向前迈一大步。

王老师跟玉珍和邵东商量：“孩子想再回到文科班学习，你们能不能跟学校领导商量一下。”

玉珍和邵东还在犯难，王老师接着说：“我还是那句话，让孩子做她愿意做的事，只要我们当大人的尽力了，今后发展成啥样，就看她自己的造化了。”

没有其他可选择的，玉珍和邵东只好硬着头皮答应王老师找学校领导给孩子调回文科班。

学校教导主任劝邵东：“孩子都休学好几个月了，文科、理科频繁调整，孩子根本跟不上学习进度，或者明年开学孩子再上高二文科班，留级还能从头再来。”

邵东不好意思了，垂头丧气地回了家。第二天王老师给玉珍打电话问孩子的事，听说文科没调成，王老师急了：“要是不尽快把孩子调回文科班，孩子的状态根本调整不回来，还有抑郁的风险。”

当玉珍听到“抑郁”两个字的时候，吓得她手机差点儿没掉落在地上。她想：是啊，这几年城里患抑郁症的青春期孩子没少出事，我女儿千万不能出任何问题，最担心的就是孩子抑郁。

玉珍放下电话，直奔校长办公室。见到校长，她把孩子的事情说了。校长还是不同意在这么短时间内调来调去的。玉珍哭了，让校长帮忙救救孩子，完成孩子的心愿，校长终于答应了。

当玉珍回到家，把学校同意女儿调回文科班的事告诉女儿时，女儿高兴得跳了起来，说：“我明天就去文科班上课。”玉珍心疼地说：“闺女，你这病还没好能上学吗？还是接着在家吧，妈妈找人帮你补课。”

“妈，我咬咬牙也能坚持住。以前我始终不理解你，真要感谢人家王老师，他让我知道了什么是感恩。”听了女儿这番话，玉珍感到比吃了蜂蜜还要甜，一直甜到了心里。

看着懂事的女儿背着书包蹒跚地走进了校园，玉珍两口子的目光汇聚在一起，像放下了肩上危险的炸弹，开心地笑了。

其实，那段时间，女儿一直在想：王老师说父母辛苦，让我感恩，说明以前是我错了？可我哪里做错了呢？王老师说是我的错，难道我真做错了什么？困惑中，她战战兢兢地拨通了王老师的电话，王老师耐心地给她讲解，帮她分析自己到底错在哪里，教她怎样跟母亲沟通。直到王老师帮她又调回了文科班，她才彻底相信了王老师，一直困惑不解的心结终于打开了。

五

三八妇女节那天，玉珍在单位参加文艺活动。晚上，她请几位女同事出去聚会。那天她心情特别好，不胜酒力的她还喝了好几杯白酒、红酒，之后去歌厅唱到晚上十一点多。她喝得迷迷糊糊地，躺在歌厅的沙发上就睡着了。

当邵东扶着玉珍推开房门，在客厅脱外衣的时候，她看见茶几上放着一束鲜花，还闪着一圈儿小彩灯。玉珍虽然喝醉了，可她还是很清楚三八节是女人的节日，她最关心的是谁给送的花，邵东安慰她说：“这么晚了，孩子已经睡觉了，明天等她起来再问吧。”

女人的最爱是鲜花，她见到鲜花就像打了针兴奋剂一样激动，虽然腿脚不灵活，她还是踉踉跄跄地奔过去摸鲜花，鼻子贴近闻了闻。其实她喝了那么多酒，根本闻不出味儿来，却跟邵东说：“这花真香啊，三八节都送我们最喜欢的玫瑰花，这束康乃馨能是谁给送来的呢？”

她兴奋地坐在沙发上，端详着这束鲜花，花朵有深红色的、粉色的还有带条纹的，玉珍从来没见过这么漂亮的花，花束中央是一朵金光闪闪的向日葵花。

邵东拍了几张鲜花的图片，上网查了一下，他说：“各种颜色的康乃馨都有不同的花语：粉色祝福妈妈美丽漂亮，深红色是代表‘妈妈我爱你’，带条纹的花语是‘妈妈对不起’，向日葵代表一举夺魁。我知道了，这花是闺女送你的！看来我闺女是真成熟了，是个有心的孩子！”

玉珍酒后已经无法控制自己的哭声了，邵东说：“玉珍，别哭了，这是件高兴的事，来，倒上饮料，我再陪你干一杯。”

母女之间多年的这堵墙终于倒塌了，她们之间的隔阂一下子烟消云散。那位讲家庭教育的王老师，不仅救了玉珍的女儿，也救了她这个家庭。

玉珍不督促，女儿自己就有了学习的动力。有时玉珍看女儿学得太晚了，去她的小屋强制关灯，保证她有充足的睡眠时间。

女儿放下了思想包袱努力学习，考入了一所理想的大学。高考结束后，女儿主动提出到饭店打工。通过一个多月的实践，她才知道挣钱有多不容易，这让她更加珍惜父母的爱。大学期间，每逢寒暑假回来，女儿都帮玉珍做饭打理家务，这是以前从来没有过的，也是很多父母想都不敢想的事。大学毕业后，女儿以优异的成绩争取到了称心如意的工作。

熟悉玉珍的人都没想到她家孩子能发展得这么好，问她有啥绝招儿，她这才醒过味儿来：“对啊，把自己的亲身经历和体会传授给需要的人，让更多的人、更多的家庭从亲子关系的困境中解脱出来。”

原来，那年三八节后第二天，玉珍在花纸重叠的缝隙中找到了一个叠着的小纸条，上面是女儿写的一行字：“妈妈我错了！”女儿后来跟玉珍说：“妈，走不动路是我故意装的，我当时不知中了什么邪，那只小鸡崽我就认为是被妈妈扔楼下给摔死了，心里一直恨你，整天想方设法跟你对着干。你让我去上学，我偏不去；你让我学理科，我偏偏在屋里偷偷地学文科。”

母亲节，玉珍收到了一束康乃馨，是在外地工作的女儿在网上给她订的。闻着康乃馨那淡淡的馨香，只见花束的祝福卡片上写着：“鲜花美，也没有我的妈妈美！”

发表于《三角洲》2025年第18期

这花真香

一

李珍的女儿叫小梅，高二时出现严重的青春期心理问题，便休学了。

李珍心急如焚，请家庭教育指导方面的王老师帮孩子做了几次心理辅导，同时她自己也阅读心理辅导和传统文化方面的书籍学习，了解青春期孩子产生心理问题的原因以及父母该如何与孩子交流，在经过耐心的疏导和沟通后，她发现，是自己平时对小梅的教育太着急了，恨铁不成钢，言行上让孩子难以接受，才造成了孩子反感父母，从而亲子之间产生了隔阂，就像两人之间有一堵墙，这墙越来越厚，越来越高，最后已经到了无法逾越的地步。

李珍通过学习传统文化和家庭教育，认识到了自己在对小梅教育方面做的不对之处，勇敢地在孩子面前承认了自己的错误。将心比心，孩子经过多次思想斗争，终于想通了。她理解了父母的不容易，那颗感恩的心又回来了，在母女共同努力下，最终解决了青春期叛逆问题。孩子也没有复读，继续读完了高中，考取了理想的大学。毕业后又考取了理想的工作。这事在小县城里一轰声地传开了，成了全县成功处理孩子青春期问题的典范，很多家长都羡慕不已。

从那以后，去李珍家咨询、找她帮助解决孩子青春期问题的家长越来越多。李珍想，要先解决问题，必须成立志愿者服务团队，专门提供家庭教育服务。

李珍首先想到的是曾帮她一起解决女儿心理问题的王老师，没费啥口舌，王老师便欣然答应了李珍的请求，并且还把附近一个乡镇的姜老师也推荐给了李珍。原来姜老师在自己家开了个传统文化课程班，王老师也去讲课，两个人已经日复一日地坚持了三十年。

这让李珍特别感动，她竟然不知道，自己身边还有这样一群人，为帮助别人，几十年如一日默默地奉献着自己的青春和美好年华。

李珍想，王老师他们能做的，我凭啥不能做？为了传播能量，他们不辞辛劳，不管路有多远，他们都亲自上门去宣讲。他们从来不推销任何产品，也不收群众一分钱，这种奉献精神值得学习。我应该加入家庭教育的宣讲团队，为更多需要帮助的人解除困惑和减轻烦恼。

有了这个想法，李珍便跟爱人邵东商量，要办个传统文化讲堂，义务为群众讲解传统文化和家庭教育。一听妻子说要搞志愿服务，邵东一百个支持，因为王老师就曾帮忙解决了自己女儿的青春期叛逆问题，自己受了益，应该用亲身经历去帮助更多的家庭和孩子。

他俩决定，用自己家的临街商业服务店铺一二楼做培训和志愿协会的办公场所。装修那天，邵东的父亲来了，听说要无偿给志愿服务协会使用，老爷子当时就急眼了，跺着脚，用手指着邵东的鼻子骂：“你真是过几天好日子烧的，这房子要是租出去咋说每月也得收入个千儿八百的租金。这一分钱不收，还得自己搭上取暖费和物业费，你们图个啥呀？”

邵东假装无奈地说：“爸，我和李珍都答应给协会无偿使用了，还能反悔吗？”

“我不同意，你们平常都舍不得买鱼买肉吃，靠省吃俭用攒下来的钱买了这间商服房。我不管谁用，花钱租可以，白用不行。”正在气头儿上的老爷子站在房前吵吵上了。

邵东拗不过老爹，只好让装修停了下来。李珍也没办法，只能背地里跟邵东磨叨：“这老爷子也太霸道了！啥事他都跟着瞎操心。”

邵东他爹回村里后，邵东跟李珍商量好了说辞，让李珍给公爹打电话。电话接通后，她笑着唠了一会儿家常，然后拐弯抹角地把话题转到了志愿服务协会用房问题上，并告诉公爹："虽然现在免费提供场地，但我们的子孙后代都跟着受益。"老爹在儿媳妇面前也没法再坚持不让用了，勉强答应了。

李珍又联系了几位德高望重的退休老教师，自己则办理了提前退休手续，办起了家庭教育讲堂。

那年，他们在民政部门登记注册了"县传统文化协会"，下设县城、一个镇、两个村的传统文化讲堂。

有了营业执照和活动场所，他们开始研究怎么才能将传统文化更快地传播开来，让更多的人了解优秀传统文化知识，破解当前普遍存在的家庭教育问题。

李珍讲家庭教育有实践经验，女儿叛逆那年，她读了上百本中华优秀传统文化方面的书，写了近十万字的读书笔记。姜老师更不用说了，已经讲了几十年，他们在这四家讲堂门上又挂起了"道德讲堂"四个大字的牌子。周边居民特别喜欢来听义务宣讲课，慢慢地把来道德讲堂听课变成了业余生活中的必修课，家风和民风在不知不觉中发生了转变。

二

那年，某集团在县城附近的一个乡镇设立了一处道德讲堂，集团派老师每周二和周五来讲课，宣传孝道和德治，逢年过节去生活困难和有残疾人的家庭走访慰问，在群众中的影响特别好。

某集团的讲师到李珍的道德讲堂去听课，在课堂上录音录像，被姜老师当场制止住了。姜老师怕他们拿着这些影像资料出去干些不法勾当。从那以儿后，某集团的人就再也没有去听课。

某集团讲课的老师打着培训的旗号，对外宣称李珍传统文化协会的道德讲堂都在其集团旗下。看来听课的人越来越多了，他们就开始用心灵鸡汤、催眠洗脑对听课的群众进行精神控制。

县委宣传部门发现某集团成立的这个“道德讲堂”有问题，于是联合公安部门深入调查了解，调查结果表明该集团涉嫌精神传销，被多部门联合执法，其“道德讲堂”被取缔，并在新闻媒体上曝了光。

这下，不知真相的人们也分不清哪个“道德讲堂”是真是假，原来某集团还对外宣称道德讲堂都是一家，群众以为都是搞精神传销，有很大一部分人不敢来听课了，只有稀稀拉拉几个人坚信李珍的协会是正规的，不是搞精神传销的，每天还坚持来听课。见听课的人越来越少，李珍发了愁，“精神传销”的帽子，在群众中无形地扣在了协会头上，怎么才能摘下来呢？

连续几天，每天都有几个陌生面孔来讲堂听课，这些人坐姿和走路姿势像是受过某种专业训练，并且每个人来只听一节课，第二天来的又是陌生面孔。终于有一天，一位干部模样的人听课后问李珍：“你们和 × 集团是啥关系？”李珍很自信地回答：“没关系，完全是两码事，你慢慢地了解我们吧！”那位干部模样的人笑着说：“我们公安局派人听了一个多月的课，你们确实是正规的道德讲堂。”

李珍没想到公安机关已经介入了这么长时间，这回给李珍的道德讲堂下了结论，媒体也对道德讲堂开始进行宣传报道。

三

在协会帮助解决有青春期问题的孩子中，有个问题最典型的男孩儿。他叫辛超，家在离县城较远的一个村庄，父亲常年在外地打工。他在校外住宿，母亲在家种地，没时间照顾他。

由于在校外住宿，管理得比较松散，辛超早恋了。但女孩一直和他保持距离，不给辛超任何机会。性格内向的辛超禁不起失恋的打击，得了抑郁症。无处倾诉的他经常在宿舍用被子蒙着头偷偷地哭，有时哭着哭着就睡着了。醒来之后，他便呆呆地坐在床上，室友找他出去玩，他既不吱声也不参与。时间一长，大家也就自然而然地疏远了他。每逢周末，他就一个人整天闷在宿舍里，偶尔打打游戏，或是傻呆呆地坐着。

一天下午，一个室友回寝室取书要去班里上晚自习，却发现宿舍的门被人从里面反锁住了，怎么敲门都没人开。这位同学吓得急忙找来房东，房东喊，里面也不开门，房东一着急用锤子敲碎了门上的玻璃。打开门后，人们发现辛超躺在床上，面色苍白，鲜血顺着手指不停地往地上滴。原来他用削铅笔的小刀割腕，要不是被人发现得早，后果不堪设想。房东赶紧打了120急救电话，幸运的是辛超割腕没有伤到主动脉血管，包扎之后就脱离了危险。

这次自残事件发生后，房东怕辛超再出啥事儿，要给他退房租，让他走人。房东找来了辛超的母亲，母亲见儿子没咋地，为了挽回面子，进屋就对他一顿骂，拽着他要回家，还当场给他爸打电话。他爸在电话那头儿对孩子又是一顿训斥。后来室友们一起替他求情，答应共同照顾他，母亲这才放心地回了家。

打那以后，同学们发现辛超的情绪越来越差，每天轮流看着他。有一天，一位同学听说县里的家庭教育志愿者协会帮助治好了很多抑郁的学生，而且全都是免费的，于是他们抱着试试看的心态来到了协会。

那天正赶上李珍值班，她简单了解了辛超的情况后，立马把他领到楼上自己的办公室，一对一地跟他谈心。李珍发现，辛超这孩子两眼发直，应该是患抑郁很长时间了，而且情况比较严重。当看到辛超手里死死地攥着手机时，李珍让他把手机放下，辛超就是紧紧地攥着不放。李珍费了好大的劲，才把他的手指头一根一根地掰开。当问他“姨掰你的手指头疼不疼”时，辛超说：“李姨，手不疼，但我的心疼。”

李珍没有想到，一个十六七岁的孩子，竟能说出“心疼”这样的话！这背后一定有很多原因，于是在进一步交流中她发现，辛超已经基本不去学校上课了。他也不回家，就在外边游荡，这样是很危险的。

李珍给他讲了一名失恋的大学生的故事。这名大学生当时已经对学业和生活彻底绝望了。后来家长找到了协会，姜老师对这名学生进行耐心的心理疏导，开导他说：“你要正确面对感情上的事，不能往死胡同里钻，驱散阴霾看身边的风景，大学以后还会有更好的女孩儿等着你。你自己怎么样都无所谓，你父母含辛茹苦把你养大，他们看见你这样不痛心吗？”在老师的不懈努力下，这个一向执迷不悟的学生终于走出了失恋的阴影，开启了新的生活。

当辛超怯生生地抬起头时，视线正巧和李珍温暖的眼神相碰，他瞬间感觉到了前所未有的“母爱”。尤其又听到姜老师帮助大学生那件事，他对李珍多少有了些信任感。

交流中辛超说出了心里压抑很长时间，一直没人倾听的心事。长这么大，他跟父母从来都没有说过这么多的心里话，在李珍面前毫无顾忌地全都说了出来。辛超边哭边说，听得李珍也直抹眼泪。

李珍发现这孩子的病很严重，于是给他母亲打电话，让她领孩子去治疗抑郁症的专科医院。经过两周的治疗，辛超的病情有了很大的好转。

从此，辛超就经常去协会听家庭教育课，李珍给他讲正确的婚恋观，向他灌输早恋的危害。身边一个个活生生的事例证明，学生时代主业就是学习，以后上了大学、有了工作，那才是谈婚论嫁的阶段。过早地谈恋爱，学校不允许，还会影响学习。通过一段时间的心理疏导，辛超终于解开了心结，走出了早恋的误区，又变回了那个曾经阳光的男孩儿。

他重新拿起了书本，每个周末都如约而至准时来听李珍阿姨的课。在自己的努力下，辛超最终以优异的成绩考上了理想的大学。

协会不仅挽救了辛超，通过辛超还让很多有青春期问题的学生得到了改善和转变。在大学期间，每逢寒暑假回来，辛超必须要去协会看望李珍和其他授课老师们。

通过辛超的转变，李珍发现了一个问题，那就是很多农民工子女，由于缺乏父母的陪伴和管教，青春期出现问题的较多。协会于是调整培训方向，把课堂搬到了农民工工作的工地上，每周末晚上对农民工进行有关家庭教育的宣讲。很多农民工转变了以往的想法，他们总认为孩子吃住在学校，有老师管着就省心了，只要保证孩子兜里有零花钱就行了。经过一段时间的培训后，一些农民工从对孩子不闻不问，开始时不时地跑到学校看孩子，让孩子们感到父母一直都在他们身边，跟孩子沟通也从未缺席过。

四

一晃五年过去了，协会换届需要重新注册，姜老师跑了一圈儿，几家单位都不同意给协会当主管部门。没有主管部门，协会就不能审批。由于上次某集团伪“道德讲堂”造成恶劣影响，各部门都不敢给协会做主管部门。

姜老师耷拉着脑袋回来了，愁眉不展地跟李珍说：“我是实在没有着儿了，能求的、能拜的我都去了，没有一个部门肯给咱们盖章，我看这回协会是干到头儿了，还是解散了吧。”

李珍也没想到，办个志愿服务的协会找个主管部门盖章会这么难。

当过多年单位妇联主席的李珍想起了县妇联。当她跟县妇联主席说明来意后，主席感到很为难，她说妇联是个群团组织，只管理妇联系统内部的事，没有对协会进行管理的职责权限。

李珍灰溜溜地走出了妇联，想想这些年协会从无到有，由小到大，刚刚发展起来，又受到了某集团伪“道德讲堂”的负面影响。她感觉天都要塌下来了：办得红红火火的家庭教育志愿服务协会，怎么连个执照都换不了，正经事儿咋就这么难办呢？

县妇联主席是个热心肠的人，她看着李珍大姐无助地从办公室推门离开时，真想把她叫回来，但没有依据也不能随便乱给盖章啊。于是，主席抱着试试看的想法跟相关部门沟通，没想到对方一听便答应下来。她兴奋地马上给李珍打电话：“李珍大姐，你把协会申报表拿过来吧，我在办公室等你。”

主席让李珍把传统文化协会改为“家庭教育志愿者协会”，这样就符合妇联做主管部门的条件了。家庭教育志愿者协会是妇女联合会直属的社会团体组织，终于获得民政局颁发的社会组织法人登记证书。

当李珍把协会新执照挂到讲堂的墙上时，激动得热泪盈眶。姜老师替李珍感到委屈，心疼地说：“李珍出钱出房，连取暖费都是自掏腰包，免费给居民宣讲，没想到办个执照费这么大的劲，看来有些人不知道我们志愿服务的目的，用怀疑的眼光看我们，还以为我们打着志愿服务的幌子在骗人呢。”

一向乐观的李珍笑呵呵地说：“各位老师，今天我们执照已经到手了，这说明上级是支持我们的，虽然有些人暂时不理解，但我相信真金不怕火炼，我们的志愿服务哪怕能为群众解决一点点的小问题，都是我们心中最大的满足。”

五

那年冬天，县教育局副局长突然来到协会找李珍，心急火燎地说：“附近乡镇中学有个初三男生叫张强，在朋友圈里问县城哪栋楼最高，我们怀疑他有跳楼的倾向。你们能不能帮我们对这名学生进行心理疏导，把这名学生的不良倾向转变过来。”李珍爽快地答应了。

隆冬时节，张强的父亲骑着摩托车驮着他来到协会。李珍看到这父子俩从摩托车上下来，冻得一边搓着手一边跺着脚，特别是张强两个脸蛋儿冻得通红，像熟透了的红苹果，还蛮可爱的。

交谈中，李珍了解到张强出生后十七个月时，妈妈就跟爸爸离婚了。爸爸一人带着他，为了挣钱供他上学，经常去外地打工；在工地打工时，右手不小心还弄掉了一个手指头。张强在学校住宿，每个周末都是在年迈的奶奶家度过的。

在沟通中，张强不敢说话，父亲话里话外都在埋怨他不学习，考试成绩在班级里总是倒数。在协会不到半个小时的工夫，他就接了三次找去喝酒的电话。李珍看他的心思根本没在孩子身上，便跟他说：“大兄弟，你要是有事就先回去忙吧，明天是周六，孩子没有课，就让他在我们协会住一宿，正好听听我们的家风家教课，顺便我再跟他好好聊聊。”

张强的父亲虽然想去喝酒，急得团团转，但来找人家帮解决孩子问题，也没法儿自己先走。听李珍这么一说，终于找到台阶下了，他站起来先说了句客套话，便忙三火四地下了楼，跨上摩托车，一溜烟儿地走了。

李珍耐心地跟张强交流，可是问他啥也不吱声，看得出对李珍很反感。

张强心里打起小算盘，他想：我们刚来，你们就让我爸回去喝酒，看来你们都是一伙儿的。我要是跟你们全都说了，你们还不都汇报给我爸，那以后他再喝醉了，非整死我不可。

李珍见他无动于衷，便给张强讲了自己女儿转变的亲身经历："后来我才知道，我这个当母亲的不够格，一点儿都不了解女儿，还强加给她很多学习任务，最后她承受不了便装病休学。其实，想想是我这个妈不合格……女儿没有勇气跟我当面承认错误，三八节给我买了束康乃馨，花语是'妈妈我错了'！"李珍讲到动情的时候，眼里闪着晶莹的泪花。

张强听了李珍的倾诉，微微地点了点头。李珍见有成效，便尝试着询问他最近有啥想不开的事儿，张强还是用牙紧紧地咬着下嘴唇，一句话都不说。没办法，李珍只好改了路子。

她去附近的超市，给张强买来了牛奶、脆脆肠、饮料等小食品。看来孩子是饿了，狼吞虎咽地吃着。李珍看着很心疼：一个从小就失去了母爱的孩子，还遇上个不负责任的父亲，真是可怜；先把他安顿好，让他好好休息休息，明天再见机行事。

第二天早晨，李珍早早起来就到协会去看张强。怕影响他睡觉，她悄悄地走上了二楼，发现他睡觉的被褥还在床上没整理呢，人却不见了。

李珍一惊，赶紧推开厕所虚掩着的门，里面也没人。通往阳台的门是锁着的，李珍心里的火腾的一下子就蹿了上来。她想：张强能去哪儿呢，都怪我昨晚让他一个人留在屋里，人家校长还安排人看护着呢，要是在我们的协会走失了出了问题，我们可是吃不了得兜着走，要承担全部责任。李珍吓得赶紧给姜老师和爱人邵东打电话，让他们马上过来，好分头儿去找。

姜老师来到协会，看李珍呆呆地坐在沙发上，眼睛直勾勾地瞅着孩子睡过的那堆被褥。邵东接到电话后，着急忙慌跑了过来，上楼推开阳台窗户，看见张强正坐在阳台边。当精神几乎接近崩溃的李珍看到孩子的那一刻，她拧开门锁一个箭步扑上去，一把将张强紧紧地搂在怀里。

原来张强一宿都没睡，他翻来覆去地想：人家给我买吃的，说得还挺有道理，昨晚来听课的人还真不少，说明他们讲的有道理，有人相信。他们要是真能帮我解决我爸的事，那可太好了。

李珍跟张强讲了一上午，他终于开口说话了。他边哭边说："我爸一喝多就往死里打我，你们可千万要替我保密，要是让我爸知道了，非要了我的小命不可。前几天他喝醉了跟我说：'你要是再考不好，哪天就整点儿耗子药，拌饭吃了咱爷儿俩一起上西天，省得遭罪了。'"

张强又说："那考试成绩又不是过山车，想提高也得慢慢来。我吓得都不敢在家吃饭喝水，担心里面下了药。"

李珍答应替他保密。看着孩子身上青一块紫一块的，李珍心疼地掉下了眼泪。她想，这孩子也太可怜了，我们既然接了这个活儿，就必须把孩子保护好，还得把他爸爸教育过来。

经过几个月在讲堂的学习，张强的思想转变得很快，对父亲的怨恨逐渐转变成了感恩。他学习变得很刻苦，情绪也稳定了下来，还顺利考上了高中。

李珍在转变张强思想的同时，也没有忘记他那醉酒后经常家暴孩子的父亲。李珍找他来协会沟通了几次，听了几次课，警告他，他的家暴行为已经涉及法律问题了。他虽然当面答应得很好，可回到家别人一打电话，又犯酒瘾去喝酒了。

李珍在张强的父亲来听课的时候，把经常来听课的一位单身妈妈介绍给他，让他俩认识认识，并从中撮合，两个人相处一段后情投意合，几个月后就领证结婚了。从此，两个人经常一起来听课，李珍派去的这位监督员，改掉了张强父亲酗酒的恶习。这位父亲终于承认了这些年自己的错，惭愧地低下了头。不久，他酒也戒了，生活走向了正轨。

李珍常说："我们都是普通人，没什么特别的本事，能帮一个是一个，帮了一个人就幸福了一家人，改变了一个孩子，就点燃了一个家庭的希望。"

教师节，协会组织学员和老师在广场举办了一台晚会。首先是学生给老师献花，十余名教师首先上台，一排转变过来的青春期问题学生，手捧着康乃馨献给老师。满面春光的李珍接过鲜花，闻了闻，那散发出来的花香味，跟那年三八节女儿送的康乃馨一样沁心入肺……

发表于《青年文学家》2025 年 6 月（上）

随份子

一

拉哈村就坐落在拉哈镇，有个二级火车站，货运站台有个贼抠门的装卸队队长，有时斤斤计较，他的想法古怪，大伙儿都叫他王二嘎。

广发是村里的大支客，又叫捞头忙。他能说会道，人缘好，见谁都是笑模样，高个儿，大长脸。说话嗓门儿大，像村里的大喇叭喊话似的。他热心肠，谁家有个大事小情，只要听说了，自己就找上门去帮忙。

这么多年，赶上谁家办事二嘎就去帮忙，礼份子一分不随，吃完一抹嘴儿就走人。村里除了他自己和会计，没人知道他的大名叫啥。

二嘎总说自己有个形影不离的好哥们儿叫憨憨，遇事得跟憨憨哥讨主意。可连他老婆孩子谁都没见过这个王憨憨。

广发经常调侃八竿子打不着的亲家二嘎，说“你是属貔貅的吧？聚财，会过日子，一分钱都能攥出汗来，天生就是攒钱的命。”

憨憨在那儿拍着手笑，都笑呛了。二嘎狠狠地瞪了他一眼，又好羡慕憨憨：这小子像是特殊材料做的，不怕水淹，不怕烈日暴晒，不吃饭也不饿，贼拉皮实。

二嘎的脾气好，谁说啥也不吱声，就龇着一口大黄牙嘿嘿地笑。

村里最有钱的人叫周华，是做建材生意的。花钱像抽他血似的，卖货从来不抹零去梢，连装卸费都算到骨头缝里，人送外号周扒皮。这些年他腰包最先鼓起来，在村里盖起了一栋很抢眼的二层小楼。

周华家娶儿媳妇，找广发给当捞头忙。

周华在镇中心最高档的酒店预订了十桌酒席，这里办事的前一天招待叫偏席，办事当天叫正席。他家偏席吃了四席，广发跟周华商量："你们家门面大人气旺，在镇里东头一走，西头直颤。听我的，咱定二十席，再机动五席。"周华想订十五席，广发脸红脖子粗地说："到时候客人都到齐了咱上哪儿整菜去啊，你听我的没错！"

周华家把电视台的主持人请来当司仪，那声音太有磁性了，镇里村里的，有很多铁粉，粉丝们都想到婚礼现场见识主持人的风采。

眼瞅着酒店门口的人越来越多，广发乐颠颠地跟周华说："还是我预测的准吧，我让酒店机动的那五席已经下单了。"

儿媳妇娘家的客人还没到，酒店屋里屋外都挤满了人，广发笑呵呵地跟周华说："瞅瞅，你家的人气太旺了！"周华笑得额头皱纹像地上刚起完的垄。

典礼结束后，看热闹的人一下子都散了，娘家客人和老亲少友刚好坐满九席，凉菜已经先上桌了，就等广发一声令下上热菜呢。广发看了眼手表，已经十一点半了，该来随份子的都到了，没来的也不能来了，他皱着眉叹着气，在大厅里来回不停地走。

周华埋怨广发："你非得定这么多席，都白瞎这么好的菜了！"其实，周华是心疼钱，每席菜都是全镇最高档的，这三伏天菜要是上了桌没人吃，很快就馊了。

周华哭丧着个脸，嘴里不停啧啧啧地发出懊悔的声音，他觉得自己面子上挂不住了，空这么多席没人吃，让儿媳妇娘家的客人都得当笑料，这要是传出去了，得把大牙笑掉了。他跟广发商量："赶紧找人来吃席吧。"广发干了这么多年的大支客，还头一回碰到这么尴尬的场面。

广发想：找谁来吃呢？来吃席的都是随份子的，咋好意思找人家来随份子啊？

广发正抓耳挠腮地想不出法子来时，周华挺不住了，他拍了一下广发肩膀说：“你马上找人来吃席，谁来都不用随份子，只要把空席坐满就中。”

广发一拍大腿：对呀！他想起火车站当装卸队队长的亲家王二嘎。他走出嘈杂的大厅，给二嘎打电话说：“周家办事不用随份子，你把装卸队的人都领来吃席，把接火车货物的那几十辆三轮车的司机也都叫来吧。”二嘎听完乐了，天上真掉下馅饼来了，正好狠狠地吃周扒皮一顿，借免费宴席联络一下装卸工兄弟们的感情。

憨憨说：“这么多人去吃席不随份子不好吧？”二嘎说：“这是他们求咱去的，咱是去帮他救场。”

十几分钟光景，装卸工们坐着接站的三轮车陆续到了酒店，广发指挥十人坐一桌。周华看见二嘎他们身上都脏兮兮的，当时眉头就拧起了疙瘩，南瓜脸变成了西葫芦脸。

广发领着新郎新娘和周华夫妇给各桌敬酒答谢时，周华敬完娘家客人和老亲少友，其他桌就不敬了，广发拽着周华的衣袖说：“今天是大喜的日子，敬酒有讲究，宁落一屯，不落一邻。”

敬酒时，周华看见这些装卸工吃得满嘴流油，有的举着羊腿啃肉还直吧唧嘴，他就特意转过脸去。憨憨让二嘎站起来说话。二嘎先自罚了三杯白酒，他端着酒杯说：“周总是咱村最富的户，要是中华人民共和国成立前那就是地主。首先感谢地主的热情邀请，能让我们装卸工来到婚礼现场，更感谢地主准备的丰盛宴席！”这十桌的装卸工听到“地主”两个字就想起了周扒皮，都不由自主地哈哈大笑起来。周华的脸立马变成“晴转多云”了。

敬完酒，周华凑近广发小声说：“你咋把二嘎他们找来了呢？我最膈应这帮家伙了，前段时间卸车时赶上了暴雨，二嘎他们别我相眼，损失了好几十吨水泥！”广发咂巴两下嘴，没吱声。

二

广发家娶儿媳妇，来祝贺的人自然不少。办事的头一天，二嘎就来了，他逗广发："谁家办事你都跑前跑后的，今天你家办事我给当捞头忙的吧。"

广发笑着说："正好！都说自己的刀削不了自己的把，我家的捞头忙非你莫属了！"

广发家正式招待那天，二嘎特卖力气，村里人管随份子叫"押宝"，二嘎在各桌前来回喊："还没押宝的抓紧啊，马上开席喽！"周华来随份子，他当着大伙儿的面逗二嘎："你让大伙儿押宝，你押完宝了吗？"轰的一声大伙儿都笑了，其实都在笑话二嘎吃席不随份子。

大伙儿以为二嘎当时得跟周华急眼，都等着看他俩相互掐斗的热闹。

这时，憨憨告诫二嘎："要稳住，不能骂人说脏话。"二嘎笑呵呵地说："周总，不，是周地主！我去谁家都不随份子，吃席是去捧个人场。你家办事那天，找我领着一百多号兄弟去给你捧人场，你家那扒肘子和烤羊腿是真香啊！"

广发怕二嘎把周华给整得下不来台，急忙过去打圆场。他捅了一下二嘎说："古人说'来而不往非礼也'，办事就讲究个礼尚往来，人多热闹，那才有面子。都说'人活一张脸，树活一层皮'嘛。亲家，你是'土鳖一装，财宝不受伤'啊。"

憨憨让二嘎跟广发当场翻肠子。二嘎说："周地主家办事，你求我领人去吃席的时候，你咋不让随份子呢？我家以后有事不操办，也不收礼。这几年物价没怎么涨，随份子的钱却像坐火箭似的涨疯，从几十到几百元，关系好的甚至上千。屯子里剩下的大都是老年人，在一个屯里住着，低头不见抬头见的，谁家办事通知了，本来收入就不多，还得打肿脸充胖子，硬着头皮去随份子。"

广发想：都说二嘎抠，不过刚才他唠的那几句嗑，多少也有点儿道理，这年头儿随份礼出手就五百，很多人一年到头也舍不得给生养他们的父母拿五百。

其实，广发也有苦衷，他给谁家当捞头忙，自然都得多随些份子钱。儿子娶媳妇时广发看礼账上，周华随了五百元，周华家办事他随一千呢。怪不得人家叫他周扒皮，这家伙是因为我把二嘎找去白吃席那事始终对我有股气啊。广发心想。

三

广发仔细瞧了瞧礼账，还有几十家办事儿，他都随了五百元，这次都通知了，人没来，账上也没有份子钱。

广发看着礼账跟媳妇抱怨："村里来而不往的人咋越来越多了呢？随份子这玩意儿还能当账要吗？"

广发的媳妇是村里有名的三辣子，有口无心，特泼辣。她拿过礼账一看，她的远房表妹也没来随份子，抬屁股下炕就要去找，让广发给拦住了。

三辣子越想越生气，趁广发被请出去喝酒的当，她气呼呼地去了表妹家，表妹一家人正在吃晚饭，让她上桌吃口，她没好气儿地说："哼！我不吃，都气饱了！"

表妹以为她跟广发闹别扭了，放下碗筷就要去找广发算账。三辣子不是好声地说："我是来找你的，跟你姐夫没关系。上次你家老爷子过七十大寿，我家随了礼，我家你外甥结婚，你们怎么没去呢？"

表妹满脸通红地说："都怪我啊，姐，是我给忙乎忘了。"三辣子却不依不饶的，把这些年帮她家的事，七百年谷子八百年糠的都搬了出来。表妹给磨叨得急眼了，嘴里喷着唾沫星子说："姐，我是没随你家的礼，可你也不能上我家来要啊！我还从来没见过上门要随份子钱的呢！"

三辣子被妹夫给推出了屋，气得站在表妹家院里开骂了："你们不养老人，还借老人过生日操办收份子钱，有你们这样当儿女的吗？你家属草爬子的，光吃不拉，就过死门子吧？"

表妹家跟二嘎是邻居，二嘎听见有人骂大街，就出来看热闹，见是三辣子，就赶紧跑过去，把她拽走了。

这时，憨憨让二嘎用自己的现身说法把三辣子劝回去。二嘎不紧不慢地说：“大嫂，你别跟他们生气了，随不随份子有啥的，谁家办事我都去吃席，还一分钱不随呢。人家没去你还少搭顿饭，是好事。你可别生气了，万一要是气出点儿病灾的，遭罪还搭钱！”

三辣子使劲拍了几下胸，缓上来口气说：“老弟，你跟他们可不一样。他们欠我的太多了，收钱时都乐了，我家办事她却躲了，真不讲究！”

二嘎追着问：“我也是你兄弟，你家办事我也没随份子，你咋没上我家来骂我呢？咱们都在一个村里住着，随不随份子能咋的？要我看，今天你随我，明天我随你的有啥意思？其实，最终钱都让包办酒席的给赚走了。”二嘎又说：“大嫂，你家办事没来随份子的也不是就她一家，现在挺多人都厌烦随份子，为啥有人没随份子，过后见面也不去补礼呢？大伙儿都不在乎了，说明它不重要了，千万别拿随份子当回事儿了。再说了，现在都是笑话你上门找的，可没人笑话不随份子的。”

三辣子不吱声了，她觉得二嘎说的似乎也有些道理，回到家气也就消了。

四

周华家新开了一家超市要待客，来找广发给当捞头忙。广发本来不想去，可他长了一脸抹不开的肉，在周华的软磨硬泡下，勉强答应了。

三辣子听说广发还要给周华家捞忙，坐在炕上颠着屁股骂，骂完周华骂广发，嘴角泛起了白沫子。

其实，广发心里挺不舒服，本来不想去帮周华家捞忙了，可村里就他一个人会捞忙，家家有事都找他，没法儿拒绝。三辣子虽然不同意，但牙对牙、口对口地都答应人家周华了，也不能干那作蜡的事啊。

还没到周华家招待的日子，广发的兜就被三辣子翻了个底儿朝天，一分钱都没给他留，还天天坐在炕上骂周华抠，心眼儿都没那芝麻大，尽往自己家里算计，越有钱越抠。

周华家招待的日子临近了，这可愁坏了广发。他犯愁的是他家这次事的礼咋随：你要是随五百吧，人家上次事自己还随了一千，要是随一千呢，自己家有事他才随五百。

周华家招待那天，广发跟邻居借了五百揣在兜里要随份子。帮捞忙时，他想找个周华不在场的机会，去写礼账，可周华始终在礼账跟前转悠，来人写礼账时，他还用眼角的余光往礼账那瞟。

广发想，我帮人家张罗，左一遍又一遍地提示大伙儿来押宝，自己要是随少了，写礼账的人都得笑话我。

广发一狠心，又找人借了五百，这回才大大方方地走到账桌前，抬头看见周华的目光，正盯着写礼账人的手呢，两个人的目光在空中相遇，不约而同地笑了。周华笑着点头道谢，广发是皮笑肉不笑，心里比小刀割嗓子还疼。

广发想：我这是死要面子活受罪，三辣子要是知道了，又得骂上几天。随份子当时是挺有面子的，这钱也是真遭罪啊。

五

村里五保户王强是三辣子的表叔，在家里突发脑出血，被邻居发现后拨打了 120 急救。在车上，三辣子心疼地抱着表叔的脑袋，哭得撕心裂肺。到医院后表叔被送进了重症监护室。他无儿无女，村委会帮着筹集医药费，村干部找广发让他帮忙张罗。本来村里号召大伙儿都捐点儿，多少不限，结果除了村干部，广发在村里走了一圈儿，凑不到五千，都不够住院的押金钱，急得村干部直转磨磨，救人要紧，只好回家取钱，给垫了医药费。

临近年底，村里办事的接上溜儿了，操办啥事都收礼。村委会按照社会工作部门的要求，及时发出倡议书，倡导红白事要简办，余事不办，开会通过后写入了村规民约。

村干部跟广发说：“经过村民代表大会选举，你被选为咱们村的首任红白理事会会长。”广发不停地摇着头说：“我早就听说了，家家有事都操办，随份子都习惯了，我可管不了，那得罪人的活儿我可干不了，你还是另请高明吧。”

村干部说：“这是大伙儿选的，你是党员，得服从组织安排啊，谁家捞头忙你都去，村委会的忙你咋能不捞呢？”广发苦笑着没法儿再推辞了，答应了，但说只能挂个名。

村干部还没走，三辣子就开喊了：“俺不管你当不当啥会长，天王老子来了，我也得把孙子的满月酒招待完，把俺家随出去的礼钱收回来。这些年广发要脸，谁家办事都去帮忙，份子随的还大，俺家都赔进去多少钱了？”

村干部灰头土脸地从广发家出来，路上正好碰见了二嘎，就问二嘎想不想当红白理事会会长，二嘎摆手示意不当。他问村干部：“广发不是刚选上吗？”

村干部唉声叹气地说：“他不愿意干啊。”二嘎拍着胸脯说：“让我当个红白理事会成员还行，会长还得广发来当。我俩是亲家，啥话我俩都能说，你要是给我发个五百的红包，保你能把这事办成。”

村干部说：“你小子二嘎的名字是没白叫，干啥都不吃亏啊。”说着就给二嘎转了红包，二嘎那是秒收啊。

二嘎去市场买了几条露刺的鱼炖上了，装了二斤散装白酒，给广发打电话让他来喝酒。接到二嘎请客的电话，广发简直不敢相信自己的耳朵，又问了一遍，这才确认请客是真的。广发想：从来就吃别人，不请客的人，能请我，我去了得多吃菜猛喝酒，让二嘎破费点儿。

广发盘腿坐在炕桌旁，二嘎子先把酒给倒上了。上来了一盘煎鸡蛋饼，广发伸筷子一搛，这煎鸡蛋跟纸一样薄。他想：不怪叫二嘎，这是真抠啊。

大半杯酒下肚，广发的脸由白变红，话也多了。他跟二嘎倾诉三辣子的暴脾气，自己整天帮东家忙西家的，把家里的活计都耽误了，觉得这么干没啥意思。

喝酒前憨憨就给二嘎上了课，得让广发放下思想包袱，开动那台生了锈的机器。

二嘎喝了一小口酒说：“亲家，今天就咱俩，没外人，你说句心里话，随份子到底有没有用？”

“其实这两年经历的事，也让我对随份子有些厌烦了，其实随和不随没啥区别，但碍于面子没着儿啊。”

这时，憨憨扒着二嘎的耳朵说：“广发思想有些松动了，用你自己的例子和身边的事再劝劝他。千万记住少喝酒，要是喝断片儿了，那这顿酒就白请了。”

“亲家，我这么多年一份礼没随过，跟你们比少了啥吗？就是少搭了随份子的冤枉钱。”

“二亲家，大家要是都像你这样就好整了，其实这段时间我仔细琢磨过了，你二嘎还嘎对了，我们随份子要面子，自己遭罪自己知道。”

憨憨又扒着二嘎的耳朵说：“让广发自己打个样，发挥带头作用。”

二嘎跟广发碰了下酒杯，广发刚要干杯被二嘎拦住了。

“亲家，你既然当了这个红白理事会的会长，就得把活儿扛起来，自己先打个样，大家就都跟着了。对了，你们党员不带头，我们普通老百姓咋整啊？不都说‘村看村，户看户，群众看你们党员干部’吗？”

“我也不是村干部啊，家家户户办事都随份子，从谁家开始办事不收礼了，那多亏啊，谁能愿意起这个头儿呢？”

“亲家，其实现在大伙儿都被随份子钱架在火上烤呢，不论哪家办事如果通知了一百人，能来七十就不错了，为啥人来得越来越少，不来随份子的人越来越多了呢？”

“咱们村有几家办事找我去给捞忙，人基本都通知到了，结果办事那天没去多少人，收的份子钱还不够操办的费用呢，整赔了。有很多人通知了一百人，能有三分之二的人去随份子就算不错的了。”

二嘎借机向广发渗透：“既然大家在随份子的事上都在硬挺着，在充面子，莫不如尽早捅破这层窗户纸，正好上面还提倡移风易俗，又给你封了这个会长的官。”

憨憨又给二嘎吹风："这时候你得给他唱赞歌，把他忽悠瘸喽。"

二嘎又说："你们亲戚王强的命，要是没有村干部，早就烧头七了。有时候亲属也指不上啊，所以啥事都得有人带头儿领着干。"

这时，广发高高昂着的头低下了，他揉了揉发红的眼睛，长长地叹了一口气。

"你这全村大捞头忙，谁家办事时只要你喊一嗓子，在场的人谁不听你指挥呀！就是他村干部，在办事那场面说话也没有你好使啊！亲家，咱村我最佩服的就是你，移风易俗这事村干部他都整不了，除了亲家你，再找不出第二个人来。你要是能把咱村随份子钱这事整明白了，就再也没人叫我二嘎了，也算帮我正正名声，你自己也减轻了经济负担，这不是一举多得吗。"

二嘎给广发竖起了大拇指，广发嘿嘿地笑了，两人咔地撞了下酒杯，扬起脖一饮而尽。

二嘎请广发喝的这顿酒，广发没喝醉，却喝醒了。

六

广发家提前通知，星期天操办孙子的满月酒。

村干部来找广发，劝他别操办了："你是会长咋还能顶风上呢？"还没等广发说话，三辣子接着话茬儿说："你当村干部的，去年你家孩子结婚不是也操办了，没少收礼钱吧？咋的，只许你们当官的满山放火，不让我们老百姓点灯活着啊？爱咋咋地，大孙子的满月酒我是办定了。"

三辣子把村干部造得满脸通红，正好来个电话，他边接电话边气呼呼地走了。村干部边走边想：三辣子真是辣味儿十足啊，广发这些年跟她是咋过来的呢？二嘎这家伙真不靠谱，白瞎了我给他发的红包了。

广发家招待的那天，正赶上重阳节，在院里支起了大棚，摆放好了桌凳，亲朋好友和老邻居们都来了。

二嘎给当捞头忙，大伙儿写完礼账就入席，等着上菜喝酒。三辣子看见二嘎走到礼账桌前，掏出一沓百元大钞，点了五张写了一份礼，又点五张写了另一份礼。三辣子想：二嘎随份子，真是猪八戒吃人参果——头一回见着啊，今天太阳怎么还打西边出来了呢？

二嘎前脚离开账桌，三辣子赶紧过去看礼账，却没看见二嘎的名字。写礼账的人告诉她，二嘎给村干部和王憨憨代写的礼。她问了好几个人，都说不认识王憨憨，广发说他也不认识这人。

开席前，二嘎打电话，让村干部上广发家来一趟，村干部生气地说："有事过不去。"二嘎神秘地告诉村干部："听说五保户王强没钱治病，在医院点蒸馏水糊弄着等死呢，有人正要把这事往短视频网站上发呢。"

村干部着急了，告诉二嘎他马上就到。

村干部来到现场，告诉大伙儿王强已经醒了，眼睛都能睁开了，可还没有脱离危险。虽然目前没有了医药费，村委会正在积极筹款，希望父老乡亲们再一次伸出援助之手献爱心，把在生死线上的王强拉回来。

开席前，广发站起来说："首先感谢各位父老乡亲来捧场，今天我家共收了四万六千块礼钱，我们两口子决定把这些钱都给五保户王强治病用。"广发把装钱的兜子和礼账一起交到了村干部手里。

三辣子板着脸过去扯了一下广发的衣角，都快扯偏襟了也没挡住他说话。

广发又说："我家早就想招待大伙儿吃顿饭，今天借着孙子满月的由头，完成了这个心愿。打今天起，咱们村的红白事简办，余事不操办，谁家要是有个大事小情的，都到我们红白理事会来申报，我们帮你研究，定下来了，该咋办就咋办。今天请大伙儿吃顿韭菜鸡蛋馅的团圆饺子，祝福我们大家幸福长长久久。其实啊，我转变大操大办的观念，得感谢我的亲家王二嘎。我一直笑话他太抠门，不随份子没有人情味儿，实践证明，他抠的还抠正当了，抠得手有余香！"

憨憨让二嘎，赶紧从广发手里抢过麦克风，二嘎说："广发你小子也太坏了，以后我还上哪儿蹭席吃去呀！"

二嘎像捞头忙那样拉长声喊："后厨，上……饺……子！"

开席了，香喷喷的饺子端了上来，三辣子的脸也“由阴转晴”了，她龇牙笑着凑到广发跟前，广发抬头吓得一激灵，幸好单膝跪地才没有卡倒。三辣子幽默地说：“广发，这么大的事咋不提前跟俺商量呢，拿这钱去救俺表叔的命，你都当众给俺跪下了，俺还能不同意吗！”

大棚里传出一阵阵欢声笑语……

发表于《青年文学家》2025 年 3 月（下）

铁公鸡

一

小铁跟三牛在拉哈村同一个院子里长大，从小学到初中都是同班同桌。

上初二那年夏天，天闷热得让人透不过气来，中午放了学，小铁跟几个同学打赌，吃冰棍儿，十分钟之内谁吃的数量最少谁买单。天虽然热，但冰棍儿是杠杠硬，不是两口就能吃下的，他吃完第三根，嘴都冰木了，眼瞅着三牛面前都摆了四根冰棍儿杆了，卖冰棍儿的提示还有半分钟就到点儿了，可他兜里根本没钱，想白吃。三牛又拿起一根冰棍儿，一口咬掉一小半，瞅着他笑。他突然哎呀地捂着肚子喊，气哄哄地质问："你这是啥冰棍儿啊，吃完肚子像拧麻花般的疼，是奶粉过期了吧？"

卖冰棍儿的皱起了眉头心想，卖了好几年冰棍儿，怎么第一次碰到这种事呢？

"不行，我都快要憋不住了，要拉裤兜子里了。"

"那你还不赶紧上厕所！"

小铁捂着肚子，猫着腰往厕所跑去。怎么等也不见他回来，卖冰棍儿的不让三牛和那两位同学走了。三牛本来是赢家不用付钱，结果还是他买了单。打那以后，没人叫小铁了，铁公鸡的名字就被叫开了。

一晃高中毕业了，铁公鸡跟三牛都没考上大学，回家种了地。

铁公鸡家种了很多稻田，他人能吃苦，别人家烟囱还没冒烟，他人已经到地里干了一阵子活儿。晌午，别人都回家吃饭睡觉，他带着白面馒头和咸菜，填饱肚子接着干。

开春时，铁公鸡买了捆鲜嫩的小葱，他舍不得扔掉葱胡子，带着葱胡子洗洗就吃了。三牛去他家借东西，正赶上他家吃饭，看见他们吃葱胡子，感到很稀奇，葱胡子的故事儿在村里就传开了。

秋天，别人家打个几十袋稻子，铁公鸡家打了几百袋，成了村里的万元户。铁公鸡他爹干活儿累得驼了背，经常背着手走道。

铁公鸡家每年大年初一早晨，是全村第一家吃早饭的。他家叫抢先，寓意是新的一年全村第一。

年三十家家都睡得晚，初一早晨自然起来就晚，村里人都把初一早晨晚起叫等福。

大年初一，老铁家人凌晨四点钟就起来包饺子。饺子刚下锅，铁公鸡就去放炮仗，先来几个双响开幕，接着就是大神炮，那神炮一响震得房屋山墙直忽闪，然后是一挂带震的十响一咕咚。他家这通操作，把全村的人都震醒了，嘴里不停地叨叨，可大过年的，还不能抱怨和说脏话，嘴上不说，心里憋着一股子气。

等日出三竿了，家家都起来做饭，三牛蹑手蹑脚地去铁公鸡家窗下打探。窗帘拉得严丝合缝的，只听见此起彼伏的呼噜声，原来他家吃完早饭又接着睡了。三牛想，这大过年的起早折腾一通，搅得全屯子人都睡不好，图个啥呢？

村股份经济合作社理事长老范，从治保主任干起，已经当了几十年的村干部。村里谁家有啥情况他都了如指掌，谁家三代以内的情况，包括每个人的性格特点，他也都了如指掌。

他就看不上铁公鸡。大伙儿闲聊时，他常说："老铁家是挣了俩钱，可那也差点儿没累折腰弦子，抠得连葱胡子都舍不得扔，一分钱都舍不得花，属草爬子的，光吃不拉。谁家姑娘要是嫁给他家，吃不着穿不着，不累死也得扒层皮下来，那可是倒了八辈子血霉。”

二

铁公鸡他爹老铁，说话贼拉难听，村里人都说老铁说话，那是顶风听都能臭出二里地。可铁公鸡却一点儿也不像他爹，说话嘴特别甜，像抹了刚酿的椴树蜂蜜，让人心里暖暖的，都夸这孩子比他爹强百倍，将来能有出息。

老范的大闺女叫范萌，比铁公鸡小三岁。这孩子老实本分，在饮料厂当保管员。

快过年了，铁公鸡开四轮车去买饮料，开了两箱，范萌看票子上连笔写的是二十箱，就帮铁公鸡往车斗上搬。装完两箱铁公鸡急忙摆手说够了，范萌笑呵呵地说：“那十八箱都给你存着，以后有时间再来取。”铁公鸡说：“就开了两箱。”范萌细看了一眼票子说：“现在像你这样的好心人太少了，付个货还差点没把这个月的工资给搭上。”

从此，范萌瞅铁公鸡越瞅越顺眼，经常出去和他唠嗑，慢慢地两个人有了感情。

老范知道后，跟闺女生气了，喝了点酒就开骂：“你要是想找婆家，也不能找老铁家那样的啊，种地像使唤牲口似的使唤人，早晚得累出病来。我看你找个上班的，月月有工资，那多好。”

范萌说：“我看铁公鸡人不错，起早贪黑种地，能挣钱，过日子还挺紧手的。”老范啪的把酒杯摔到地上，指着范萌问：“铁公鸡那小子个儿不高，长得猴头八相的，都说黄鼠狼下豆杵子，一辈不如一辈，别影响下一代人。”

范萌抽抽搭搭地哭得很伤心，老范却始终没有松口。范萌气得胰腺炎犯了，在家打点滴，打了一个多月。

不久，村里有人传言说范萌跟铁公鸡处对象，怀孕后流产了。这可愁坏了老范，外面传得风言风语，唾沫星子也能淹死个人，是谁造的谣呢？这下，闺女的对象可不好找了。

没几天，三牛托人上老范家说媒，老范倒是很看重对方，不论长相还是个头儿，三牛都比铁公鸡强啊。老范做了一阵子闺女的思想工作，三牛主动来串门唠嗑。老范经常夸三牛，说三牛长得帅气，家庭条件还挺好的。揉扯了一段时间，日久生情，范萌也就同意了，收了订婚彩礼，转过年就结了婚。

范萌结婚给铁公鸡闪了一下，他跟三牛还是邻居，低头不见抬头见的，挺尴尬。三牛倒是挺美的，整天以理事长的姑爷自居，到哪儿都会投来一片羡慕的目光，说啥都是赞扬声一片。

三

乡里给了村里一个发展年轻党员的名额，只有三牛跟铁公鸡符合条件，老范把他俩都作为储备人选。村党支部的组织委员程实是铁公鸡老爹的多年好友，村里开会后，程实把这个好消息告诉了铁公鸡："大伙儿说你科技种田懂技术，谁家的庄稼得了啥毛病，只要你看到了就会主动找上门，告诉用啥药防治。大伙儿都看好你是个好苗子，这次是非你莫属。"

铁公鸡只为了多种地多赚钱，虽然高中时写了入党申请书，成了学校的入党积极分子，但回村后他只顾研究科技种田了。

过了段时间，程实跟铁公鸡他爸喝酒，无意中说出这两天帮三牛整理入党材料呢，入党人选初步定为三牛了。铁公鸡原来对这事根本没放在心上，当听说自己没入上党，而三牛却入上党了，心里突然有种失落感，感觉心里空落落的。

他回家路过村委会，顺脚进去看看有没有邮件，正赶上村股份经济合作社开会，他推开门就进了会议室，借着刚喝酒后的酒劲儿大吵大嚷地喊："老范，你把自己的姑爷三牛发展成党员，等着接你的班，拉哈村都成某些人自己家的天下了。"

"三牛发展党员是按程序办理的，你要是有异议可以向上级反映，但不能妨碍我们开会。要是影响我们办公，那你可吃不了得兜着走。"

铁公鸡发泄完，踉踉跄跄地转身要回家，被老范给叫住了。

“你先别走，到我办公室喝点儿水，先醒醒酒，我开完会接待你。”

老范当了多年的理事长，应对酒蒙子还是有经验的。他让看屋的赶紧给镇派出所打电话报案，说有人在村里闹，妨碍办公。

他草草地开完会，让治保主任和他一起接待铁公鸡。程实跑过去拽铁公鸡，让他赶紧回家。铁公鸡借着酒劲儿喊：“等老范给我个说法再回去，不给说法，今天我就不走了。”治保主任把程实推出了办公室，啪的一声门从里面锁上了。

程实站在门口没走，等着铁公鸡，听见屋里争吵了几句，就传出摔暖壶和茶杯的声音，之后传出叽里咕噜的声音，程实使劲敲门也没人给开。

过了一会儿，屋里没动静了，门这才打开。程实冲了进去，看见铁公鸡鼻青脸肿的，蹲在地上，双手揉着眼睛，像只无助的羔羊。程实要把他扶走，被老范给叫住了。老范说：“他把办公室砸了个稀烂，等派出所来人了，看看咋处理吧。”

没几分钟，警车响着警笛进了院，三名警察刚下车，老范就跑到门口去点头哈腰地迎接。警察去老范的办公室拍照，又找来几名村干部做了笔录。临走时让铁公鸡上警车，铁公鸡说：“警察同志，你们抓错人了。”

警察说：“让你去配合调查，你放心，涉案的一个也跑不了！”

警车走后，程实去找老铁一起去求老范。老范气得呼呼直喘粗气，他说：“把摔坏的办公用品赔了，我在村里也好说啊。铁公鸡这回闹大了，放人这事我怕派出所不同意啊。”

老铁在家等了一宿也没接到信儿，天刚亮，老铁就去找老范，老范点头示意让他去接。老铁跟程实骑着自行车一顿猛蹬，到派出所一问，都说不知道这事。他俩骑自行车又回拉哈村找老范，他这才去村部给派出所打了个电话，等吃完中午饭了，才把铁公鸡放了出来。

铁公鸡酒早醒了，脸肿得像猪肝，眼睛都睁不开了。他嫌丢人不敢回家，非得去镇医院住两天院，等脸和眼睛消肿了才肯回去。

四

有一次铁公鸡家死了一只羊，他把从羊肠肚中清理出的粪便倒在三牛家大门口，他想象着三牛晚上黑灯瞎火回来时踩个正着，可那天三牛玩儿完扑克牌是从后面小门回来的。睡觉前范萌去锁大门，踩了一脚屎她还以为是踩泥坑里了呢，进屋一看恶心得差点儿吐了。三牛心里明镜似的，知道是铁公鸡干的，可没有证据，又不能骂大街，心里一直憋着气。

三牛当上了村民代表，村里有个大事小情的，都得村民代表举手才能通过。

村里要把西山的土卖给油田修井台铺路，这涉及铁公鸡他们几十家的地，其他户都签了调换土地的协议。只有铁公鸡不同意，村里答应占他一亩地给补偿两亩，铁公鸡仍然不同意，他心里始终别着那股劲。

村民代表大会上，三牛建议："反正铁公鸡家的地靠边，就把他家的地留下，也就多留条道，占不了多大的地方。也不能因为他这一条鱼腥了全村这锅汤啊。"

这边刚开工拉土，铁公鸡就去乡里上访，可村里还是照样取土。村里的答复意见是县里已经审批了，村里也开了村民代表大会，都是依法依规办的。铁公鸡始终不同意，在答复意见上始终没有签字。

铁公鸡去县城一家律师事务所咨询，律师说："既然人家手里有批件，程序合规合法，你再告属于无理取闹，要受法律制裁的。建议你跟村里商量换一下地吧。"

铁公鸡回村里要求换地，老范直摇头说："现在晚喽，村里理事会股东们都表决通过了，我当理事长的也不能出尔反尔，凌驾于股东之上啊。"

老范指着取土的批件说："你好好瞅瞅，这块都批完了，该缴的费用都缴了，取这块的土啥毛病没有，你该上哪儿告就去告呗！"

铁公鸡上访这段时间，学了些法律法规。有一天他翻开《中华人民共和国村民委员会组织法》，找到了村民代表的产生办法这部分内容。他突然眼前一亮：对呀，我跟三牛是邻居，这小子啥时候选的村民代表，我怎么不知道呢？

铁公鸡这回没有去告状，而是去找程实商量。程实听完笑了，他说："二弟，凭这个你也告不倒老范，你仔细想想，村民代表绝大多数都是老范的亲属，你就消停吧，别告了。"

从程实家出来，铁公鸡觉得程实说的也有点儿道理。

程实把村民代表的事单独跟老范说了，想让老范退一步把铁公鸡的地给调了。没想到老范听完就急眼了，大声吵嚷地说："咱们村的村民代表，都是八月节的西瓜，个顶个管打管敲的。让他爱上哪儿告就去哪儿告，我不怕告。"程实只得灰溜溜地从老范家里出来。

老范静下来仔细想了想：铁公鸡这小子能琢磨，把七百辈的谷子八百辈的糠都整出来了，看来这小子是不找点儿事不死心啊，这个梁子是跟他结下了。经验丰富的老范突然眼前一亮，冷不丁想出个新道道来。

过了几天，听说镇纪委来调查村民代表作假的事，铁公鸡想，这天上还能掉馅饼吗？我还没告这事呢，没承想纪委主动找上门来办案。

几个月后，程实反馈：村里股份经济合作社理事长老范和村委会孙主任都受到撤职处分。

晚上，孙主任来找铁公鸡，质问他："咱俩往日无冤，近日无仇的，你为啥告我呢？"

铁公鸡委屈地说："我是想告老范，可我跟程实一说，程实不让告，我就没去告，这事根本不是我告的。"

孙主任也觉得这事挺蹊跷：为啥三牛还自己主动承认他的村民代表不是选的呢？孙主任一拍脑门儿突然醒过味儿来了，他说："看来是老范布的局，把他自己告下来，村里我是法人，所有的材料都是我签的字，我是自然跑不掉的。老范即使不受处分，年底换届也得从村里股份经济合作社理事长的岗位上退下来，我是顺理成章接他的班，这样一来，我身上背着处分，换届时不能参选理事长了，让他姑爷三牛锻炼一段时间，换届时顺理成章接任理事长。老范这是一石二鸟啊！”

五

年底，村里开始张罗股份经济合作社换届，老范虽然从岗位上下来了，可他的群众基础很瓷实，经常跟大伙儿唠嗑，虽然跟大伙儿连三牛一个字都没提过，但大家都心知肚明。

老范的活动触动了孙主任敏感的神经，他绞尽脑汁研究，如何破解老范精心布下的局。

推荐村里股份经济合作社成员候选人那天，让老范没想到的是，很多家在外地从来不回来的村民都提前回来参加推选，老范在村里碰见一个，就嘘寒问暖握住他们的手不愿撒开。

首先进行推选的是股份经济合作社成员代表，每十到十五户推选出一名代表。股份经济合作社成员代表选出来后，村里召开村股份经济合作社成员代表大会，推选出五名理事会成员。

计票结果公布时，老范票数最多，他站起来跟大家拱手示意答谢。之后是孙主任，然后是三牛，再后面是程实和村治保主任。老范笑呵呵地说：“咱们村选得挺集中，这次换届选举很成功。”

候选人名单报镇里审核时，老范跟三牛是姻亲，只能留下来一个人，老范主动退出候选人竞选，结果把第六名的铁公鸡给扩进来了。铁公鸡却对谁当理事会成员压根儿不感兴趣。

老范想：铁公鸡这样的人怎么能选上理事会的候选人呢？他既然有这么多票，说明背后有推手。他自己都不想干，那他就是别人手中摆弄的一枚棋子。不过还好，该选上的人基本都选上了，下一步三牛当选理事长应该手拿把掐了。

理事会成员选理事长、监事长之前，孙主任又提出单独画票，老范说：“就五个人还整那么多说道，画一下得了。”孙主任坚决反对，把村选举委员会的人找来现场监督，一人一票单独画票。汇总后大伙儿眼睛瞪得溜圆，死死地盯着黑板开始计票。黑板上第一票是三牛的，第二票还是三牛的，这时，老范点着了烟，吧嗒抽了一口说：“继续念！”

接下来是铁公鸡两票，老范回头瞅了眼程实说：“除了铁公鸡自己还能有谁选他啊。”

最后一票是程实，最后结果是三牛跟铁公鸡都是两票，不论谁再多一票就可顺利当选理事长。

老范灵机一动，站起来说：“我提议重新选举！”说完老范把程实找出去单独谈话，借此机会孙主任把铁公鸡拽到旁边，扒着耳朵小声说：“你小子是真虎啊，不选你自己，选程实他那一票有啥用吗？”铁公鸡理直气壮地说：“压根儿我就是跟三牛斗气，我可当不了理事长！”孙主任示意他小点儿声，别让三牛听见了。孙主任给铁公鸡下了死命令：“下次投票你必须选自己，不然我就选三牛，让三牛当理事长！”铁公鸡无奈地点了点头。

接着老范又把孙主任找出去单独谈话，谈完回来才开始第二轮投票。

重新投票后计票时，第一票选的是铁公鸡，老范想：你小子这轮也就自己选自己这一票，再多一票都没有了。接着三牛得了两票，老范回头冲孙主任和程实笑着点了点头，孙主任的脸紧绷绷的，宛如铁板。

接下来铁公鸡得了一票，老范皱着眉，回头看了看，脸上严肃的一点儿表情都没有了。

最后一票还是铁公鸡，当主持人宣布铁公鸡当选理事长、三牛当选监事长时，连铁公鸡他爹老铁都不相信：就这么稀里糊涂地当上了理事长？全村人也不相信，有人说：“这家伙怎么能当选理事长呢？”

镇党委副书记找新当选的理事长铁公鸡谈话，铁公鸡啥也说不出来，感到镇党委给他的压力很大，想辞职不干。但转念一想：不行啊，我辞职了就得三牛干。说什么也不能让他来干，我可得好好干。程实和孙主任帮他出主意想办法，工作了一段时间后，多少还有了点儿思路和想法。

六

铁公鸡在网上看到邻省的合作社真正实现了富村富民。他开车拉上几位股民代表去邻省实地学习考察。在考察中他发现，人家已经走在了前面，合作社不仅村民年年有分红，村集体有收入，还能解决了排涝、防汛、修路、环境整治等公益性支出问题。

铁公鸡认准的事，抄起来就要干。他们首先制订了方案，召开了股东代表大会，通过后开始土地流转。

铁公鸡本以为会也开了，在村里的常住人口都征求完了意见，大家都同意这个一举两得的做法。但进入实质性土地流转的时候，很多人又开始犹豫了，嫌土地价格低，产量低的地也要卖高价格。

铁公鸡借鉴外地土地流转方面的成功经验，通过股东代表去做农户的思想工作。绝大多数村民都同意把自家土地流转给合作社。最后，只剩下老范的弟弟和三牛哥哥家不同意自家土地流转，都说家属不同意，得慢慢做家属的思想工作。

孙主任抱怨："他们两个是因为三牛没选上理事长有意见，故意推横车，这工作是没法儿做了，俗话说劝皮劝不了瓤，你说出大天来他们也不会同意。"

开春了，节气不等人，如果他们两家不同意，土地不能连片经营，还得把各家各户已经流转的土地给退回去。

铁公鸡想来想去也想不出解决办法，二月二那天下午，他拎着几盒礼品和两瓶老酒去了老范家。

老范正要吃饭，三牛一家三口也在他家。老范没想到铁公鸡能来看他，惊讶的面孔马上转成了笑脸说："你这当理事长的怎么能给我买东西呢？我们应去看你才对呀！"

"范叔，我们小辈儿的敬你们老的是理所应当的，您太客气了！"

"大侄子，这段工作感觉怎样啊？"

“范叔，别提了，全是难事，真是尿黄尿，嘴起泡，晚上睡不着觉啊。”

“我干了几十年，这里边的辛酸苦辣我都知道。”

“范叔，今天我是来感谢您的，咱们不谈工作上的事。今天是龙抬头的日子，就在您家吃猪头肉，啃猪蹄。”

老范跟三牛这才放松下紧张的神经，他们还以为铁公鸡来是来研究土地流转的事呢。

“范叔，得亏范叔您大人有大量，宽容了我，其实当时我就是想种地，酒壮屃人胆，喝高了去村里闹事。大侄子谢谢您！”铁公鸡说完，站到地中间给老范鞠躬致谢。

让老范没想到的是铁公鸡来，不但来了，还能留下吃饭，鞠躬道谢更让他措手不及。

铁公鸡跟三牛唠起小时候一起光着腚在院子里藏猫猫，一起玩儿，一起长大。他俩同岁同学同院还同桌，村里那么多孩子，考上重点初中的只有他们俩。

铁公鸡回忆起有一天起早去镇里上学，路过铁路道口，发现一辆油罐车跟火车相撞，地上躺着几个血肉模糊的人。铁公鸡害怕了，躲得远远地瞅。三牛胆子大，走到近前，发现有个人还活着，他们费了好大的劲儿才把那人送到镇医院，那人获救了。后来家属从南方特意来学校，找到三牛表示感谢，学校大喇叭还通报表扬了三牛。

这三个人边唠嗑边喝酒，都说出了掏心窝子的话，换届选举造成的那堵墙在三个人面前轰然倒塌了。

酒过三巡，老范端起酒杯拍了拍铁公鸡的肩膀说：“其实我挺佩服你小子的，闹理事会那次我是下决心要处理你的，不然谁都来理事会闹，那不把理事会闹黄铺了嘛！但你小子挺刚，咬牙挺了一天一宿，出来还上医院住了院，出了诊断书，你小子挺聪明啊，我佩服你。”

铁公鸡喝了口酒，敞开心扉地说：“范叔，其实我没有当理事长的想法，阴差阳错地选上理事会成员后，我这才开始有了想当理事长的想法。您老人家当了这么多年的理事长，一直稳稳当当的，我向您学习。”

铁公鸡把去外地学习所获合作社经营的成功案例，给他俩讲了一遍，老范听得上了瘾，问这问那。三牛在一旁直打岔，总张罗喝酒分散他俩注意力。这时候老范的酒劲儿也上来把三牛给骂了：“我俩说正事呢，你老跟着打什么叉！怪不得你当不上理事长呢，你心胸太小了！人家说宰相肚里能撑船，你就算计自己那点儿小九九，人家老百姓能服你吗？你看看小铁这格局，你好好学学。”

“大侄子，听了你的一席话，我心里也亮堂了，原来我听说。领办合作社是在整景，应付上级检查，瞎忽悠套项目。听你这么一说，合作社流转土地以后，村民年年有分红，村里还有收入，真是好事，我支持！这两家的地明天就签协议，我替他们做主了。”

铁公鸡没有借着酒劲儿再往前推进土地流转这件事，而是唠些家常事，又喝了点儿酒，就回家了。

第二天早晨，三牛责怪老范说：“爸，你昨天都喝断片儿了，铁公鸡给了你两句好话，咋就答应签土地流转协议了呢，好在酒话不算数。”

“我说了吗，我怎么一点儿印象都没有呢？”老范拍着脑袋努力地回忆着，结果还是没想起来。

范萌提示老爸：“昨天你可是牙对牙口对口地答应铁公鸡了，咱这两家亲属土地流转的事，都包在你身上了。”

老范自言自语地说：“酒喝醉了咱说话也得算数，况且人家铁公鸡干的是正经事，说了就得算数，马上找他们两家去村里签土地流转协议。”

在铁公鸡带领下，合作社一年一变样，村集体有了积蓄，家家户户每年都分红。

微小说

调转

建国找到单位的郝局长，想把在乡下教书的妻子晓琴调回城里来。郝局长一口答应，说："你爱人在乡下工作很多年了，符合条件，这事应该不成问题。"想到郝局长这么爽快，建国买了几箱土特产送过去，没想到人家郝局长说啥也不要。

建国跟晓琴说："礼没送出去，这可咋整？"

晓琴说："那两箱破玩意儿，人家要才怪！我听说办调转，没个五万八万的，想都不要想。"

建国说："那你的意思……"

晓琴说："接着送，但得想个办法。"

晓琴拿出五万块钱，用黑塑料袋包好，装进一个纸箱，箱子上面放了几样青菜。大年三十，建国来到郝局长家楼下心突突地跳着给郝局长打电话，郝局长下楼看到建国抱着一箱菜，菜很新鲜，绿绿的，就没好意思再拒绝。

回到家，建国说："老婆，还是你厉害，这回把心放到肚子里吧！你的事，不说板上钉钉，那也是秃头钉子——没帽儿了。"

初一早晨，郝局长的电话就打了过来，他告诉建国上班后到他办公室去一趟。

放下电话，建国想：都说钱好使，这话可真不假。

一晃，七天年假放完了。上班那天到了单位，建国直奔郝局长的办公室，可是门关着，听秘书说，局长去市里开会了。

建国心神不定，他过一会儿去一趟郝局长的办公室，看看局长回来没有，去了四五趟，局长办公室的门还是关得死死的。好不容易挨到中午，秘书过来喊：“建国，局长让你过去。”

建国腿有些抖，他软着步子来到了局长办公室，往沙发上一坐，眼睛盯着郝局长不自然地笑。郝局长一脸严肃地从抽屉里拿出那五万块钱，建国的心咯噔一下。

郝局长说：“建国，你送菜我收了，可你不该动歪心思。该办的事，我会办。这五万块钱你拿回去。”建国的脸腾地红了。他寻思：这事不能让晓琴知道了，要是让她知道了该上火了，钱就先收着。

下班回到家，晓琴看建国没精打采的，问他：“咋了？”

建国故作淡定地说：“没咋。”

晓琴问：“我调转的事，郝局长咋说的？”

建国说：“郝局长告诉我，让我别着急，这事得走程序，不是一天两天就能办成的事。”

晓琴说：“不着急，那是因为不是他自己的事。”

又过了一个星期，建国刚到办公室，从小起和他玩儿到大的郑强来找他，进了门就说：“我家孩子得了白血病，钱不够了，能不能借我点儿钱。”

建国问：“啥时候的事？”

郑强说：“都好几个月了，孩子一直躺在医院里呢。”

建国问：“还差多少钱？”郑强说：“还得五万。”

建国打开立柜：“把那五万块钱拿给了郑强。”

到了年底，又有两个教师从乡下调回了城里。建国和晓琴心急火燎的，急得眼珠子都红了。这个时候，办完退休手续的郝局长来跟建国道别，对建国说：“你媳妇的事还得再等等，不过应该没问题。”

听说郝局长退了，晓琴就问建国：“事没办成，那他也该把咱的钱退回来吧？”

建国说：“别想了，送出去的钱，泼出去的水。”

晓琴不再言语。

刚出正月，有一天中午郑强来还钱，晓琴也在家。郑强把五万块钱递给建国说：“合作医疗把医药费基本都核销了，这钱还你们，真的太感谢了。”郑强还没走呢，晓琴就跟建国急眼了，问：“你哪儿来的钱？”

建国说：“这钱是郝局长退的。”

晓琴哭了，说：“这么大的事你还瞒我！”

这时，建国的电话响了，电话是郝局长打来的。郝局长说：“建国啊，我在你家楼下饭店吃饭呢，请一帮练太极拳的队友，酒喝多了，我手机刚才不小心掉水里了。麻烦你，给我送点儿钱来。”

晓琴止住哭说：“事都没给办，还觍脸让我们送钱！”

建国说：“咱做事也不能太那啥了，人家这才刚退下来。”说着，建国噔噔噔地跑下楼，到了饭店直接奔吧台，把郝局长的单给结了。

第二天，建国的手机嘀嘀嘀地响，他打开一看，是郝局长的微信转账。建国犯难了，本不想收，郝局长说：“如果不收，我们从此不再认识。”建国就收下了这笔转账。

几天后，晓琴接到了调转通知。晓琴一脸蒙，她不知道这事是谁给她办成的。

建国倒是知道咋回事，心里升起一股感激之情。

发表于《小说林》2024年第四期

枣红马

远远望去，黑鱼泡决口的洪水像脱缰的野马，以排山倒海之势就往大青山这边翻滚过来，像火车鸣笛一样呜呜地叫着，水头有两三米高。丁二村地势开阔，没遮没拦的，洪水所过之处，土房在水没过窗台之后冒起一股烟儿就没影了。

村民说："这洪水没有边儿，土房一冒烟儿，就剩电视杆儿。"

洪水水头的压力特别大，水流大的地方，洗脸盆粗的大树顷刻间就被连根拔起。洪水的破坏力像发生了战争似的，所过之处，桥涵被毁，房倒屋塌，满目疮痍。

看水上来了，一些村民要去地里掰玉米，取农田里的抽水泵，被村干部和解放军拦在了村口。村民张三哭着喊着要去牵马，他跪在村口直磕头："我的枣红马是我爸留给我的，一家十几亩地全靠它了，我拴马的地方在大岗子边儿上，那块儿草多，我也是为了它能啃饱啊，大水还没到，离马挺远呢，求求你们，就让我过去把马牵回来吧，我会游泳。我这枣红马要是让水淹死了，我家那几口人也没法儿活了。"

他想从乡村干部的胳膊底下钻过去，却被拦了下来，倒在地上就开始打滚儿。看热闹的村民劝他："只要人在，以后日子慢慢就能好起来。"

水头很快接近了枣红马，马有灵性，知道害怕，冲着村子的方向打响鼻，啾啾地仰头叫。水呼啸着，枣红马的缰绳抻得绷直，缰绳勒进马脖子里，拴马桩纹丝没动。张三见水漫过去了，号啕大哭，哭得大伙儿心里都特别难受。

半个小时后，村头传来了张三的喊声，哭声里还掺着笑声："谢天谢地，谢天谢地，我的枣红马自己游回来了！"

"啥？张三的马是白龙马？自己能把拴马的缰绳解开？"大伙儿顺着张三手指的方向看去，一匹枣红马还真在水里头游呢，马背上还驮着一个黄色编织袋，只是游得挺慢。张三还没等马上岸扑通一声就跳进水里去牵马，这才发现，那哪儿是啥编织袋啊！那是个穿着救生衣的人！张三把穿救生衣的人抱到大坝上，一摸，没气了，放在地上就一边按胸口，一边拍打脸："醒醒啊，解放军！醒醒啊，把我马救回来的大恩人！"

村里的赤脚医生李华边往这边跑边喊："掐人中，掐人中。"掐了一阵人中，穿救生衣的男子慢慢醒了过来，他脸色青紫，牙关紧咬，脉象很弱。他左手攥得死死的，张三把手掰开，是拴马的铁钎子。

"赶紧控水，把人扶起来，敲后背。"村医大声喊。

"二嘎子！你小子没死！你真没死啊！"人群中跑过去一个人抱住二嘎子就哭，"老天爷开眼了，开眼了！"他是负责丁二村小塘坝堤段的张军，决口后他们今天早晨撤到丁二村亮口子堤段待命，听说凌晨两点二十分黑鱼泡决口时，二嘎子救人被漫堤决口的洪水冲走了。张军的心在翻腾，他直后悔：要是不让二嘎子去取救生衣，就没这一劫了！真没脸面对二嘎子的家人，还不如自己替二嘎子去了。

二嘎子缓过气来对张军抹泪，说："老哥，是你让我取的这两件救生衣和这匹枣红马救了我。"

二嘎子和张军讲起了昨晚的事："我走到指挥部取完救生衣，走了这十多里的堤，累得我实在走不动了，看见指挥部里放着面包和火腿肠，就让他们给匀点儿吃。他们给了我一袋面包和两根火腿肠，救生衣不方便拿，我就两件都穿在身上往回走。刚咬了一口面包，火腿肠还没剥开呢，就听有人喊：'快来救人啊！救命啊！'我急忙跑过去随手拿起大坝上的铁锹，递过去救落水的人，可不但人没救上来，还被掉进决口在水里挣扎的人拽铁锹把我也带进决口里。我在水中看见那两个落水的人没穿救生衣，就让岸上的人先把这两个没穿救生衣的人救上去了。还没等轮到救我呢，扑通一声漫水的子堤塌了，瞬间我就被大水冲下去了。几个浪头把我拍迷糊了，等我醒来时发现自己在水里漂着，看见水中漂着一个空油桶，我立马抓住了，油桶翻滚，我就跟着滚，死死抱着不撒手。凌晨冻得鼻涕都淌不出来了，我就在水中漂啊漂，赶哪儿算哪儿了。浪翻滚着，我也在水里翻来滚去得已经绝望了，我当时想：在黑鱼泡决口处冲下来没被淹死，算挺幸运了，在这水中浪里还是没躲过这一劫，也许是命中注定有这一劫。

“当我一阵清醒一阵迷糊的时候，模模糊糊看见一匹马正在水里转圈游呢。我擦眼一看是匹枣红马，薅住缰绳就捋过来按着马头，接着把拴马用的铁钎子拔了下来。我自己养了好多年马，头回解拴马扣这么利索，还把缰绳系在了腰上。我得感谢这匹识途的枣红马，是它把我带了回来，不然我就彻底废了。”

极度虚弱的二嘎子慢慢站起来，踉踉跄跄向拴马的地方走去……

发表于《北极光》2023 年第 4 期

恩人

那年夏天，连续下了近两个月的雨，遇上了三百年未见的特大洪水，那江水上涨的速度，让人简直不敢相信自己的眼睛。

又瘦又矮的崔克，没日没夜地装袋子、扛袋子，坝上做饭的锅灶都被江水给淹了，送来的面包和烧饼，个子小抢不上，崔克根本吃不饱。队长看他在大坝上几天几宿都没合眼，累得直打晃，就让他晚上回家取几把铁锹，明天来抗洪的队伍帮筑子堤用。队长心疼地拍着他肩膀说："你回家闷一觉，天亮时回来。"

又困又饿的崔克推开家门，家里没人，傍晚都转移了。他找了几把铁锹，用绳子捆好放到了门口。他翻遍了厨房，一点儿剩饭剩菜都没找到，只好接了一水舀子拔凉拔凉的井水，灌饱了肚子。他困得实在抬不动腿，睁不开眼了，一头扎到炕上就睡了。

已经上炕的洪水把崔克冰醒了，他一摸炕上冰凉，还以为睡觉时把水舀子给踢倒了呢。但他感觉不对劲，怎么像躺在水里呢？是做梦？他想掐一下自己看疼不疼，抬手时才发现整个胳膊都在水里，他吓得一激灵，坐了起来。

他从炕上跳进屋里齐腰深的水里，他就纳闷儿了：这么多水是从哪儿来的呢？过去推门，没推开，他铆足了劲，用肩膀往外顶，门纹丝没动。他这才醒过味儿来，是大坝开了口子，洪水进村了。

外面传来哗哗的水声，从门缝往屋里呼呼冒着水。看着从窗户缝像喷泉一样往屋里射进来的水柱，他这才意识到危险。他拎起铁锹上了炕，把窗户玻璃砸碎，洪水像装满水的塑料袋被撕开了个口子，从破碎的窗户往屋里挤。

崔克顶着水流从窗户往出一跳，水当时就把他没得头影不露。好在他会游泳，他急忙屏住呼吸，头终于露出了水面。由于水流得太急，他呛了口水，在水中扑腾了几下，终于离开了房子几米远。只听轰隆的一声，房子被洪水冲倒了，他离倒塌的房盖不到半米，梁柁和檩子都漂了上来。他游过去抱住一根檩木，檩木上有电线，他把两根檩木绑到一起，他趴在檩木上，随着水头翻来覆去地上下翻滚。他心里只有一个念头：只有紧紧抱住这根救命檩木，才有活命的机会。

天刚蒙蒙亮，军区首长乘坐直升机查看大坝决口的长度，当查看受灾面积时，隐约发现水中有人呼救。直升机没有软梯，当它靠近崔克时，飞机螺旋桨掀起的浪像暴雨似的打得他睁不开眼，身上疼得像刀割似的，差点儿晕过去。机长一看无法救援，首长让他去附近找绳索再来救人。

当直升机飞过来时，崔克想：幸亏我把红背心脱下来摇晃了摇晃，这回我是有救了。他庆幸能在洪水中遇到从来没见过的直升机，激动得他心脏都快要跳到嗓子眼儿了。

直升机转了一圈儿又飞走了，崔克彻底绝望了。他咬牙切齿地骂：“真不讲究，一群没人性的东西，见死不救跑了。”

直升机在距离事发地点最近的一所学校降落后，军士长跟校园里的老师打完招呼，把排球网卸下来装上了飞机，向事发地点飞去。

当直升机回来时，崔克已经没有了踪影。直升机转了两圈儿，才找到水中漂浮的那两根檩木。军士长从机舱顺着排球网下去，拽起已经没有知觉的崔克返回了舱内。

当时崔克已经被水呛得昏迷了，他们急忙对崔克进行抢救，把他嘴里的草沫子清理干净，把他的头向后仰，打开了气道。他已经没有了心跳，机上人员当即对他进行心肺复苏和人工呼吸。一番抢救，他终于有了心跳和呼吸，但始终在昏睡。

不一会儿，他不停地咳嗽、呕吐，但只吐出点儿污水。大家都纳闷儿了：他怎么胃里一点儿食物都没有呢？

他闭着眼，嘴里不停地叨咕：“你们别抓我，别抓我！我不去！”

军士长说：“老乡，是首长救了你，别害怕，你现在安全了！”

他闭着眼睛一个劲儿地喊：“我饿呀！饿呀！快给我点儿吃的，我吃完就跟你们去见阎王爷！”

战士们掏出压缩饼干喂他，他嚼着饼干，瞬间感觉耳朵能听见声音了，脑子也猛地一下子清醒了。他睁开了眼，感觉外面太亮了，急忙用手揉了揉眼睛。

他这才发现，眼前哪里是来抓他去阎罗殿的小鬼儿？是救命恩人解放军，他赶紧向恩人们道歉。

首长笑着说：“没事，你醒得挺快，我救过的溺水者，有的昏迷好几天才醒。”

发表于《北方》2025年2月第1期

天价包子

火车站旁边的王家包子铺，临近年关生意特红火。老王雇了膀大腰圆的厨师，他做的包子都长一个样，可老王一眼就能看出是啥馅的。

腊月二十三那天一大早，一位穿着白大褂，外面还套了件羽绒服，白帽子上还有一条蓝杠的中年妇女，一看就是个护士长，领着一个六七岁的男孩儿，刚下火车来吃早餐。

老王端着热气腾腾的肉馅包子，散发着香气，从她们身旁经过。男孩儿用鼻子嗅了嗅，然后用鼻子猛地长吸口气，慢慢地品着肉包子的香味儿。

护士长问老王包子怎么卖，老王说："牛肉馅儿的三块钱，白菜素馅儿的一块钱，来啥？""要牛肉馅和白菜素馅的一样一个。"

老王想：这护士长真会养生，为了保持体形就吃一个素馅儿包子。

新蒸的包子得一刻钟才能熟，他俩默默地坐在旁边等着。男孩儿嚷着要上厕所，老王说出门左转不远就是公厕。护士长厉声说："别去了，憋着！咱吃完饭到候车室再去上厕所。"老王想。这护士长是有洁癖吧，嫌公厕没有候车室里的厕所干净，让孩子憋着。

邻座有个等餐的小女孩儿，男孩儿冲她眨了眨眼，笑了。小女孩儿过来拉住他的手，要出去看外面的商户放炮仗。他俩刚跑到门口，护士长像抓猪似的扯着男孩的耳朵把他给拎了回来。男孩儿疼得直咬牙，脸和脖子憋得通红。邻座小女孩儿的父亲看不下去了，跟护士长说："大姐，就让孩子出去玩会儿呗，你把孩子管得也太严了。"

护士长笑着说："大兄弟，你是不知道啊，我儿子贼淘，不管都能上天。"男孩儿狠狠地瞪了她一眼，嘴巴噘起老高。

老王把那个素馅包子放到护士长面前，牛肉馅包子放到男孩儿面前。男孩儿用筷子搛住包子咬了一口，说："真香啊！"这边护士长咬开包子一看是白菜馅儿的，急眼了，对男孩儿哄道："你别吃了，这个素馅儿的是你的。"男孩儿已经把包子里的肉馅吃光了，护士长抄起筷子狠狠地打在男孩的手背上。看着盘子里吃剩下的那块月牙形的肉包子皮，护士长急了，揪住男孩儿的耳朵，筷子"叭叭"地砸向男孩儿的脑袋。男孩儿撇着嘴哭，她大声喊："憋回去！给我憋回去！"

老王想，因为孩子吃个肉馅包子，把孩子好顿打，世上哪儿有这样的亲妈。

他走过去说："大妹子，你要吃肉馅的包子就再点呗，咱家包子管够，你不能对孩子下死手啊！咋地，这孩子不是你亲生的，是你骗来的啊？"

这时，男孩儿可能是被打蒙了，站在那一个劲儿地点头。

其实，老王是看护士长太狠毒了才说的，可她却一声没吭，穿上衣服领孩子就要往出走。老王说："大妹子，咋地也得让孩子吃完再走，我看孩子是真饿了，你要吃肉馅儿的，再给你也来一个。"

护士长拽着男孩儿的胳膊，老王上前一步给拦住了。他说："大妹子，我们店里有规矩，包子必须吃完才能走。"

男孩儿饿急了，他一口吞下了那半个肉包子皮。老王喊厨师又给上来两个肉馅包子，本想让他们娘儿俩每人再吃一个，可护士长生气地扭过头去就是不吃。老王让男孩儿吃，男孩儿正吃包子时，护士长从包里拿出把做鞋的锥子，不停地撩着头发，男孩儿抬头看见了，刚咬了一口包子，当时就放下不吃了，跟着护士长就要往出走。

男孩儿吃包子时，老王仔细观察了他的手背，不仅有刚才筷子打的新伤，还有旧伤。孩子的脸上青一块紫一块的，像是被掐的，脖子上还有密密麻麻的小红点子。

老王心想：刚才我跟她说了句笑话，可她的反应显得也太敏感了，马上要走，说明她心里有鬼啊，亲妈咋能那么狠心打孩子呢？这人可能有问题。

护士长拽着男孩儿的胳膊往出走，问老王多少钱，老王说，不多不少正好一千块钱。护士长当时就急眼了，发神经似地喊："你家这是金包子啊，哪儿有你这样讹人的！你这包子铺比孙二娘的店还黑啊！"

老王笑呵呵地说："我这包子就这个价，反正你们吃了，消费了就得给我钱，不能吃霸王餐。要是觉得我讹你，你可以打电话举报我啊！"

老王把厨师叫过来拦住护士长，他转身回厨房，一会儿拎出两把菜刀横在了母子面前。护士长满脸的怒气立马转成了笑容，掏出一张百元大钞放在吧台上，娇声娇气地说："大哥，这一百不用找零了！"

老王摇了摇头："一千块，少一分钱也不能走。"

这时，护士长从包里唰唰又抽出了九张百元钞票，啪的砸到吧台上，气哼哼地拽着男孩就往外走，又被老王给拦住了："按本店规矩，你必须把剩下的包子吃完才能走。"

这时，进来两名警察，老王把那一千块钱交给了警察，娘儿俩跟警察去了派出所。

正在收拾餐桌的老王，接到派出所打来的电话，说是感谢他的天价包子，让他去所里做个笔录。

窗外，鞭炮声噼噼啪啪地响了起来……

发表于《北方》2025 年第 2 期

送鸡蛋

天边刚泛起一缕鱼肚白，启明星还眨着惺忪睡眼。郑大娘一骨碌从炕上爬起来，说是炕，其实她家连炕洞子都没有。她起来急了，把身下土坯上摆放的木板子给带掉了。

鲢鱼泡大堤决口那天下午，黑压压的洪水进了村。村干部们在洪水进屋之前帮郑大娘把家当转移到了村东的大岗子上。用几根棚杆搭上两块水稻育秧棚膜，在空地上支起个简易窝棚，将就着住。几只老母鸡也抓到窝棚边上养着，每天能捡一两个鸡蛋，多少是个进项。

两年前，郑大娘的儿子郑强，在大学参军一直没回过家。防汛最吃紧时，郑大娘在电视上看到部队在抢险，画面一晃好像是儿子。郑大娘让防汛倒班下堤的老伴儿骑摩托带她到堤上找儿子。老两口儿跑了一天也没有看到他，满堤都是来回扛沙袋的子弟兵。郑大娘心里一直惦念着，天天盯着电视看新闻，盼着能出现他的身影。

郑强那天正在鲢鱼泡大堤抢险，把沙袋放到子堤上一回头，冷不丁看见摩托上父母的背影。他跑出两步，刚要喊“妈”这个最亲切的称呼，到了嘴边却没能喊出来。他深深地看了一眼两年没见的爹娘，把苦涩的泪水咕咚咽到肚子里，又扛起了沙袋。

赶牛道大坝合龙时，部队驻扎在西侧的高岗上。郑强看着不远处自家的房子已被洪水淹没，他硬把眼泪憋了回去。他嗓子上火肿得说不出话来，仿佛小刀子在反复地切割，喘气鼻子都直喷火。他一次次望着家的方向，白茫茫的一片。“爹妈咋样了？”他几次想坐船去对岸看一眼，可抢险任务紧急，只能远远望着。水中自家房西那棵孤零零的大柳树，在默默地流泪。他右胳膊搬石头累脱臼，大夫给端上了。战友们让他歇两天，他不吭声，仍与肆虐的洪水抗争。

听说子弟兵明天要奔赴新“战场”了，郑大娘早早起来，烧了锅水把攒的几十个鸡蛋煮熟，装进兜，顺着石头坝往对岸奔去。

赶牛道村东西两侧都是高岗，是拦截鲢鱼泡洪水的最佳位置。修筑赶牛道大坝的子弟兵日夜奋战，在汪洋的洪水中筑起了一条石头大坝，把发疯的洪水拦腰截断。战士们怕惊动村民，凌晨四点开始集合，从驻地撤离。汽车刚刚启动，没想到路两侧站满了来送别的村民，宛如一眼都望不到头的长龙。送行的乡亲们把煮熟的鸡蛋，刚摘的黄太平果、柿子、黄瓜等好吃的，通通都装进袋子，一袋袋送到战士们的车上。车上的战士，眼瞅着洪水淹没了乡亲们的房子和庄稼，不忍心吃乡亲们的这口菜，眼泪在眼眶里打转。村民撵着子弟兵的卡车跑，不停地往车上送。

郑大娘一溜儿小跑来到送行队伍中，人太多了，村民都抢着往军车边上挤，郑大娘费了好大劲才站到送行人的第一排。这时，最后一辆军车正缓缓开过来，郑大娘憋足劲盯着军车，车头刚过去，她抡起胳膊把鸡蛋撇到车上。最后一排的一个高个子战士接到后，一看是鸡蛋，回手把它又抛到郑大娘的怀里。

“这谁家的孩子，往回撇啥？几个鸡蛋，也不是花钱买的。”郑大娘嘴里唠叨着，抬头一看，撇鸡蛋旁边的战士正是自己的儿子！郑大娘一下子愣住了，他胖胖的圆脸蛋儿明显瘦了，白白净净的脸晒得黝黑，脖子上有成片的红道子，耳朵边磨黑了。她简直不敢相信自己的眼睛，只见他嘴角在抽动，听不见他说的是啥。

郑强两眼通红，血直往上涌，感觉喉咙发咸。他想使劲儿大喊一声“妈”，可一点儿声也发不出来，泪水如决堤的洪水，奔涌而下。

军车开远了，郑强低着头，一只手捂脸，泪水从指缝往下淌；另一只手握紧拳头，指甲深深嵌进肉里。他想给妈妈敬个军礼，可胳膊抬到胸口就抬不起来了。战友们都站了起来，齐刷刷敬礼，异口同声说：“妈——”。

郑大娘任凭泪水在脸上肆意流淌，嘴唇被牙齿咬得没有了血色。她把哭声埋在心里，哆哆嗦嗦的没哭出声来。这声“妈”，在郑大娘耳畔幸福地久久回荡。

军车渐渐消失在晨雾中，那江水依旧东流，滚滚向前。

发表于《岁月》2023 年第 10 期

看瓜

涛放暑假和哥哥一起去瓜窝棚看西瓜，看着横七竖八躺在地里的西瓜，他眼前又浮现出六岁那年让他终生难忘的一件事。

那是妈妈突发心肌梗死刚刚离世的第四天，他哭着闹着要妈妈，爸便领着他到屯子里去玩儿。看见二队门口围着不少人，就凑过去看热闹，原来是二队给每户分一个西瓜。他看见瓜，就向爸爸要，可他家不是二队的，没有分瓜的份儿。爸怎么劝，他就是不听，还躺地上打滚儿，哭着喊“我要瓜”。

这时，正赶上二赖媳妇背着孩子来领瓜。二赖家孩子多，生活特别困难，在屯子里出了名的抠。二赖在家排行老二，屯子里都叫他二赖子。

二赖媳妇着急忙慌地挤进了人群，跟保管员说家里有急事，先给她分。

爸爸对涛见啥要啥，非常生气，踢了他一脚。他哇的一声大哭起来，爸爸拽着他就往家走。

刚走出几步，后面二赖媳妇抱着西瓜喊：“孩儿他爹，快，把瓜给孩儿拿着。”爸爸头都没敢回，闷声说：“你家一大帮孩子呢，赶紧拿回去给他们吃吧。”二赖媳妇劝爸爸：“你看看，还来犟劲儿了，这孩子刚没了妈，怪可怜的，快把瓜给孩儿拿着。”爸爸一个大男人，还特别要脸，跟人家要瓜多没面子啊！气得他在涛的屁股上狠狠地掐了一把。涛刚才挨那一脚疼得还没过劲儿，又被掐了，这回不敢哭了，噘着小嘴，吞吞吐吐地说：“我……不吃，我……不吃瓜。”爸爸边对涛说“咱不吃”，边抱着他飞快地往家跑，转个胡同就把二赖媳妇给甩没影了。

回到家，爸爸给涛一顿收拾：“今天脸都让你给丢尽了，见啥要啥？你咋那么馋呢！在老少爷儿们面前丢人现眼！”爸爸罚他站在地上反省。他耷拉个脑袋冲墙站着。这时，二赖媳妇捧着西瓜推门进了屋，她把瓜放炕上转身就走了。爸爸捧起西瓜要追，可一想人家都给送到家来了，给退回去，她也不能要啊。

晚上，哥哥姐姐们都回来了，爸爸把西瓜切成小块儿，大家都大眼瞪小眼地瞅着。爸爸说：“二赖媳妇特意给涛的，涛先吃吧。”他看着红红的西瓜，口水都要淌出来了，抄起一块咔嚓咬上一口，爸爸说：“孩子，皮不能吃，吃里面的红瓤儿。”他长这么大没吃过西瓜，根本不知道西瓜怎么吃。

那天中午，地上热得像下火似的。窝棚里没水了，涛想摘个西瓜解解渴，爸爸说西瓜还没熟不能摘。他渴得实在受不了，就在窝棚里里外外来回地转悠。下午两点来钟，他见瓜地南头进来三个人，猫着腰，缩着脖子，一看就是来偷瓜的。他和哥哥借着玉米的掩护，悄悄摸到瓜地头，看见三个半大孩子，正在地里找瓜呢，地头还有一堆被摔开的白瓤生西瓜。“看你们往哪里跑？这回抓了个正着。”他气坏了，“西瓜还没熟呢，就给摔个稀烂，这不是祸害人吗？”哥儿俩把三个孩子带到瓜窝棚，涛跑到北坡地里去找爸爸回来处理。

爸爸回来一盘问，听说是二赖家的孩子，态度一百八十度大转弯。他一脸严肃的脸上，笑得立马堆起了褶子，跟他们说：“你们先在窝棚里凉快凉快，我马上就回来。”涛想，爸爸一定是去找二赖了，让二赖来给包赔损失。不一会儿，爸爸拎着个破编织袋进了窝棚，然后拿出一把水果刀擦了擦。涛想，爸爸这是要吓唬这几个败家孩子。没想到爸爸转身从编织袋里拿出个西瓜，一刀下去，瓜刚刚分瓤儿。他拿起切好的西瓜给他们吃。三个孩子哪儿还敢吃西瓜。涛气呼呼地喊：“都祸害那么多瓜了，我看谁还有脸吃？”

爸爸对那三个孩子说：“你们要是不吃瓜，就把你们送村里接受处罚，快，吃完好回家。”那最小的孩子还不懂事，拿起西瓜就吃；两个稍大点儿的相互瞅瞅，也悄悄地拿起了西瓜。口干舌燥的涛，瞅着他们吃西瓜，嘴里也生出“望梅止渴”的口水。转眼工夫，三个孩子把两个西瓜全吃了，最小的孩子还不满足地舔着手指头……爸爸没吱声，转身又去地里，摘回西瓜给他们吃。涛气得冲着爸爸喊：“我渴了一晌午，嗓子冒烟了都舍不得吃，这瓜刚拉瓤儿，给小偷吃真白瞎了！”

涛正委屈地叨咕着时，二赖走进了窝棚。听涛这么一说，二赖急了，抬手就要打孩子，被爸爸给拦住了。爸爸笑着说：“一群半大小子，大热天的来瓜地了，咱自己家种的瓜，想吃就摘呗。”

二赖愧疚地扯着三个孩子走远了，涛把刚才他们吃剩的西瓜皮，用刀一层一层地削下来，边吃边抹眼泪，眼前又浮现出他第一次吃西瓜的场景……

发表于《青年文学家》2024 年第 8 期（下）

红灯

哈日走出家门，正东张西望间跌了一个跟头。他爬起来，将脚下的土块儿狠狠地踢上一脚，土块儿飞得老远，险些砸到迎面走来的同学乌兰身上。乌兰笑着说："哎哟，真是说啥有啥，这土坷垃还能绊倒人！""你这话啥意思？"哈日狠狠地瞪了乌兰一眼，气呼呼地说："亏你还是老乡。"

哈日虽然个头儿不高，但是特别聪明，用他常说的话来讲就是"浓缩的都是精品"。那年高考，他以全县第五名的成绩考入师范专科学院，毕业后被分配到县供排水站工作。参加工作后只三年，他就当上了副站长，审批供排水入网的事。

哈日头脑活络，能说会道，下笔成章，手握实权，几乎天天有人请他吃饭，经常不醉不归。而且，他还逐渐养成一个嗜好，那就是喜欢向商户要礼品，然后和小圈子的朋友共同享用。吃海鲜，抽名烟，喝好酒，已经成为他的一种消费习惯。商户们给他编了一套顺口溜，说什么"月月需烟酒茶礼，年年缺米面杂粮"。他是别人不送就要，大小礼品通吃。有时候他和人家炫耀，让司机把楼下的两个车库打开，里面满满当当都是别人送的礼品。

哈日经常喝酒，喝出一身病来，早晨睡懒觉起不来，让乌兰每天叫他一起去锻炼。广场边的路口红灯时间特别长，每逢遇到红灯，乌兰总是等绿灯亮了再过去。哈日说："大清早的路上没车，就你一个人在路口傻等绿灯，我看你是脑袋进水了吧？”红灯时，哈日噌噌地跑过马路，乌兰则要等绿灯亮了才过去。等乌兰过去时，哈日已经在广场跑了小半圈儿。

哈日脾气大，沾火就着，同事们背地里都说他是“爹死哭娘——活犟种”。一次，他答应给刚招标还未开工的企业工程款全额拨付，但因为不符合拨款程序，会计乌兰不同意。哈日气得咬牙切齿地说：“我看在咱俩是一个屯子的老乡分上把你从边远乡镇调回县城，解决你们两口子两地生活问题，你怎么能忘恩负义呢？我签字同意拨款，出啥事都由我自己兜着，你一个财务人员有啥权力不拨款？”乌兰说：“我们财务室必须按程序办理，不管是谁，也不能超额拨款。”一听这话，哈日被气得直骂粗话。没过几天，乌兰就调到办公室去了。

站长退休后，哈日由副转正，权力更大了。有时找他办事的人在办公室外面排队等。他两天一小宴，三天一大宴，聚餐地点由酒店改为不挂牌的会所。听人议论，前段时间他去上海招商，花一千多万给在上海实习的孩子买了一套房子。乌兰找他谈过，他说啥事都没有，是有人故意造他的谣。

年末考核，乌兰因群众口碑好，被提拔为工会主席兼办公室主任。哈日被提拔后，一直没有配备副站长。有一天，哈日让乌兰把公章送过去，和某施工企业要做一份假协议应付专项巡察。乌兰坚决不给盖章，哈日当时大发雷霆，指着乌兰鼻子说：“我现在就把你的办公室主任撤了，你的副科级待遇我也建议县委免了。”哈日当即开会研究，把乌兰的办公室主任撤了。

农历腊月初八，乌兰接到父亲病危的通知，申请休了半个月的年假，赶往偏远的老家。在途中客车发生侧翻后起火，她打碎车窗玻璃救出全车旅客，她的衣物和手机在车里都没拿出来。因救人，乌兰烧伤严重，也住进了父亲住的医院。在医院，父亲临终前对他说：“乌兰，千万要记住，如果你挡不住今天的诱惑，就会失去明天的幸福。”

在老家，乡亲们说哈日清明时回来扫墓，花了上百万新修的祖坟可气派了。有的亲戚看乌兰穿着朴素，家父的丧事办得太简单，说这要是哈日，肯定把老人风风光光地送走，弄得乌兰在乡亲们面前很尴尬。

乌兰处理完父亲的后事，伤刚好些，就去镇里买了一部手机和电话卡，急忙给哈日打电话想请假，打算年后上班再回去，可哈日始终关机。

她只记得组织委员小翟的电话，打通后，小翟说："你走后第二天单位就出事了，哈日站长被市纪委监委带走了。市纪委监委已公布哈日因严重违纪违法正在接受调查，还找到很多商户去核实问题提供线索，并在哈日家楼下的车库里搜出了巨额现金和很多名烟名酒。"小翟又说，"前几天组织部就来电话找你，让你去部里干部组一趟。你手机一直关机，可急死我了，你马上回来吧。"

组织部干部组？找我去能有什么事呢？夜深了，乌兰安心地睡着了。

发表于《青年文学家》2024 年第 8 期（下）

端午“雪”

森军是当年全乡第一个考出去的大学生。

端午节前一天，他从三亚飞回阔别四十多年的老家。侄子开车把他们从机场接回来时已经是子夜一点多了。经过一天的颠簸，他早已人困马乏，头刚挨上枕头立马响起了呼噜声。

第二天上午九点多，森军醒了，他揉揉视线模糊的睡眼，起来要出去上茅厕。看见卧室旁的洗手间开着门，他一步跨进去，被眼前的智能马桶和高档装饰惊呆了：这哪儿是当年的老家啊，简直是五星级宾馆。

侄子发微信说他们都去果园除草了，中午就不回来了。厨房有预制菜和饭，想吃什么自己热。

他拉开窗帘，顿时被院子里白茫茫的一片震撼到了。天空中还纷纷扬扬地飘着“雪花”，地上已经积了一层厚厚的“白雪”，墙角的“积雪”有一尺多厚。

这时，刺眼的阳光照进屋里，两个小孙子也醒了。他们长这么大第一次看到“雪”，兴奋地在炕上跳了起来。两个孩子急忙穿好衣服，去院子里玩儿“雪”。他们在院子里打了一会儿“雪仗”，小孙子气喘吁吁地跑回屋跟森军汇报：“爷爷，这地方太好了，毛茸茸的‘雪’真好玩儿，调皮地在空中跳着舞，地上的‘雪’踢上一脚就轻飘飘地飞起来了。这‘雪’捧在手里还暖暖的，像棉絮，吹一口气就飞走了。在这春暖花开的季节还能遇见这么大的‘雪’，太好玩儿了！”

森军告诉孙子，那不是雪，是白杨树的种子。

森军看着窗外枝繁叶茂的杨树上挂满了一串串白花花的“雪”，空中下着飘飘洒洒的鹅毛“大雪”，当年的情景又浮现在他眼前……

森军小时候，这里春天风沙特别大，漫天黄沙搅得天地间一片混沌。有时候一夜风沙，第二天，门都被沙子堵住推不开，只能从窗户跳出去，把门口清理干净。

沙岗子村一年下来很少下雨，天旱时，能看见乌黑的云轰隆隆地打着雷过来，可一到沙岗子村附近就消散了。大伙儿给村主任王男志起了个绰号叫“往南支”，说不下雨是他这村主任的名字没起好，来雨就往南面给支走了。

森军的父亲森树林，是当时沙岗子村的党支部书记。他吃够了风沙、干旱的苦，每年春天领着村民在沙岗上栽树。春天风大，新栽的树被风左右一摇，树根透气就死了。王主任跟森树林说：“咱沙岗子村是栽不完的树、修不好的路，这树年年栽年年死，劳民又伤财。”

可森树林偏不信这个邪，在沙地造林屡次失败中总结出一套“泥浆造林法”，这回是栽一棵活一棵。森树林病退后，王主任接任村党支部书记一职，看沙岗上一片一片的树都栽活了，就召开村民会议，在沙岗上规划出造林带，村民谁造林归谁，森树林主动当起了义务护林员。

刚刚六十岁的森树林，就积劳成疾累出一身病，但他仍吃药坚持着，硬挺着天天和家人去沙岗上种杨树。

端午节那天早晨，杨树林里的杨絮纷纷飘落，森军他们正干活儿时，森树林说他去东坡找找杨絮聚集的地方，好安排明天的活儿。过了好一阵子森树林还没回来，森军几个分头去找，找了一圈儿也没找到。还是细心的二姐在东岗下小道沟旁发现了一只鞋，才找到了已经被洁白的杨絮覆盖住了的森树林。原来，他下陡坡时腿脚不听使唤一下子摔倒了，滚落到山下。他听见大家的呼喊声，张开满是鲜血的嘴说了最后一句话：“咱家一棵树也不能要，树全都归村里。”他的耳朵在不停地往外淌血，在送往医院的路上，森树林永远地离开了……

天快黑时，下起了小雨。侄子回来对森军说：“叔，咱家几代人栽的树，按照爷爷的嘱托树都归了村里，西北大风口终于彻底被堵住了，现在沙岗漫山遍野都是经济林、风景树。雨也比以前多了，年年都风调雨顺的，咱沙岗子村现在成了全省知名的乡村旅游点。要是不栽这么多杨树，我们的端午“雪”，怎能成为全国摄影基地？咱村现在可热闹了，春天的杏花节、海棠节、梨花节，来赏花的游客那真的可以说是人山人海，停车位都很难找。秋天的特色采摘节一个跟着一个，咱们的老房子、空房子都被改造成了民宿和农家乐，游客都得提前一个多月预订呢！你们住的这间房，还是我跟浙江来的摄影爱好者商量，才给调换出来的呢。你们吃的菜，都是村里种植的。”森军看着家乡的变化，激动得流下了眼泪……

第二天早晨，森军带着侄子和孙子去父亲坟前敬献了洁白的杨絮。

发表于《青年文学家》2024 年第 9 期（上）

志愿者

刚入伏，这雨就没完没了地下个不停。老马站在窗前，右手拿着毛巾，擦了擦脸和不听使唤的左胳膊，嘴里不停地叨咕：“这是什么鬼天气啊，刚入伏就下了半个月的雨。”

老伴儿捂着胸口不停地咳嗽，半天终于咳嗽上来一口痰；吐到纸上，痰里带着血丝。老伴儿吓得一哆嗦，自言自语地说：“我今天是怎么了，这痰中带血可不好。”

老马贴近老伴儿耳朵小声说：“老伴儿，小点儿声，别把儿子给吵醒了。他昨晚值了一宿班，咱得让他好好睡一觉。”

这时，儿子晓东一个接着一个地打着哈欠，推门进来了，老马赶紧让老伴儿去给孩子热饭。晓东冲着老爸摇了摇头，说：“爸，别让我妈给我热饭了，我要去志愿服务联合会报名当志愿者，去抗击大暴雨！”

老马的脸比小孩子的脸变得还快，刚才还是晴空万里，立马就变得阴云密布。他猛地上去紧紧抓住晓东的手，担心地说：“抗洪抢险志愿者？那咱可不能去，你没看电视上说，有人都被洪水给冲跑了，爱谁去谁去，咱可不去。”

老伴儿连呼哧带喘地跑过来，抚摸着晓东的头说：“儿子，咱宁可工作不干了，也不能冒着生命危险去抗洪。”

晓东说：“爸，妈，我得等暴雨结束才能回来。咱家在平房区，这片是最洼的了，预报说今晚还有大暴雨，您二老晚上可得精神点儿，你俩这身体还不好，有什么事要先给我打个电话。”

老马愤怒地说：“自愿者，自愿者，不是自愿去的吗？你不愿意去就不去呗，怎么，领导还把刀架到你脖子上逼着你去啊？”

晓东笑呵呵地拍着爸爸的肩膀说：“爸，那叫志愿者，不是自愿者，是我自己愿意去才报名的。天气预报近期还将有特大暴雨，严重威胁着群众的生命财产安全，社会工作部已发出倡议，号召全县人民积极投入到抗击特大暴雨这场战役中，我得去抗洪抢险，保卫家园！”

老马带着哭腔说：“晓东，咱家就你这一棵独苗，你要是出点儿什么事，让我和你妈可怎么活啊？”

老伴儿抹着眼泪，湿漉漉的手抚摸着晓东的脸，伴着祈求的目光和扑簌簌的眼泪，求儿子别去当志愿者。

晓东站起身说：“爸，妈，你们就放心吧，我已经长大成人了，志愿服务联合会都给我们培训好多次了，讲了如何应对暴雨灾害、志愿者怎样做好自我保护，我们还参加过好几次应急演练呢！您二老就放心吧。”

老马和老伴儿无奈地叹息着说：“哎呀！真是儿大不由娘啊！孩子要去抗洪抢险，咱也拦不住啊。”

晓东给志愿服务联合会的工作人员拨通电话后，把电话转给了妈妈。工作人员说：“我们有规定，必须在保证志愿者人身安全的情况下才能开展志愿活动。请您二老放心，我们保证把晓东平平安安地给您送回来。”老两口儿这回不阻拦晓东了，他们坐在炕上眼泪汪汪地看着晓东穿上雨衣和救生衣向风雨中跑去。

雨越下越大，雨点一阵大过一阵，就像天被人捅了个窟窿似的。

半夜，老两口儿刚睡着就被屋里进来的水给凉醒了，老马一激灵，从炕上坐了起来，用手一摸，炕上都是水。

老马赶紧叫起老伴儿：“老伴儿，快起来！不好了，水都上炕了！”老伴儿惊呆了，像个木头桩子似的，愣愣地杵在那里。

老马督促老伴儿，赶紧把家里的钱都揣兜里，得抓紧往外跑。老马扛着行李推门，发现门推不动了，被外面的大水给封住了。老伴儿见门打不开了，让老马赶紧给儿子打电话。老马两手一摊，无奈地说："还打什么电话呀，昨晚我把手机放在地上充电，都淹没影了。"马老汉推了推锈迹斑斑的窗户，没打开；踹了两脚窗户上的玻璃，玻璃纹丝没动。他想，这回算是出不去了。

突然，窗外传来喊声："屋里有人吗？"老两口儿像迷失的船只在汹涌的大海里看见灯塔了似的，使出全身力气喊："有人！快来救我们啊！"他俩不停地敲打着窗玻璃求救。志愿者们迅速破窗而入，扶着他们上了救生艇。

马老汉双手抱拳跟志愿者们说："谢谢你们救了我俩的命！刚才要是再晚出来一会儿，我们这两条老命就……我儿子也穿着跟你们一样的红马甲，昨天上午他也去抗击暴雨了。救命恩人，你们叫什么名字啊？"

志愿者齐声回答："我们都是志愿者。"

发表于《青年文学家》2024 年第 9 期（上）

药酒

东子从仓房钻出来，拿酒的手都哆嗦了。进了屋，见大舅哥、小舅子抽抽着脸，就知道他俩这是等酒等着急了。本来，场打完了，东子磨磨蹭蹭地正收拾东西。

小舅子喊："姐，饿死了，饭好了没？"东子瞪过来一眼，岳父看得清，忙说："吃什么饭？麻溜儿的，都回家。"大舅哥把木头叉子往肩上一甩，就往回走。

凤子急了，喊道："东子，你个死人，快把大哥拽回来，饭都焖上了。"

岳父了解东子的性格：一毛钱都能攥出汗来。凤子倒是常开导东子：居家过日子，不能过死门子。可"江山易改，本性难移"，东子多花一分钱都像割他身上的肉似地疼。

那年，凤子娘卧床大半年，三伏天，院子外边传来冰棍儿的叫卖声，娘的眼睛立马就亮了，她抬起青筋暴起的手哆里哆嗦着往窗外指。凤子边点头边喊东子："娘要吃冰棍儿，赶紧的。"东子一问，五分钱的东西，要一毛钱了。东子气呼呼地把脸子一撂回来了，凤子气得好一阵跟他生气。那天晚上，凤子娘就驾鹤西去了。

今天打黄豆，岳父和大舅哥、小舅子都来了。场院上，马撒欢儿地转着圈儿，石磙子轰隆隆地响，木头叉子上下翻动着，黄豆荚裹着黄豆粒噼里啪啦地往下掉。看着厚厚的一层金灿灿的豆子，东子的嘴唇快包不住牙了。

上了桌，小舅子喊：“姐夫，酒呢？”东子努努嘴，意思是“找你姐”。凤子白了他一眼，说：“我娘家人像驴似的给你干了一天活儿，咋，连口酒也不供啊。”东子说：“谁不想供酒了，那不是……小卖店关门了吗？”凤子指着前院人进人出的小卖店说：“糊弄谁呢？你睁大眼睛瞅瞅。”东子脸一红，忙说：“开门了啊，我这就去买。”

东子一溜小跑儿买回了两瓶白酒。拎着酒，他寻思：这点儿酒，哪够那几个大酒包喝啊！他们喝个斤八的白酒，脸都不红不白的。东子眼珠子滴溜溜地转，人没往屋拐，哧溜，钻仓房去了。他打开了一瓶酒，把酒倒出来一半，然后，抄起暖壶，兑上了凉开水，又自个儿抿了一口，咂巴一下嘴，自言自语道：“这什么呀，没味儿啊。”他翻箱倒柜，总算在墙角找到了个瓶子，瓶子上厚厚一层灰，把字都盖住了。东子诡异地笑着，嘴上说：“让你度数低，让你不够喝……”

东子先拎着一瓶酒进了屋，说：“等着急了吧，来，咱这就开喝。”小舅子伸着脖子看东子倒酒，喝了一口，都眉开眼笑了。酒下了肚，话就多起来了。大舅哥说：“这酒真不错。但一人一杯，酒就没了。”小舅子说：“姐夫，没看酒没了吗？”东子拍着胸脯说：“大江的水不干，咱家的酒就不会干。”说着跳下炕，向仓房走去。

他拿着那两瓶酒，哆哆嗦嗦地回来了。酒满上了，大舅哥一口闷进半杯，问：“这酒怎么这么冲呢？”东子心咯噔一下，忙说：“这酒，是小卖店去烧锅现接的，度数高，用人参泡的，喝吧，喝了大补。”“这酒好啊，再满上。”大舅哥把酒杯送过来，两眼直勾勾地看着东子。

喝完第二杯，小舅子先耷拉了脑袋，趴桌上了。大舅哥和岳父又喝了些，也都栽歪到了炕上。

喂完鸡，进了屋，凤子问：“怎么了这是？”东子说：“平时瞎吵吵，就这点儿酒量！”

凤子又问：“你怎么没事？”东子说：“我连一杯都没喝上，往多了喝，那多费钱啊！”

连着串的呼噜声打得有些闷。凤子摸摸炕，挺热。她喊：“东子，快把他们爷儿几个叫起来，送他们回家。”这一拽，东子吓坏了——岳父的枕头下，汗都湿透了。小舅子那儿开始干呕了，大舅哥的嘴角上滴答着白沫子。东子想，这下可坏了，他连忙找车把三个人往医院里拉。

急救室门前，凤子还在抽泣，东子蹲在地上。出来个戴眼镜的大夫，凤子忙跑过去问：“我爹他们这是怎么了？”大夫说：“中毒，正洗胃呢。”东子冒了汗，颤着嗓音说：“好好的酒，怎么能有毒呢？”凤子问：“你给我说实话，你往酒里掺什么了？”东子哆哆嗦嗦地把怀里的一沓钱掏出来，哭哭啼啼说：“别问了，快去缴费救人吧。”

直到半夜，急救室的门才打开，推出来的是小舅子，脸白刷刷的，挂着吊瓶。第二天早上，岳父和大舅哥才出来，眼睛都死死地盯着棚顶看。戴眼镜的大夫跟东子说：“快杀猪吃个喜吧，幸亏酒里掺的敌敌畏过期了，不然他们仨都性命难保。”

凤子不停地抹着眼泪，向派出所跑去……

发表于《青年文学家》2024 年 5 月上

送床

老伴儿像着了魔似的，大早上的，胳膊底下夹着兜子就去听课了。过了好一会儿，她才拎着几个鸡蛋，乐颠颠地回来了。老伴儿把鸡蛋往桌上一撂，笑得眼睛眯成了一条缝，说："白给的。"老姜咳嗽两声，清清嗓子说："白给的行，推销产品，一分钱咱也不要。"老伴儿竖着大拇指说："领导就是领导，姜还是老的辣！"

这一年的国庆长假正赶上中秋节。下午，门铃响了，老伴儿打开门，是给他们上课的小刘两口子，拎着大包小包，还送来一条毛毛狗。一进屋，小狗摇着尾巴到处闻，蹭老姜裤腿儿，给他和老伴儿行礼、握手。从此，老姜整天离不开毛毛狗，脸上露出了久违的笑容。老楼的温度偏低，小刘给老姜送来一张纳米床。老姜要给钱，小刘说："不要钱，是孝敬您二老的，让您二老体验一下高科技产品的功效。"老姜一试，果然又柔软又暖和，还不硌脖子，比以前躺沙发看电视舒服多了。

年前，儿子来电话，说岳母病了，不回来过年了。除夕夜，老两口儿在家静悄悄的，冷锅冷灶的。这时，小刘两口子开着大奔，拎着两大包预制菜还有年货来了。老姜一愣，惊讶地问小刘："怎么没回你父母家过年呢？""我俩的父母，在一次车祸中都不幸离世了。第一次见面，和您二老就特别投缘，今天来，是想和二老一起过年，也不知二老方不方便？"已经连续几年孩子们没有回来过年了，老姜顿时感到喉咙发紧，嘴唇在动，却一个字也没说出来，眼泪不由自主地从眼角往外淌，急忙去洗手间洗把脸，以掩饰尴尬。老伴儿的眼睛也湿润了。

小刘媳妇桌上桌下伺候着，四个人有说有笑，频频举杯。老伴儿说："这个年，是老姜退休后过得最开心的。"

年后上班第一天，片儿警小伟来了，帮助下载保护老年人权益的手机软件。元宵节，小刘两口子又来了。吃饭时，小刘低头扒拉饭，不吃菜，也不说话。老伴儿问："这是怎么了？"小刘媳妇说："去年纳米床的销售业绩不好，公司要开除他。"老姜听后，就让老伴儿给小刘拿那张纳米床的钱。小刘带着哭腔说："叔，那床是孝敬您的。公司让我必须再卖出四张床，不然就得被炒鱿鱼。"小刘媳妇说："不行就把大奔开到二手车市场贱卖了。"老姜坚决反对，拍着小刘的肩膀安慰："车不能卖，别看我退休了，这张老脸还是有几分薄面的。"小刘点点头，搛了一大口菜。老姜把关系要好的同学和亲属找了个遍，嘴皮子都磨薄了，还是一张床都没卖出去。老伴儿说："你退休了，不中用了。"

第二天晚上，小刘两口子又来了，进门小刘媳妇就说："公司要求明天上午十二点前必须完成销售任务。您侄子愁得没办法，又要卖大奔，您二老快过来帮我劝劝他吧。"

小刘媳妇又说："后天我哥哥汇来的五十万元就到账了，公司连一天时间的空儿都不给。"老姜无奈地说："孩子，车不能卖，那十万块床钱，我和你婶先帮你们垫上。"小刘媳妇抹把眼泪说："这回有救了，先谢谢二老。"

老姜和老伴儿掏出手机让小刘媳妇出示收款码转款。小刘媳妇激动得手都颤抖了，微信收款一秒钟也没耽搁。"大奔车就放在您二老楼下，车钥匙让姜婶替我们先保管着。二老帮垫的钱，我们后天就全都还上，再给二老付百分之二十的利息。"小刘媳妇挥笔写了一张十二万元的欠条，还把公司奖励的一条金项链戴到了姜婶的脖子上。

下午，老姜遛狗路过小刘的公司，见锁头把门。邻居说，上午人和家当就都搬走了。老姜噌噌跑上小刘两口子住的十四楼，也是锁头把门。给他俩打电话，都是暂时无法接通。回到楼下，老姜发现大奔不见了。老伴儿听完老姜说的情况，手里死死攥着大奔车钥匙，眼前一黑，心脏病犯了，晕了过去。

片儿警小伟接到老姜报案后马上赶到医院。听完老姜讲述的被骗经过，详细了解了微信转账时间，一边把转账记录发给值班民警，一边带着老姜赶到银行。银行工作人员说："幸亏您二老的手机设置了延时到账，如果再晚两分钟，钱就被转走了。"

老姜一身轻松地赶回医院，却发现老伴儿不在病房。护士说："刚才接完电话，阿姨的病一下子就好了，她说给派出所做锦旗去了。"

老姜一愣，随即拍了下脑门儿嘀咕着："应该送，应该送啊。"

发表于《青年文学家》2024 年第 6 期上

信访

四月的最后一天，上午七点刚过，我接到一个陌生的电话："喂，赵书记，我是拉哈镇拉哈村的老纪。去年我就找过你，是关于我们水田水费的事，现在法院把我们的银行卡都给冻结了。都要泡田整地，准备插秧了，咋还不给我们供水！"

"老纪，前几天我刚从拉哈镇调到县委社会工作部了，你这个事还是找一下拉哈镇现任领导吧！"

"唉！要是等'五一'假期过后再供水，黄花菜都凉了！我们的几千亩稻田就等着撂荒吧。这是逼着老百姓走上访这条路啊！"老纪既气愤又无奈地挂了电话。

放下电话，我内心久久不能平静，想着刚刚卸任，不宜再介入拉哈镇的工作，但作为一名社会工作部的干部，参与信访领域的服务是自身职责所在。

老纪的叹息声一直在我耳边回荡，我又拿起手机，拨拉哈村李书记的电话。随后我了解到，拉哈村所属的五家河沿岸水田，因为上一年五家河泵站没从江里提水，是通过引江水自流进入的五家河水田，所以村民认为自流水没有成本，不该收水费。法院依照南引水系建设投入的相关纪要，判决不缴水费的村民败诉。

我一直在乡镇工作，深知"农时不等人"这几个字的严重性：插秧晚了水稻就得减产。放下电话后，我和部门相关同志开车直奔灌区。灌区主任说水是商品，用水必须缴费，尽管是自流水，但修渠也有投入成本。五月底就能开完听证会，才能确定五家河自流水水费价格。此时法院正走执行程序，县委所属部门也不能干涉司法啊！

水费的事可以缓，但泡田不能等。于是，我联系法院执行局、拉哈镇和灌区相关同志，一起向主管副县长汇报。经研讨，县里决定先开闸放水，让群众泡田插秧。当我高兴地告诉李书记这个好消息时，他却说村民已经找了律师，要求法院必须先把银行卡解开，否则给水也不泡田，就撂荒着，到年底再起诉灌区赔偿损失。

没想到这事会闹成僵局，我和灌区、镇领导一起进村，连夜跟上访村民谈心。就要谈妥时，老纪和几位村民喝得醉醺醺地进了屋，指着我喊道："你都调走了，回来忽悠我们，无非就是为了安抚我们不去上访！"经这么一闹，先前同意的村民又反悔了。村里只能发动村干部和党员，连夜做村民的思想工作。第二天一早，我直奔老纪家，告诉他，稻田要是撂荒了，违反国家政策，不但没人赔偿，每亩二百六十元的补贴也得取消！老纪一拍脑门儿，后悔当时犯糊涂，立刻扛起铁锹，带领村民去放水泡田。

五月底，自流水费价格出来了，今后每亩水费比泵站抽水低十块钱。县委社会工作部向主管信访工作的县领导汇报后，组织法院、信访局、拉哈镇和灌区等相关单位召开水费问题信访联席会议。会议决定，本着实事求是的原则，上年度用五家河水浇灌的稻田，水费也按自流价格收取。

端午节后，老纪和几位村民带着锦旗来到县委社会工作部。他说去年的水费法院都执行了，大伙儿也都默认了，就想今后能按自流价格收取水费也行。没想到去年的水费每亩地还给降了十块钱。"县里真是为民着想啊，这回我们大伙儿彻底服气了！"老纪说。看着这面"为民解难，真情服务"的锦旗，我们心里暖暖的。

刚送走老纪，村书记打来电话，说有几个村民去村里闹，要去省里上访，说什么灌区得给包赔损失，还得把灌区主任抓起来法办。我觉得简直就是在开玩笑，因为水费的事翻来覆去地闹，现在问题已经解决很圆满了，再闹我也没办法管了。

撂下电话，我怎么也想不通：为啥政府都给群众争取了政策，有些人还不依不饶地闹呢？

当我把村支部书记的电话再打过去时，他已经关机了。我怕这些人在村里闹出事来，开车就往村里赶。进了村委会，一个人都没看见，我找到看屋的一问，原来村支部书记的手机没电了，他回家给手机充电去了。

我拨通了上访人老纪的电话，他说："刚才闹事的这伙人是中午在一起酒喝高了找到村里来的，现在都消停了，回家了，放心吧，没事了。"

我恍然大悟，一旦群众要是喝多了酒，一定要等他们醒酒之后再去处理信访问题。

发表于《中国社会工作》2024 年第 9 期（上）

雪壕

抗联支队准备攻打肇基县城，派战士小虎和大刚乔装打扮成商人去县城打探鬼子的兵力部署。太阳快落山了，他俩完成任务出城时，在城门口检查的鬼子兵问小虎："你，什么的干活？"小虎随口说去收药材。鬼子想：这冰天雪地的，一个操着南方口音的人上哪儿去收药材？就把小虎留下来盘查。

大刚一看小虎被留下了，怕他露出破绽，就走过去点头哈腰地偷偷塞给鬼子一沓钱说："太君，这是我表弟，刚从河南过来的，不懂规矩，给行个方便。"鬼子点点头，笑着抬手放行了。

大刚给鬼子送钱的这一瞬间，被来城门检查的中队长山本给看见了。他把鬼子兵叫过去啪啪扇了几个耳光，哇里哇啦地喊："平白无故为啥要给你钱呢？这里肯定有问题，可能是抗联！"他命令两个便衣鬼子远远地盯着，顺藤摸瓜找到抗联支队的驻地，一举消灭。

小虎和大刚美滋滋地出了城，去旁边小树林里取出埋在雪里的长枪，顺着一条羊肠小道往抗联支队的驻地奔去。

他俩一溜儿小跑进了一片树林，顺着这片树林直接就能到达抗联支队驻地。大刚走得急，鞋带子甩开了，他蹲下来系鞋带时，发现后面隐隐约约有两个人跟着他们。他不动声色地跟小虎说："你别回头，咱俩今天不能回驻地了，得想办法把后面的尾巴甩开，然后再消灭他们。"他俩加快了脚步，向抗联驻地相反的方向走去。他俩很快走出小树林，马上要钻进大苇塘时，后面的鬼子便朝他们开了枪。还好由于距离太远，他俩没在鬼子的手枪射程之内，他俩边还击边飞快地往苇塘里跑去。后面的鬼子大部队听到了枪声，迅速往这边赶来。

大刚看见大批鬼子正往这边集结，心想，鬼子们以为抗联支队隐蔽在苇塘里，于是来包围。他俩就利用苇塘作掩护，朝鬼子打冷枪。小虎看见一个手握军刀的鬼子站在军车上，正拿着望远镜往大苇塘这边瞅，眼前一闪一闪地有道刺眼的亮光。他瞄准发光点，一扣扳机，鬼子中队长山本应声倒下，从脑门儿上的弹孔里汩汩地冒着血和脑浆。

大刚说："咱俩带的子弹不多了，天也要黑了，得抓紧撤离，穿过这片大苇塘，撤到姜岗屯西的坟地里隐蔽起来。"他俩刚要走，突然发现苇塘被鬼子点着了。鬼子们包围了大苇塘，想用火攻，把抗联战士从苇塘里逼出来。此时正刮着呼呼的西北风，苇子被大火烧得嘎巴嘎巴直响，火没到，黑洞洞的烟就已先上来了，呛得他俩一个劲儿地咳嗽。大刚瞅了瞅晚霞的方向，他们捂着嘴，一口气跑到大苇塘的最南边。

刚到苇塘边，他们发现那里站着一个端枪的鬼子。大刚扫了周边一眼，发现相距百米以外还有一个鬼子。他们决定把最后的两发子弹分别送给这两个鬼子，枪响后鬼子应声倒地。远处的鬼子听到枪声再跑过来时，他俩已经借助黑烟掩护飞奔出了大苇塘，向高岗下的坟地跑去。

这时，后面的鬼子追了上来，他俩被鬼子逼得只能拼命地往前跑。他俩刚要上岗，突然，岗上也出现了鬼子，后面的鬼子用话筒向他们喊话："你们已经被我们包围了，快快举手投降吧！"鬼子知道他们没有子弹了，也不开枪，打算活捉他俩。

跑得气喘吁吁的大刚，一脚踏上松软的新雪堆。看见旁边的新坟，他突然眼前一亮，和小虎动手用雪修战壕，准备和鬼子们开尅！这时，鬼子的包围圈越来越小了，他俩隐蔽在用雪修的战壕里。留着青色八字胡的鬼子兵们，相互瞅瞅，仰天哈哈大笑起来，他们还是头一回看见用雪修战壕的，那不是耗子进口袋——白找死吗。像挤豆包一样密密麻麻的鬼子，宛如一群蝗虫，黄乎乎一片包围了上来，一百米、五十米，三十米，鬼子停下来最后一次喊话劝降。

突然，战壕里同时伸出两挺机枪，还没等鬼子回过神来，随着哒哒哒的枪声，鬼子一排排地倒下。眨眼工夫，鬼子尸体就横七竖八地堆满了乱坟岗。小虎跳出战壕，拍了拍身上的雪，冲大刚做了个鬼脸，笑着说："鬼子！你们这是抢着来给我们的仙人陪葬啊！"

还有最后一口气的鬼子翻译官问："你俩都没子弹了，这机枪和子弹是从天上掉下来的吗？"

大刚端着机枪说："这些武器就是提前为你们而准备的。"翻译官听了，头一耷拉，断了气。

他俩眨眼间就消灭了一个中队的鬼子。他们找来老乡的两挂马车，装满抗联埋藏在雪里的武器装备，连夜送到抗联支队驻地。

发表于《小兴安岭》2024 年 12 月

竞选

小河村的大喇叭刚播出村委会换届的通知，村民们就兴奋得像葱花倒进油锅里，“滋啦”一下沸腾了……

饭后，闲着没事的村民，三个一伙儿，五个一帮的，蹲在墙根儿下面议论：“咱们的村主任牛二，是个太平官儿，整天琢磨着跑关系，没干啥正经事，村里还拉了好几百万的饥荒。要跟牛二竞选的马四，这家伙坑蒙拐骗啥事都干。”

马四仗着村里的家族大，他铆足了劲儿要赌上一把。弄了点儿碎银，安排家族里的人帮着张罗满村请客。

推荐村主任候选人进行海选时，马四比牛二多十一票，他俩成了村主任候选人，把马四乐得嘴都包不住牙了。

选举前一天，候选人上台发表竞职演讲，牛二挺着个西瓜肚子走上台，他拍着肚子说：“要想富，得先修路，我要是能连选连任，就把咱村所有的路都修成水泥的，自来水和用电全村都免费，村委会给全额报销。”

马四一听立马按捺不住了，一个箭步冲上台，他磕磕巴巴地说：“我要是被选上了，年年给大伙儿发钱，钱数年年还……还……还翻……倍！”

这时，人群中走出一位满脸络腮胡子、两眼发亮的中年男子，他实在看不下去了，大步流星走上台。大伙儿抬头一看，是在外地经商，刚回村给父母扫墓的党员廖巍。他先给台下的村民鞠了一躬，恳切地说：“各位父老乡亲，我觉得咱小河村富不起来，就是咱们村的几万亩地，年年种年年涝……”还没等他说完，牛二便气呼呼地指着廖巍的鼻子质问他：“你要是有能耐让老天爷少下点儿雨，让大江别涨水，那咱小河村就年年丰收喽！”

廖巍没搭理牛二，接着说：“我们可以建灌排泵站，旱田怕涝可以改水田，把村里的空房子改建成民宿驿站，接待城里来的游客，把家家的小园菜和土特产装满游客的后备箱……”

马四不是好声地冲着廖巍嚷：“你在那瞎忽悠啥，上哪儿整那么多钱来建泵站修工程啊？”

廖巍说：“可以申请农业开发立项。如果不能立项，那我可以找投资公司来投资，我用我的企业做担保。”

廖巍说完，台下村民的掌声持续了几分钟时间。

第二天，投票站设在村小学院里，早早就挤满了人和车。牛二的啦啦队弄来了二十多辆车，马四的亲友团开来三十来辆车助威。廖巍和老支书到江边去踏勘灌排泵站的位置建在哪里最合适。

下午四点，投票结束，工作人员开启票箱清点完选票就开始唱票。廖巍的名字笔画多，有的村民写得缺胳膊少腿儿的，都变成了废票。

当票快唱到一半时，马四比牛二多了近百票。大伙儿都说马四当选是十拿九稳了。牛二的火腾地上来了，从嘴角钻出两个大水泡，他灰溜溜地挤出人群，愁眉苦脸地蹲在墙旮旯儿，一口接一口地抽着闷烟……

在火锅店，马四刚端起酒杯，家里来电话告诉他选举结果出来了：牛二票数最高，第二名是廖巍。牛二就差一票没有超过半数，所以没有当选，只能再选一次，牛二、廖巍成为下次选举的候选人。

牛二心里想，好不容易干掉了马四，这回廖巍的名字又印在了选票上，看来还得想点儿妙招儿才能把他干掉。

正在跑科研设计的廖巍跟老书记说：“我既然和全体村民承诺了，灌排泵站就必须建成，先解决涝灾。”

第二次选举前两天的晚上，牛二把像对头冤家似的马四请到家里喝酒，让他帮忙发动马氏家族的人都选他，他俩一起联手把廖巍选掉，并答应把村治保主任的差事给马四。

选举投票结束后，唱票时，牛二的票数一开始遥遥领先，他心里已经是胜券在握，坐在椅子上跷着二郎腿，上下摆动的脚尖都透着得意。

选票唱到一大半时，牛二的票数比廖巍高出百余票，这时，祝贺牛二当选的电话陆续打了进来，他只好走出教室去接。牛二的电话这个没接完，那个已经在呼叫等待“嘟嘟”地催他了，马四督促他赶紧订饭店。

牛二给饭店打电话，点了几桌酒菜，他笑呵呵地推开教室的门，看到黑板上刚刚汇总完的选举结果，他脸上的笑容顿时凝固了，唰的一下脸全白了，死死地盯着黑板瞅……

补贴

振兴结婚那天，雨下得冒了烟，风刮得放席的大棚一忽闪一忽闪的，雨点子打在棚顶上，像铁锅炒爆米花似的，噼里啪啦一阵比一阵声大。

接亲车到时，雨又加大了点儿，大伙儿着急忙慌地抢着往棚子里跑。新娘子晓媛跑进棚里一抬头，惊呆了所有人。这新娘眼如月亮圆，眉似柳含烟，秀发黑、高高盘，胜似西施赛貂蝉。

婚庆典礼时，山湾村书记、主任一肩挑的孙赛是证婚人。他走上台，看见貌美如花的新娘顿时愣住了，主持人捅咕了他一下，扒着耳朵说："该念结婚誓词了。"

晓媛和振兴是在余杭打工时认识的。振兴娘走得早，他回家结婚过日子，就是放不下病殃殃的老爹。晓媛思想上进，心地善良，大专时就入了党。

晓媛嫁过来就张罗着把村里没人包的三百多亩山坡地全包了。孙赛笑呵呵地跟振兴说："大侄子，村里马上要换届，现任妇女主任上城里哄孙子去了，让晓媛接过来吧。"振兴和晓媛一商量，反正当妇女主任也不耽误家里的活儿，就一口答应了。晓媛不仅选上了村妇女主任，还选上了县人大代表。

换届方案要求村支委里必须有一名三十五周岁以下的党员。村里年轻人都不在家，一时找不着人选，孙赛去求晓媛。他无奈地说："侄媳妇，你咋地都得帮叔捧这个场。"晓媛勉强答应了。

晓媛坐在地头儿，看着绿油油的玉米苗，心情像吹在脸上的春风一样爽。自打进了村“两委”，晓媛经常和孙赛出席应酬场面。她回家跟振兴说：“村里的活儿我不想干了，天天出去陪吃陪喝，那孙叔酒盅一端就唠黄嗑，真愁人。”正伺候老爹的振兴一脸严肃地说：“人家蒙叔蒙侄地开个玩笑很正常，咱可别往歪处想。”

晓媛和孙赛去县里开人代会，孙赛喝多了悄悄溜进晓媛屋里，还没等晓媛反应过来，就把她摁倒在床上。晓媛急眼了，扑哧一下，尖尖的指甲在他脸上挠出两道深沟，他疼得直咧嘴，一摸脸，黏糊糊的，一看手上都是血，悻悻地跑了。

孙赛怕晓媛爆料，其实这事晓媛也没法儿跟振兴说。孙赛给振兴打电话，要把他家种的玉米，补贴都报成大豆，每亩地能多得四五百块钱。振兴神秘兮兮地跟晓媛说了，她一算，平白无故多得十多万。她说：“不行，这违法的事咱可不能干，那不得蹲监坐狱吗？”孙赛听晓媛说不同意，就把这些钱都落到了自己哥哥的名下。

晓媛想，“农业不加工，等于一场空”，我娘家那儿，家家户户都有小加工厂，靠卖玉米原粮能挣几个钱？于是她注册了合作社，办了玉米加工的证照手续。秋后，她把自家种的角质玉米加工成跟大米一模一样的黄金米、玉米面条，还有玉米面饺子粉，开发了玉米糊冲剂。自家的玉米卖完了，就卖村里其他农户家的玉米。

她开网络直播，自己成了网红直播带货，一下子玉米系列产品卖火了，大玉米卖成了线上的金玉米，她这个玉米姐成了远近闻名的网红。村党支部副书记突发心梗病故后，副书记的活儿全都压到晓媛肩上，孙赛看晓媛能张罗，他十天半月都不去村里，始终不着家。

村里的老头儿老太太、留守的小媳妇们都入了晓媛的合作社，整天忙着加工、分包、发货，累到手抽筋。留守媳妇们笑着边查钱是否到账边寻思：早知村里有活儿干，还让俺男人出去打啥工？这一天天跟守活寡似的。

刚进腊月，晓媛在村委会已经十多天没见着孙赛的影子，打电话也始终关机。

腊八那天，乡党委副书记和组织委员到村里组织村“两委”成员和党员开会。

会上，副书记严肃地宣布：“孙赛涉嫌严重违纪违法，被纪委监委调查处理。通过考核，我宣布乡党委任命晓媛为山湾村党支部副书记，主持村全面工作的决定……”

黑腰带

宏伟是单位的大笔杆子，孩子在外地读博士，妻子田妮从单位退休后赋闲在家。

每逢提笔，宏伟必须点上烟脑海里才能溢出灵感来，不抽烟材料就写得干干巴巴的，像干旱时地上旱出裂缝般难受。

田妮在家没事，她扒拉短视频看，没几天就上了瘾。她发现，网上有些少妇专门找五六十岁的中年男人聊天，有工作的就更吃香了。她想：可得把老公看紧点儿，要是哪个女人把我老公给钓走了，那可就糟了。

一天，宏伟出去买烟，一个小时后才回来。她想，就是在外面抽两根烟，也用不了那么长时间啊！

她问："你咋去了这么长时间呀？" 宏伟说："遇上个熟人，唠了会儿嗑。"

宏伟发现，田妮自打进入更年期整天疑神疑鬼的，对女人特别敏感，跟她说话必须得避开年轻女人。

周六，宏伟又要出去买包烟。田妮看着烟盒里还有烟，问他："有烟怎么还去买呢？" 宏伟说："这烟辣，呛嗓子，没法抽。"

田妮看宏伟下了楼，就偷偷地跟着，看他到底去干啥。

宏伟下楼后，步子迈得又大又快，一个转弯儿就没影了。田妮来到小区门口的超市，探头往里瞅，只看见门口熟悉的收银员，没有宏伟。

她脑袋嗡的一下：我真的是没用了，跟个人还能弄丢。她想，宏伟到底能去哪儿呢？还能躲在暗中反侦察我不成？

当她手抓住超市隔壁咖啡厅的门把手正要推开时，突然瞅见屋里拐角处背坐着的是宏伟，对面坐着一位穿粉红色衣服的女子。田妮的手像摸到了毒蛇般猛地缩了回来，她躲在对面的冷饮店里观察。过了好一阵儿，宏伟先出来了，然后去超市买了包烟上楼。那女人出来时，蹦蹦跳跳地挥舞着手臂，马尾辫在头上欢快地甩着，像个舞者。

田妮看那粉衣女子，只见她皮肤白净，两只大眼睛像星星似的眨着，红嘟嘟的嘴唇像红玫瑰般醉人。她心里咯噔一下：这也太漂亮了，这不就是传说中的“男人杀手”吗？

她去快递站，取回了前几天到的快递往回走，她想，可得把宏伟看紧点儿，别让那“女杀手”给拿下了。

一天上午，田妮买菜回来，等电梯时遇见了那位穿粉色衣服的女子，没想到她新租的房子就在田妮家楼下。她俩互加了微信，上楼时，田妮故意按了顶楼键。

回到家，田妮换了微信头像，改了个名跟粉衣女聊天，原来她是个社区的网格员，离婚多年，一直单身。田妮问她：“房子是谁帮你介绍的？”粉衣女说：“是中介。”田妮想：我看这个中介就是宏伟。

田妮越想越来气，她的心像刀片割了似的疼。心想：以后我睡觉都得睁一只眼睛，宏伟要是趁我半夜睡着了，去楼下跟那个女人幽会，戴了绿帽子我还蒙在鼓里呢。

从此，田妮晚上睡不着觉了，折腾得像熊猫似的黑眼圈儿凹陷下去了，脸也瘦得小了一圈儿。

周六上午，一阵嗡嗡的手机振动声过后，宏伟拿着一卷材料跟田妮说：“我下楼去买烟。”田妮想：这回你们不用去咖啡店里会面，去楼下她家就行了。宏伟出门后，她趴在窗前往下瞅，心想：过一会儿你要是不出单元门，我到楼下就给你俩逮个正着。

田妮不错眼珠地盯着单元门，她心里盼着宏伟早点儿出现，可瞪得她眼珠子生疼，也不见宏伟的踪影。她想，肯定是去了楼下粉衣女人家。

田妮悄悄地打开了房门，她像猫似的踮着脚尖沿着楼梯往下走，当走到粉衣女家楼上缓台时，听见他俩正在楼梯口说话。

宏伟要上楼，女人说：“我们社区书记对歌词还有修改意见。”她转身回屋拿出个信封和小盒，塞给宏伟就往屋里跑，宏伟以为信封里是钱，随手甩进屋里，再往屋里送小盒时，小盒“咣”砸到门框上弹了回来。

田妮先跑回了楼，等宏伟上了楼就问他：“那个小盒里装的是啥？”宏伟说：“是楼下一个熟人送给我条黑腰带，周一得给人家送回去呢。”

田妮冲着宏伟喊：“都送腰带了，人家都是妻子给丈夫送腰带。熟人？那个离婚的倒贴女，跟你都熟到什么程度了？”

田妮喘着粗气，跑到楼下“咚咚”地踢门，粉衣女人满脸怒气地打开门，一看是田妮，脸上马上换成了笑模样。田妮进屋，“啪”地就把她送宏伟的黑腰带摔在茶几上，问她：“这是啥意思？”

粉衣女人笑着说：“大姐，真没想到你跟宏伟老师是一家的啊，你可千万别多想。我听说宏伟老师会写歌词能谱曲，就找他帮我写首志愿服务的歌，要在全市志愿服务表彰晚会上合唱。我们社区书记特意给宏伟老师买了条黑腰带，这是书记写给宏伟老师的感谢信。”粉衣女边说边打开信封，取出信来给田妮看。

粉衣女人从桌上拿出一沓反复修改的歌词底稿，说：“大姐，这段时间真把宏伟老师给累坏了。”

田妮这才醒过味儿来：“对呀，我老公年轻时就有这能耐，我咋给忘了呢？”

田妮的脸上露出了久违的笑容，她说：“啥时候排练，我也去当志愿者。”

发表于《北方》2025 年第 3 期

回家

玉珍站在家庭教育志愿者协会的教室里，手里拿着报名去养老院参加志愿服务的学员名单，深吸一口气，走到前面，拍了拍手说：“今天我们去养老院，陪老人们说说话，帮他们打扫一下卫生。虽然人不多，但咱们的心意一点儿都不能少。”

话音刚落，角落里传来一声冷哼：“心意？心意能当饭吃吗？我看啊，就是在浪费时间。”

玉珍顺着声音看去，是学员里有名的“刺儿头”，叫刘浩，整天泡在网吧里。

“刘浩，你要是不愿意去，现在就可以回去。”玉珍压着火气，尽量让自己的声音听起来平静些。

刘浩耸了耸肩，没说话，但也没走。玉珍心里叹了口气，这名青春期问题学生，来听了几次课，多少还有了些转变。

到了敬老院，玉珍带着大家分头行动。她负责陪一位姓陈的老奶奶聊天。陈奶奶八十多岁，患有脑血栓，坐在轮椅上，眼神有些呆滞。

“陈奶奶，我是家庭教育协会的会长玉珍，来陪您说说话。”玉珍蹲在轮椅旁，轻声说道。

陈奶奶没反应，眼睛直勾勾地盯着窗外。

玉珍注意到，她的右手指微微动了一下，像是指向窗外。玉珍轻声问："陈奶奶，您是不是想出去走走？"

陈奶奶的眼神突然亮了一下，嘴唇动了动，却没发出声音。玉珍赶紧站起来，推着轮椅往外走。刚到门口，就听见走廊里传来一阵吵闹声。

"你长没长眼睛啊？我刚拖完的地，又给踩脏了！"刘浩不耐烦地说。

玉珍回头一看，刘浩正跟一位老人对峙。老人手里拎着空水壶，颤颤巍巍地站在那儿，脸上写满了委屈。

"刘浩，你干什么呢？"玉珍赶紧走过去。

"我干什么？这老头把我刚拖干净的地，踩上了脚印！"刘浩气得脸都红了。

"大爷，您先过去打水，等会儿地干了，您再回来，行不？"玉珍试着打圆场。

老人慢慢地走了过去。玉珍发现刘浩看陈奶奶的目光，有几分躲闪。

玉珍松了口气，推着已经把头扭向一边的陈奶奶，继续往外走。

当玉珍推着陈奶奶回来时，迎面碰见扶着老人的刘浩，陈奶奶竖起了大拇指，玉珍心里乐开了花，陈奶奶表扬我了。

活动结束时，刘浩耷拉着脑袋走在最后，像是有什么心事。

开车前，玉珍清点人数发现唯独刘浩没有上车，就下去找他。

推开陈奶奶房间的门，玉珍惊呆了，刘浩跪在陈奶奶的床前，已经哭成了一个泪人。他嘴里不停地说着："姥姥，我错了，我再也不去网吧了，您跟我回家吧，我照顾您……"

玉珍把陈奶奶从床上扶了起来，陈奶奶也哭了，她哽咽着说："孩子，你们协会让我大孙子知道了感恩，学会了做人，更让我没想到，他还能给别人献爱心，谢谢你！"

刘浩低着头，声音有些哽咽："阿姨，其实……她是我姥姥。我从小就是姥姥看护着长大的，后来我整天上网吧不回家，姥姥也管不了，我还常常气她，姥姥对我彻底失望了，就自己去了养老院。我爸一直在外地打工，我妈住院治病。后来，学校推荐我来咱们协会上课，听了几次课后，知道了什么是感恩，我现在都后悔死了，我要离开网吧，开始学习了。今天来做志愿服务，没想到能碰见姥姥……”

陈奶奶擦了擦眼睛，说：“这孩子以前通宵去网吧，我说他也不听，我又得了脑血栓，他妈妈身体不好，常年住院，我怕他爸妈听到我得病的消息再折腾回来，就悄悄地联系了养老院，这里有人能照顾我。生气归生气，我也不对，走时应该跟孩子说一声。”

返程的汽车里，传出一阵阵的欢声笑语……

咸鸭蛋

秀娥是个蛮不讲理的主儿，疑心还贼拉地重，村里人都叫她“泼辣娘子”。儿子结婚后就去城里打工，她跟老实巴交的儿媳妇凤子，在一起生活，婆媳关系明面上还能过得去。

秀娥家养了几只鸭子，正好门前有个天然的养鱼池。开春，天暖和，鸭子陆续开始下蛋。捡回来的鸭蛋，娘俩舍不得吃，天天攒着。

遇上倒春寒，突然降温，一个星期鸭子都不下蛋。秀娥怕攒的几十个鸭蛋坏了，就洗洗用坛子腌上，把坛子放到仓房的阴凉处。

没几天，春暖花开，鸭子又下蛋了，还接二连三的，把秀娥乐得，脸上宛如一朵盛开的花。

秀娥又攒了几十个鸭蛋，洗完，借来邻居家小学生的绘画笔，给这批鸭蛋都点了个红点，然后放到坛子里。

有一天，凤子的爹娘来看她，被秀娥留下来吃饭。秀娥特意让凤子去仓房的坛子里，捞几个第一批腌的鸭蛋，煮上给亲家吃。

刚刚腌好的咸鸭蛋，煮熟了，切开蛋黄直淌油，特别香。亲家母素芬一个劲地夸秀娥手艺好，鸭蛋好吃。

有一天，秀娥找人来帮家里扒炕，干完活，她让凤子去捞咸鸭蛋，给来帮忙的吃，结果煮熟的都是带红点的，第一批没有红点的一个没煮，秀娥生气了，怕最先腌的鸭蛋，腌的过咸没法吃。她的脸吧嗒就拉下来了。

有一天，秀娥出去打麻将，回来时看见家里锁头把门，打开门，她进屋就给凤子打电话，凤子说，搭村里玉米面条厂王老板的车，正好回趟娘家。

秀娥心里咯噔一下，有种不好的预感，那面条厂王老板，见到漂亮女人都走不动道，凤子长得又漂亮，儿子还常年不在家，这俩人在一起，挺危险啊。

秀娥去仓房，看见腌咸鸭蛋的坛子口敞开着，盖坛子的盖帘平放在地上。她见坛子里一个鸭蛋没有，就挽起袖子，胳膊伸到坛子里捞，只有几个带裂纹的。她想，凤子也太顾娘家了，给你妈捞鸭蛋，把坛子都快给捞空了，也没提前跟我说一声。

晚上凤子没回来，在娘家住的，秀娥特意去面条厂溜达，听说王老板也没回来，她心里贼拉难受，就怕凤子给儿子戴绿帽子。

第二天中午，凤子回来了。秀娥问咋回来的，凤子说搭王老板的车回来的。她听了王老板的名字心里就闹腾，耷拉着脸子问："你回家，没给你妈捞点儿鸭蛋啊？"凤子说："没捞，那鸭蛋还留着咱家来客人吃呢。"

过了几天，秀娥的亲属家办事，跟凤子娘是同村。秀娥去随礼，凤子找的王老板顺风车，路上，王老板夸凤子人好，秀娥想：凤子单独坐他的车，那孤男寡女的在一起，能把持住吗？

凤子娘把秀娥拽到家里吃午饭。凤子娘边做饭，边夸送凤子回来的王老板人品好，还煮了碗王老板送的玉米面条。

菜上来了，有盘咸鸭蛋，秀娥特别感兴趣，她扒拉着瞅，有的带一个红点，多数都没带红点。打开鸭蛋，都是通红的蛋黄，直流油。这不正是自己腌的鸭蛋吗？

秀娥问："你家养了多少只鸭子？"

凤子娘说："没养，是我弟弟在养鱼池边养的鸭子下的蛋，都腌好了，给我送来的。"

一天晚上，凤子出去吃饭，回来时，秀娥见凤子喝多了，王老板扶着，她走路都歪歪斜斜的，衣衫不整齐，很脏乱。

当晚，秀娥气得就给儿子打电话，说自己病了，让他回来一趟。

儿子回到家，秀娥趁凤子不在屋，把鸭蛋和王老板的事，添油加醋地跟儿子说了。儿子听完就急眼了，没想到整天担心的事儿，还是发生了。凤子回来后，两口子就吵了起来，凤子越听他的话越离谱，还挨了一个大嘴巴子，凤子赌气回了娘家。

马上要秋收了，秀娥找人帮收拾仓房，准备装新打的粮食。他们在仓房角落里发现一窝鸭蛋，拿起来一看，蛋壳上都有个小孔，个个都是空蛋壳，旁边有个耗子窝。

秀娥一拍大腿，这才明白过来，都是耗子惹的祸，错怪了凤子。

这时，王老板媳妇来借做酱块的模具，她跟秀娥说：“上次凤子回娘家，来回的道上，我俩唠得特开心。那天，我们几个闺密在一起喝多了，晚上送她回家时，我都下不去车了。”

她给儿子打电话，让他马上回来：“咱娘儿俩一起，去把你媳妇接回来。”